COLLECTION FOLIO

Tonino Benacquista

Malavita encore

Gallimard

Après avoir exercé divers métiers qui ont servi de cadre à ses premiers romans, Tonino Benacquista construit une œuvre dont la notoriété croît sans cesse. Après les intrigues policières de *La maldonne des sleepings* et de *La commedia des ratés*, il écrit *Saga* qui reçoit le Grand Prix des lectrices de *Elle* en 1998, et *Quelqu'un d'autre*, Grand Prix RTL-*Lire* en 2002.

Scénariste pour la bande dessinée (*L'outremangeur*, *La boîte noire*, illustrés par Jacques Ferrandez), il écrit aussi pour le cinéma : il est coscénariste avec Jacques Audiard de *Sur mes lèvres* et de *De battre mon cœur s'est arrêté*, qui leur valent un César en 2002 et 2006.

En pensant à Claire et à Florence.

Et aussi à Westlake, le Don de tous les « Don ».

1

L'écrivain américain Frederick Wayne n'avait jamais été un grand spécialiste du malheur. Il n'en avait connu qu'un seul, bien réel, mais dans une autre vie.

Ce matin-là, au comptoir d'un bistrot, il surprit la conversation de deux dames qui sirotaient leur grand crème en revenant du marché. L'une d'elles se plaignait que son mari « allait voir ailleurs ». Elle en avait la preuve et elle en souffrait. Toujours curieux de nouvelles tournures, Fred tenta de traduire cet *aller voir ailleurs* en anglais sans y voir d'équivalent, changea l'ordre des mots, puis se concentra sur cet *ailleurs* dont il pressentait la part d'ombre et de malaise. Depuis, la dame avait constaté comme un rapprochement, difficile à expliquer mais réel : son mari était de nouveau attentif à elle ; il était bien le type dont elle était tombée amoureuse dix-sept ans plus tôt. De s'en rendre compte dans ces circonstances-là lui fendait le cœur. « À quelque chose malheur est bon », conclut la copine pour tenir son rôle.

Dans la douceur de cette fin janvier, Fred remonta vers le petit village de Mazenc où, au flanc d'une colline, sa villa dominait les vergers et les lavandes de la Drôme provençale. Il posa ses courses sur la table de la cuisine et, de peur d'oublier, nota sur le bloc-notes mural :

« À quelque chose malheur est bon = *A blessing in disguise* »

Déçu de n'avoir pas trouvé mieux, il s'en prit au proverbe lui-même et chercha à contredire tant de sagesse populaire. À part l'expérience qui en découlait, à quoi malheur était-il bon ? Fallait-il se réjouir pour cette femme qui allait donner un nouveau départ à son couple, ou la plaindre d'avoir un mari assez bête pour se faire prendre ? ou, pire encore, pour revenir vers elle un soir, la queue entre les jambes, et tout avouer ? Le grand mépris de Fred pour la repentance s'exprimait une fois de plus. Si naguère il avait trompé Maggie, sa femme, il avait eu la décence de le garder pour lui et de prendre assez de précautions pour lui éviter de souffrir. Et même quand elle avait eu la preuve de son adultère, il était parvenu à lui faire croire à une histoire aussi extravagante que les romans qu'il écrivait aujourd'hui.

En fait de romans, il s'agissait plutôt de Mémoires à peine transposés. Avant de songer à se confronter à la page blanche, Fred avait entendu dire que les écrivains américains avaient vécu avant d'écrire ; ils n'étaient pas nés dans des familles lettrées et se gorgeaient d'expériences avant de se lancer dans de grandes fresques qui retraçaient à la fois leur propre histoire et celle de leur pays. Chasseurs, détectives privés, pilotes, boxeurs ou reporters de guerre, ils décidaient un jour que leur parcours méritait d'être raconté. De fait, Frederick Wayne s'inscrivait en plein dans ce processus qui lui donnait une légitimité d'auteur. Car Fred ne s'était pas toujours appelé Frederick Wayne. Cinquante ans plus tôt, dans l'État du New Jersey, il avait vu le jour sous le nom de Giovanni Manzoni, fils de César Manzoni et d'Amelia Fiore, eux-mêmes enfants d'immigrés siciliens. Ils avaient prospéré dans une tradition familiale qui avait marqué du sceau de l'infamie l'âge d'or des États-Unis d'Amérique. Giovanni Manzoni était un héritier direct et légitime de la *Cosa Nostra*, appelée aussi *Onorata società* ou *Malavita*, mais dont le nom le plus courant rebutait les hommes de l'art en personne : la Mafia.

Dès lors, l'idée même de malheur, dans l'esprit du jeune Manzoni, c'était avant tout le malheur des autres. Et le malheur des autres n'était bon qu'à une chose : le profit. Tout gosse, il avait gravi les étapes classiques d'un *wiseguy*, un affranchi. Il avait organisé sa première bande à onze ans, gagné ses premiers dollars à douze, connu sa première arrestation à quatorze et purgé sa première peine de prison dès l'âge légal — ces trois mois-là demeuraient un excellent souvenir, le contraire du malheur. Puis, après avoir fait ses classes dans l'extorsion de fonds, l'élimination de témoins gênants, l'intimidation de la concurrence, le prêt usuraire, le commerce du vice et le braquage à main armée, on l'avait nommé *capo*, chef de clan.

Doué comme il l'était, il aurait pu devenir le seigneur absolu de l'empire mafieux, le *capo di tutti capi*, si un événement traumatisant ne l'avait forcé à une totale remise en question. À la suite d'une guerre entre deux gangs du New Jersey, le FBI l'avait mis devant un choix : trahir ses frères d'armes ou vieillir derrière des barreaux.

Le Witsec, le *Witness Protection Program*, un programme de protection des témoins, lui garantissait une nouvelle identité et un nouveau départ. Sa femme, soulagée, y avait vu une chance unique de donner à leurs gosses — une fille prénommée Belle, alors âgée de neuf ans, et un fils, Warren, de six — une enfance décente et un avenir hors du crime organisé. En témoignant, Manzoni avait fait tomber trois parrains de LCN[1], et cinq ou six de leurs équipiers directs, lieutenants et porte-flingues. Pour réduire leur peine, quelques-uns avaient balancé d'autres membres de la confrérie, et cette réaction en chaîne avait placé sous les verrous un total de cinquante et un individus.

Afin d'éviter les représailles des familles mafieuses qui avaient mis sa tête à prix pour la somme record de 20 000 000 $, Giovanni, sous haute protection du FBI, avait été relogé de nombreuses fois à travers les États-Unis, avant d'être exilé en France où, depuis une dizaine d'années, il s'était fait oublier.

---

1. Abréviation utilisée par le FBI pour la Cosa Nostra.

Aujourd'hui, son dispositif de surveillance se réduisait à un seul agent, qui veillait sur sa personne physique et contrôlait ses communications. Avec le célèbre Henry Hill, protégé par le FBI depuis 1978, ou encore le redoutable Fat Willy, Manzoni était l'un des repentis les plus célèbres du monde.

Fort de son passé, il perpétuait donc la tradition de l'aventurier américain qui, à l'age mûr, se doit de raconter ses exploits. Certains soirs de grande paix intérieure, il s'autorisait à penser que le destin l'avait fait naître dans une famille de gangsters à seule fin de devenir, plus tard, un auteur. Alors oui, dans son cas, il était bien forcé de souscrire à la sagesse populaire : *à quelque chose malheur est bon*. Il avait publié *Du sang et des dollars* puis *L'empire de la nuit*, signés du pseudonyme de Laszlo Pryor, faute de pouvoir signer Fred Wayne et encore moins Giovanni Manzoni.

Juste après le déjeuner, il s'installa à sa table de travail et commença un chapitre de son troisième ouvrage par une anecdote sur un de ses maîtres à penser, Alfonso Capone. Revenir sur l'enseignement des anciens lui paraissait essentiel.

```
Capone gardait toujours au fond de sa
poche une poignée de macaronis crus.
Quand une négociation se passait mal,
il faisait craquer les pâtes entre ses
doigts, ce que son interlocuteur iden-
tifiait comme le bruit de ses vertèbres
broyées s'il refusait d'obtempérer.
```

*

Quand elle avait enterré sa vie de femme de gangster, Maggie avait cherché à se racheter aux yeux de Dieu en se mettant au service des plus démunis. Elle avait tout exploré, les organisations caritatives, les associations de quartier, les comités de soutien, et il s'en était fallu de peu qu'elle ne s'engageât dans une ONG qui luttait contre la famine à travers le monde. Maggie avait poussé le don de soi jusqu'au sacerdoce et s'imaginait un jour absoute d'avoir été Livia Manzoni, une *first lady* du crime organisé. Aux yeux des autres bénévoles, qui la traitaient de sainte, le cœur qu'elle mettait à l'ouvrage allait vite s'épuiser. Elle-même dut se rendre à l'évidence : la main qu'elle tendait vers le déshérité réclamait plus qu'elle ne donnait.

Son mari avait réussi avec une cruelle ironie à s'imaginer un avenir en puisant dans l'horreur de son passé. Chaque matin, il disparaissait dans une pièce vide qu'il appelait son *bureau* pour travailler à ce qu'il appelait son *roman*. Elle méprisait son travail d'écriture, qu'elle trouvait encore plus pitoyable que ses activités de mafieux, et pourtant, sans se l'avouer, elle l'enviait de croire à cette toute nouvelle vocation et de s'être donné les moyens de la vivre, lui, pas plus futé que la moyenne.

Selon elle, tout individu sur terre possédait un talent dont il devait faire profiter le plus grand nombre. Chez certains il s'imposait de lui-même, et les plus déterminés en vivaient, mais pour la majorité la réelle difficulté consistait à le découvrir en cours de route. S'agissait-il d'une passion toujours évoquée mais jamais accomplie ? D'un vieux rêve abandonné en chemin ? D'un don immense qui attendait l'âge mûr pour se révéler ? D'un hobby qu'on avait tort de ne pas prendre au sérieux ? D'un savoir-faire dont seul l'entourage bénéficiait ?

Maggie ne se sentait pas une âme d'artiste et se voyait plutôt comme une simple ouvrière qui, à force de patience et de travail, touchait à l'excellence. Après avoir déserté ses œuvres caritatives, elle avait cherché ce fameux geste dans son quotidien, dans ses quelques loisirs, et même dans ses tâches ménagères. Jusqu'à ce déjeuner du dimanche où elle avait eu la révélation.

Pour remercier un couple de voisins d'un service rendu, Maggie n'avait pas ménagé sa peine. Le plat principal allait être servi, et sa petite famille n'avait pu s'empêcher de faire des effets d'annonce. Fred avait prétendu avoir épousé Maggie pour son corps mais être resté avec elle pour ses *melanzane alla parmiggiana*. Belle avait prévenu d'un *Vous allez voir, c'est une damnation, ce truc*, et Warren, que rien n'ennuyait plus que les conversations de voisinage, s'était présenté à table juste au moment des aubergines. Les invités, sommés de trouver le plat divin, s'étaient pourtant laissés prendre par un tourbillon de saveurs inconnues, tout en contraste, où le fruité, le piqué et le moelleux composaient une délicate alchimie.

— Maggie, non seulement ce plat est ce que j'ai mangé de meilleur de toute ma vie, dit le mari, mais c'est aussi le meilleur que je mangerai jamais.

— Ne dites pas ça devant votre femme, Étienne.

— Je suis entièrement d'accord avec lui, ajouta celle-ci. Mon père était cuisinier chez Lepage, à Lyon. J'aurais aimé qu'il soit encore des nôtres pour pouvoir goûter à vos aubergines.

Maggie savait combien ses *melanzane alla parmiggiana* avaient déclenché de passions à travers les époques, combien de mafieux auraient craché dans la pasta de leur mamma pour une portion de ses aubergines. Beccegato en personne, le restaurateur des clans Manzoni, Polsinelli et Gallone, avait retiré sa *parmiggiana* de la carte après avoir goûté celle de Maggie. Il s'était prosterné pour connaître son secret, mais il n'y en avait pas, tous les ingrédients étaient connus, la recette aussi ; seul le tour de main de la cuisinière savait créer ce délicieux chaos du palais. Maggie n'était pourtant pas meilleure cuisinière qu'une autre, elle n'explorait pas les livres de recettes, improvisait rarement, et goûtait assez peu l'art d'accommoder les restes. Elle se contentait de maîtriser les deux ou trois plats que les siens lui réclamaient sans jamais se lasser, ce qui avait forgé au fil des années sa virtuosité exceptionnelle.

Pourquoi chercher plus loin que l'évidence, pourquoi espérer mieux que la perfection ? Elle n'aurait pas la destinée d'une sainte, pas plus qu'elle ne se voyait vieillir en dame patronnesse, alors pourquoi se priver de l'idée folle d'exprimer son seul talent dans un lieu où le partager avec des inconnus ? À cinquante ans passés, allait-elle se résoudre à vivre en deçà d'elle-même, à nier son désir de bien faire, à freiner son énergie capable de soulever des montagnes, et à oublier l'idée d'épater Dieu pour s'attirer ses bonnes grâces ?

*

Les contes de fées n'existent pas, même pour les fées. Combien de fois les parents de Belle le lui avaient-ils répété. Une manière de lui dire que malgré son corps de rêve, malgré son visage d'ange, la vie ne l'épargnerait pas plus qu'une autre et peut-être moins.

Belle, elle l'était depuis toujours. Avant leur exil, dans la maison de Newark, voisins et amis admettaient que, même comparée à leur propre fille, celle des Manzoni avait la grâce d'une madone. « Faites-lui faire des publicités ! Des concours de mini miss ! »

Belle n'avait pas même eu le temps de subir de telles épreuves : son enfance de princesse avait été bouleversée par le témoignage de son père au « Procès des cinq familles ». Les Manzoni avaient été mis en quarantaine, condamnés à la clandestinité et à la fuite permanente. Belle avait dû attendre son arrivée en France pour se montrer à nouveau au grand jour et retrouver son éclat. Par chance, elle avait gardé intactes sa fraîcheur et sa spontanéité, elle était res-

19

tée curieuse des autres et n'en voulait pas à son père du chemin de croix qu'il leur avait imposé.

Désormais, elle avait quitté le programme Witsec, pris son indépendance et commencé sa vie de jeune femme comme les autres. Mais qu'elle le veuille ou non, Belle n'était pas comme les autres. Elle vivait à Paris, dans un petit meublé de la rue d'Assas, dont elle ne partirait pas tant qu'elle n'aurait pas terminé ses études de psycho. « Pourquoi psycho ? » lui avait demandé sa mère, qui n'avait pas volé la réponse : « Compte tenu des variétés très particulières de stress et de perturbations nerveuses que j'ai vécues depuis l'enfance, je me suis dit qu'une phase théorique m'aiderait à étayer une base pratique déjà solide. » Belle n'acceptait aucune aide de ses parents et avait, dans un premier temps, refusé de gagner le moindre sou grâce à son physique. Pourtant, après divers jobs de serveuse mal payés, lassée de se faire draguer par deux clients sur trois, elle avait dû revenir sur ses beaux principes. Pendant qu'elle jouait les hôtesses d'accueil lors d'un congrès médical, une collègue lui avait assuré qu'en une séance de pose pour une affiche publicitaire, elle pourrait gagner l'équivalent d'un temps plein au Salon de l'auto.

Le FBI ne vit aucun inconvénient à ce que Belle joue les mannequins à condition que son visage n'apparaisse jamais sur une quelconque publication. Dans une agence spécialisée, on lui expliqua qu'elle pouvait être recrutée pour certaines parties du corps, les mains, les jambes, la poitrine, si elle avait des mains, des jambes, ou une poitrine exceptionnelles. Bien vite, la patronne de l'agence s'aperçut que Belle pouvait jouer dans toutes les catégories.

Sur des panneaux 4 par 3, on vit son bras, levé en l'air, pour la campagne publicitaire d'une banque. Puis son dos, en noir et blanc, pour de la lingerie. Dans un film de fiction, elle servit de doublure jambes à l'actrice principale. Malgré les propositions, Belle travaillait juste ce qu'il fallait pour payer son loyer, ses quelques dépenses quotidiennes, et se consacrer à ses études. Et chaque photographe qu'elle rencontrait se demandait pourquoi elle était le seul mannequin au monde à ne jamais montrer son si joli visage.

Comme pour donner raison à ses parents qui l'avaient mise en garde contre les contes de fées, Belle n'était pas pressée de rencontrer le prince charmant auquel toutes les petites filles rêvent. Dotée comme elle l'était, elle n'aurait eu qu'à battre des cils pour le voir apparaître dans un nuage blanc.

Rien n'expliquait alors par quel étrange coup du sort la magnifique Belle Wayne s'était entichée d'un François Largillière.

*

Belle avait été la première à prendre son envol, et tous les Wayne, sans se l'avouer, sans se concerter, tournaient le dos à l'impossible Fred. Warren, à peine majeur, avait lui aussi quitté la maison pour s'installer sur le plateau aride du Vercors, à mille deux cents mètres d'altitude, dans un petit village situé à la limite de la Drôme et de l'Isère. Tout là-haut, il sentait son cœur se purger d'un sang noir et lourd de vieilles humeurs accumulées depuis l'enfance, pour aller vers l'âge d'homme, réconcilié, débarrassé de toutes les violences dont il était l'héritier involontaire.

Sa toute nouvelle vie d'ermite n'allait pas durer ; dès qu'il serait en mesure de l'accueillir, et le plus tôt serait le mieux, sa bien-aimée viendrait le rejoindre. Il l'avait rencontrée deux ans plus tôt, le jour de son entrée en seconde au lycée de Montélimar, à quinze kilomètres de Mazenc.

Il avait affronté cette rentrée comme toutes les précédentes, en traînant des pieds, en maudissant son âge qui ne correspondait en rien à son étonnante maturité. Et puis, à peine avait-il eu le temps de poser son sac sur une chaise que Lena était apparue, tirant une dernière bouffée de sa cigarette avant de la jeter par la fenêtre avec un geste de petit mec. Warren comprit trop tard qu'un animal venimeux venait de le mordre et qu'un poison chaud se répandait dans son corps.

Lena était le premier être parfait qu'il rencontrait ; des yeux parfaits, à peine cachés par la frange d'une coiffure à la Louise Brooks, si parfaite pour la forme de son parfait visage. Sans parler de sa très fine et parfaite bosse sur le nez ou de ses imperceptibles cernes qui lui donnaient ce si parfait regard. Ce matin-là, elle était habillée comme une reine, avec son gros pull noir torsadé, son jean ajouré aux fesses et ce parfait ruban de grand-mère autour du cou. Warren tenta de se raccrocher à une pensée rationnelle : trop de perfection provoque la tachycardie.

Un surveillant leur demanda de remplir la traditionnelle fiche de renseignements, et Warren hésita, comme à chaque rentrée, dès la première question, celle du nom. Son désarroi se lut sur son visage, et son voisin de table lui dit, pour se moquer : *Tu sais plus comment tu t'appelles ?* C'était la vérité, Warren avait encore une fois oublié son nom. Il ne s'agissait pas d'un problème de mémoire mais d'un acte manqué dès qu'il devait écrire ce nom quelque part, comme si le traumatisme subi dès l'enfance se trouvait maintenant contenu dans ces noms d'emprunt, imposés par les juges de son père. Warren était né Manzoni, un nom désormais interdit, un nom maudit qui condamnait à mort ceux qui le portaient. À leur arrivée en France, ils avaient été la famille Blake, puis les Brown et, depuis leur installation à Mazenc, le FBI leur avait fourni de nouveaux papiers au nom de... de qui, déjà... ?

— Wayne ! dit-il à haute voix. Je m'appelle Wayne. Warren Wayne.

Cette première difficulté surmontée en apparaissait une autre, encore plus embarrassante. *Profession du père.* Il finissait par noter *écrivain* mais c'était un nouveau mensonge, son père était une balance, un donneur, un traître, un mouchard, un repenti célèbre mais toujours anonyme, un individu qui laisserait son nom dans l'histoire non pas pour un de ses bouquins débiles, mais pour avoir, par son témoignage, fait entrer la Cosa Nostra dans l'ère du déclin. Depuis que Warren allait au lycée, les professeurs de français se montraient curieux de ce père « écrivain ». Un père analphabète mais qui, tout analphabète et repenti qu'il fût, publiait des livres.

— Dites donc, la turbulente, au fond à gauche, vous allez ranger ce téléphone ou je le confisque ?

S'entendre traiter de « turbulente » fit rougir Lena jusqu'aux oreilles. Warren en profita pour demander à son voisin :

— Elle s'appelle comment, la turbulente ?

— Lena Delarue.

Oui, bien sûr, Lena Delarue, il était impossible qu'elle se fût appelée autrement. Un nom qu'elle possédait si parfaitement, quand lui, Warren, n'en possédait pas.

D'où elle sort, celle-là ? Pourquoi sa présence me consume ? C'est quoi, cette intrusion dans ma vie ? Elle s'imagine qu'elle n'a qu'à franchir une porte pour me faire oublier mon nom ? Elle existe depuis combien de temps, cette Lena Delarue ? Elle a eu une enfance, une vraie ? Combien de temps lui faudra-t-il pour se rendre compte que j'existe aussi ?

*

Fred ne tirait rien de satisfaisant de sa machine à écrire et tournait en rond. Il alla ouvrir le réfrigérateur pour goûter la ricotta achetée chez l'Italien, puis descendit dans le jardin et s'installa au bord de la piscine, laissée à l'abandon. Sa chienne Malavita avait profité de ce tout premier rayon de soleil pour s'assoupir au bord du bassin, nostalgique de l'époque où des corps s'y ébattaient. C'était un bouvier australien, noueux et court sur pattes, au poil ras et cendré, les oreilles pointues, toujours dressées. Pour faire plaisir aux enfants, Fred l'avait adoptée dans un chenil. Comme tout individu sur le point de choisir un chien, il s'était dirigé vers celui qui lui ressemblait le plus, et s'était laissé convaincre par un descriptif sur la porte de l'enclos : *Le bouvier australien est un chien fidèle et désireux de faire plaisir à son maître.* À Newark, Fred avait gagné ses premiers galons en obéissant aux ordres, et rien ne le gratifiait plus que la tape reconnaissante d'un chef sur sa tête de jeune chiot. *Il a besoin d'activité, mais c'est également un excellent chien de garde, qui tiendra en respect tout individu rien que par son regard.* À ses débuts, Fred avait travaillé bien plus que les autres, et avait défendu son territoire avec une cruauté qui l'avait rendu célèbre dans les trois États voisins. *Il pourra parcourir les prairies sans montrer de signe de fatigue et résistera aux climats les plus torrides.* Pour bâtir son empire, il avait conclu des pactes avec différents clans de Miami et de Californie, monté des affaires au Canada et au Mexique, et rien, ni les usages, ni les lois, ni les frontières, n'avait réussi à le décourager. *Ce chien est dominant envers ses congénères et méfiant envers les étrangers.* Ce fut sans doute ce dernier argument qui acheva de le convaincre.

Comme tous les enfants, Belle et Warren s'en étaient entichés pour s'en lasser aussi vite. D'abord contraint, Fred s'était chargé de la nourrir et de la sortir, jusqu'à ce qu'elle fasse de lui son unique maître, et leur curieux mimétisme s'était accentué avec les années de vie commune.

Après l'exiguïté d'un appartement parisien, le programme Witsec les avait déplacés dans le sud de la France, puis en Normandie, puis en Alsace, pour les reloger près de Montélimar, dans le petit village suspendu de Mazenc, en leur promettant de les y laisser en paix un bon moment. Malavita y vit la première piscine de son existence, une fosse étrange où, les jours de grand soleil, des gens se jetaient en poussant des cris stridents — de bien étranges mœurs aux yeux d'un petit être conçu pour le bush.

Maintenant, la maison s'était dépeuplée pour les laisser seuls, *entre amoureux,* comme disait Maggie quand, le lundi matin, elle prenait le train pour partir s'occuper de sa petite entreprise. En ce début d'après-midi, encouragés par un faux air de printemps, l'homme et la bête se retrouvaient autour de l'eau usée et recouverte de feuilles. Depuis le départ de Belle et de Warren, Fred n'entretenait la piscine qu'au plus chaud de l'été.

Du temps de leur splendeur, quand les Manzoni vivaient dans un palace du quartier résidentiel de Newark, la piscine était praticable tout au long de l'année. Fred s'était débarrassé de cette corvée en faisant appel à une compagnie qui avait eu l'imprudence de lui envoyer un jeune étudiant, beau et bronzé, très efficace dans son travail et très aimable avec les clients. Mais les préjugés ont la vie dure et, aux yeux d'un Giovanni Manzoni, un *pool guy* restait un *pool guy*, victime de tous les clichés sur les *pool guys*, fantasme majeur des bourgeoises lascives. Pourtant, sa femme n'avait jamais prêté attention ni à ce *pool guy* ni à un autre. L'adultère était bien le dernier danger qui guettait Giovanni, jamais il n'avait craint qu'elle allât « voir ailleurs ». De surcroît, le *pool guy* en question était un brave petit que ces dames en bikini laissaient indifférent — il était amoureux et s'imaginait volontiers marié dès la fin de ses études. Seulement voilà, il était l'archétype du *pool guy*, la perfection du *pool guy,* physique de surfer californien, abdominaux ciselés, peau couleur pain d'épice. Beaucoup trop *pool guy* pour Giovanni qui l'avait empoigné par les cheveux pour le traîner jusqu'au garage, lui mettre la tête dans un étau et serrer jusqu'à ce que le *pool guy* l'implore de le laisser vivre et lui jure de quitter la ville dans la journée. Le lendemain, la compagnie avait envoyé un vieux monsieur proche de la retraite qui regrettait de n'avoir jamais fait d'études et de finir *pool guy*.

Derrière la fenêtre d'une petite bicoque, à quelques mètres en surplomb, Fred devina la silhouette de Peter Bowles, son cerbère du FBI qui l'accompagnait dans tous ses déplacements, filtrait ses appels et lisait son courrier avant lui. Cet homme-là était devenu son ombre et lui collait aux basques comme une mauvaise conscience. Et Bowles, en regardant ce salaud de gangster se pavaner au bord d'une piscine, pendant que lui, fidèle représentant de la loi et l'ordre, se voyait confiné dans sa soupente, glacée l'hiver et étouffante l'été, se disait qu'il y avait quelque chose de pourri au sein de la justice américaine.

*

Contrairement à son mari, Maggie avait toujours eu le droit de circuler librement. Le programme Witsec l'encourageait à être autonome et à gagner sa vie elle-même ; reprendre une activité professionnelle régulière était la preuve d'une vraie réinsertion. Le Bureau de Washington l'avait autorisée à chercher un bail commercial dans Paris.

Elle avait donc investi ses faibles moyens dans un petit local rue Mont-Louis, dans un recoin du onzième arrondissement, qui avait abrité des gargotes douteuses et vouées à disparaître. Le lieu était abandonné depuis qu'un industriel de la pizza s'était installé dans le quartier, portant un coup fatal à la petite restauration locale. Malgré cette concurrence qui en avait découragé plus d'un, Maggie avait voulu tenter sa chance.

Afin de lui accorder tout le temps et la précision qu'il demandait, Maggie n'entendait proposer qu'un seul plat, ses fameuses aubergines à la parmesane, rien d'autre, ni entrées, ni desserts, ni boissons. Ce parti pris radical l'obligeait à supprimer le service en salle pour se consacrer uniquement à la vente à emporter et aux livraisons à domicile. À l'ANPE, elle recruta Rafi, ouvrier au chômage depuis trois ans, père de famille prêt à tout pour un job, à commencer par ce qu'il n'avait jamais fait. Ils supprimèrent la petite salle de restaurant afin d'agrandir la cuisine et d'aménager un coin studio pour éviter à Maggie le prix d'un second loyer. Dans son infinie naïveté, elle créa La Parmesane, sans aucune expérience du commerce, sans même se faire connaître dans le quartier. Quelques oiseaux de mauvais augure lui prédirent un dépôt de bilan imminent. Un vrai suicide.

Maggie voulut partager cette catastrophe annoncée avec ceux qui en avaient le plus besoin. Elle embaucha Clara, tout juste retraitée de la mairie de Paris, qui s'apprêtait à quitter la capitale pour s'installer dans le Sud où, lui disait-on, « les seniors se la coulaient douce ». En passant devant la boutique, elle s'était sentie attirée par une odeur de sauce tomate qui lui avait rappelé celle de sa mère, née dans les Abruzzes, au nord-est de Rome. Clara saisit à bras-le-corps cette occasion que lui offrait Maggie de commencer une nouvelle vie à l'âge où l'on est censé partir à la casse. À elles deux, elles contactèrent les fournisseurs italiens auxquels Maggie tenait par-dessus tout, déterminèrent le nombre de parts quotidiennes, étrennèrent des livres de comptes et étudièrent la législation en matière de restauration. Comme deux savantes penchées sur des éprouvettes et des becs Bunsen, elles firent des essais et, rivalisant d'ingéniosité, finirent par obtenir le même résultat pour trois cents parts que pour six. Pour compléter le staff, Maggie eut besoin de deux livreurs et choisit Sami, un repris de justice en voie de réinsertion, et Arnold, un jeune étudiant qui, à force de n'être prioritaire sur rien, avait été obligé d'interrompre ses études et de dormir quelques nuits dans la rue.

Chaque matin à huit heures, Clara jetait un œil sur la marchandise livrée à l'aube et faisait un état des stocks. Le parmesan arrivait d'une maison artisanale de Reggio Emilia, et la mozzarella, tout aussi nécessaire à la confection des *melanzane alla parmiggiana*, du Caseificio Ranieri, à Sora, dans le Latium. La tomate pelée venait de Calabre en bocaux, et l'huile d'olive d'un petit récoltant de Perpignan. Maggie descendait dans la réserve pour mettre la journée en place puis préparait la sauce tomate du jour. Rafi les rejoignait peu après et saluait ses « tantes », comme il les appelait. Il arrivait des halles de Rungis avec les meilleures aubergines, mettait son tablier et s'attaquait à celles qu'il avait la veille épluchées, tranchées et disposées en quinconce sous des poids pour les faire dégorger toute la nuit. Clara saisissait chaque lamelle à la poêle après l'avoir trempée dans un mélange d'œuf et de farine, l'opération devait être bouclée pour onze heures. Puis elle préparait les barquettes avant d'en enfourner une bonne moitié qui partait avec les premières commandes. Les employés des entreprises alentour, lassés des sandwichs et des salades sous plastique, se manifestaient dès dix heures pour avoir une chance d'être livrés. À midi, la totalité des portions étaient déjà réservées, et les retardataires avaient beau marquer leur déception, Maggie et Clara ne dépassaient jamais le nombre d'or de trois cents parts le midi, autant le soir, et pas une de plus. Leur seule chance de succès résidait dans cette perpétuelle recherche d'excellence, mais aussi dans l'invariabilité absolue de la formule. Ne rien changer à l'équation de base, ni à la recette, ni aux fournisseurs, ne pas chercher à optimiser les bénéfices, ni à varier le produit, ni à augmenter les prix, malgré le succès. Un an plus tard Maggie avait oublié les noms de ceux qui avaient prédit sa mort. Rafi pouvait à nouveau faire vivre sa nombreuse famille, Clara économisait pour s'offrir un jour son petit mas en Ardèche, Arnold avait repris ses études et se payait une chambre de bonne dans le quartier, et Sami avait retrouvé une crédibilité auprès de son contrôleur judiciaire. En les voyant tous mettre du cœur à l'ouvrage, jour après jour, solidaires, embarqués sur le même bateau, Maggie se sentait récompensée de ses efforts. Elle ne deviendrait jamais riche, elle n'ouvrirait jamais une seconde boutique, mais elle pouvait rembourser les crédits, garder la tête haute face aux banques et quitter son lit de camp pour s'installer dans un petit appartement en ville. Elle était enfin autonome et ne demandait plus un sou, ni au programme Witsec ni à son mari. Elle ne devait de comptes à personne, et ça n'était pas la plus petite des victoires. Mais Maggie, après tout ce qu'elle avait enduré, aurait dû le savoir : une utopie ne dure que le temps d'une utopie.

*

Pour le coffret d'un jeu vidéo, Belle avait posé en justaucorps noir et son visage avait été redessiné à la palette graphique. Pendant la séance, on lui avait présenté le concepteur du jeu, François Largillière, un type souriant et sympathique qui n'avait pas eu ce regard ébahi en posant les yeux sur elle, ni fait le malin en lui tournant des hommages plus ou moins subtils. Indifférent à toute idée de séduction, il s'était lancé dans une grande conversation, sans gêne ni stratégie, et avait laissé s'installer à son insu une réelle fantaisie. À tel point que Belle avait pris la faconde du garçon pour de la désinvolture.

La vérité était bien différente : François Largillière, plus encore que les autres, avait été subjugué. Il avait préféré s'interdire de rêver, parce que les contes de fées n'existent pas plus que les princesses, hormis dans les films à l'eau de rose et les jeux vidéo bas de gamme comme il refusait lui-même d'en concevoir. Si par extraordinaire on croisait une princesse dans la vie de tous les jours, il fallait l'exclure d'emblée, la rejeter sur-le-champ, la repousser le plus loin possible pour éviter toute désillusion. Cette seule certitude lui avait permis de rester lui-même et de garder intact son sens de l'humour.

Ce fut elle qui chercha à le revoir. François tomba des nues en entendant la voix de cette fille qui s'appelait Belle — un comble, ce pléonasme de prénom. La surprise se transforma en méfiance, elle appelait forcément pour lui soutirer quelque chose, mais quoi ? Il accepta de prendre un verre pour en avoir le cœur net mais elle ne lui demanda rien, ce qui rendit François Largillière encore plus méfiant au deuxième rendez-vous. Au troisième, ils se retrouvèrent autour de la pièce d'eau du jardin du Luxembourg et s'y attardèrent jusqu'à la fermeture, puis ils partagèrent des huîtres et du vin blanc, avant de rentrer dans le petit studio de Belle, rempli du lit central, qui laissait peu de place à toute autre suite. Leur très légère griserie, leurs rires complices, leurs gestes ébauchés, et soudain, leur nudité.

Tout à coup, Largillière prit un air distant et déclara comme un verdict *qu'il n'aurait pas d'érection ce soir*, puis remit son caleçon et engagea une conversation sur l'étanchéité des classes moyennes.

Dépassée par cet enchaînement, Belle se demanda comment il en arrivait à cette conclusion puisqu'ils ne s'étaient pas encore touchés, qu'une première fois était une première fois, qu'ils n'étaient pas là pour la performance mais pour que leurs corps fassent connaissance. Plus étonnant encore, Largillière lui épargnait l'inévitable litanie des garçons à la virilité en berne ; Belle laissa échapper un *Ce n'est pas grave*, qu'elle regretta dans l'instant, et il répondit : *Je sais*. Elle ne perdit pas espoir de redonner à un moment si important un peu de légèreté et lui proposa d'aller dormir tous deux chez lui, dans son univers. Ils traversèrent quelques rues silencieuses,

François lui ouvrit la porte de son lieu, immense et vide, aux murs blancs et sans la moindre décoration. Chez lui, il retrouva un peu d'aisance mais ne put chasser le spectre du fiasco. Belle, qui s'était mise à douter d'elle-même, de ses charmes, lui demanda si sa présence le mettait mal à l'aise. Il hésita un instant à dire ce qu'il avait ressenti en la voyant nue.

Parce que, en la voyant nue, il venait enfin de réaliser qu'une fille comme elle voulait d'un type comme lui, lui qui n'avait rien fait dans sa vie pour mériter une créature comme on en croisait dans les rêves, et bien plus émouvante encore, et si présente à lui, et comme attirée par son corps qui ne ressemblait à rien. Il suffisait à François de tendre la main pour se rendre compte qu'elle était vraiment là, dans le même espace/temps que le sien. Il finit par le faire, mais au lieu de lui caresser les épaules, les seins, ou de faire glisser ses mains sur ses hanches, il lui palpa l'avant-bras pour vérifier qu'elle était bien réelle.

Deux semaines plus tard, il avait accepté ce cadeau du ciel et s'était transformé en amant fougueux, perpétuellement émerveillé par ce corps qu'il ne laissait plus en paix à tant le cajoler.

*

Warren avait patienté six long mois avant d'attirer l'attention de Lena. Six mois à guetter des signes, à imaginer des stratagèmes, six mois consacrés à son activité préférée : chercher le profil de

Lena, le droit quand elle s'installait près de la fenêtre, le gauche quand elle restait vissée au radiateur. Pour les matières principales, elle s'asseyait près de Jessica Courtiol, son clone, même pull torsadé, mêmes godillots noirs, même moue affectée face au moindre effort. Mais Lena avait pris espagnol en seconde langue, Jessica allemand, et les deux inséparables échangeaient systématiquement quatre bises chaque fois qu'elles entraient en classe de langue — des adieux déchirants. Lena rejoignait alors Dorothée Courbières, un peu trop *girly* à son goût mais suffisamment douée en langues pour traduire les trucs compliqués, et juste assez cool pour prêter les cours qu'on avait séchés. Et le hasard s'en était mêlé : Dorothée malade ou Lena séparée de Dorothée parce que copiage, Warren perdu au milieu des tables, et voilà, un miracle qui se jouait en une fraction de seconde : Lena et Warren côte à côte. Les rares fois où cela s'était produit, Lena avait à peine jeté un regard à son voisin et avait plongé le nez dans son classeur pour jouer la montre. Warren, lui, respirait par le ventre pour contrôler ses battements de cœur, le visage en feu, angoissé à l'idée de rougir, mais à ça, il ne pouvait rien, sinon poser la joue sur sa paume et prendre un air dégagé. Il n'avait pas besoin de tant d'efforts, Lena l'ignorait sans le vouloir, le garçon à ses côtés n'existait pas, comme une transparence posée là, qui occupait l'hémisphère gauche de la table. Warren comprenait enfin pourquoi le mot « sexe » venait de « section » : la séparation. L'heure se partageait entre l'envie de fuir et celle de lui chuchoter quelque chose de drôle, de faire un geste frondeur qui l'impressionnerait. Au lieu de ça, il se laissait aller à la gamberge habituelle des adolescents sur l'infranchissable fossé entre garçons et filles. *Elle me calcule même pas cette conne.* Se sentir nié à ce point ne lui était jamais arrivé, et par le seul être au monde dont il avait envie d'attirer l'attention. Il devait y avoir quelque chose de logique là-dedans, mais quoi ? Parfois leurs coudes se frôlaient au moment d'ouvrir un manuel, Warren sursautait comme électrocuté, elle continuait son geste sans rien remarquer, au mieux elle lui glissait un *C'est quelle page ?* Il répondait *J'sais pas*, pris de court, et elle demandait à un autre. Que fallait-il inventer pour exister aux yeux de Lena Delarue ? Un 19 en dissertation ? Un scooter ? Des épaules de nageur ? Comment faire pour qu'elle le considère enfin comme une entité vivante ?

Pour l'épater, il avait pourtant l'embarras du choix ! Pendant cette heure de cours, il aurait pu se pencher à son oreille et dire : *Tu sais, j'ai été élevé par des tueurs, j'ai su faire démarrer une voiture volée avant même de savoir parler, je sais remonter un P.38 les yeux bandés et, en cachette de ma mère, mon père m'a fêté mes douze ans dans une boîte de strip-tease.* Toutes choses vraies mais dont il n'avait aucun droit de parler, et quand bien même, ça ne lui traversait pas l'esprit, parce qu'auprès d'elle il redevenait un garçon comme les autres qui, pour impressionner une fille, rêvait de courir plus vite et de lancer plus loin. Mais la sonnerie retentissait déjà et Lena se précipitait dans le couloir pour raconter à Jessica le néant de l'heure écoulée. Warren maudissait alors la terre entière, honteux d'avoir raté pareille occasion. Dans le hall, il croisait tant de jeunes gens qui se pavanaient, une fille à leur bras. Ces gars-là avaient bien plus de courage que lui, tout Manzoni qu'il était. Dans d'autres établissements, il avait été un petit caïd à qui l'on prêtait allégeance, c'était lui qui impressionnait les filles et non l'inverse. À peine un an plus tôt, dans un précédent lycée, une grande de terminale avait tenu à être *sa première*, comme elle disait, *Je serai ta première femme, tu ne m'oublieras jamais, toute ta vie tu te souviendras de Béatrice Vallée.*

Depuis que Warren avait cessé de se voir en futur grand architecte de la Cosa Nostra, il avait perdu toute sa morgue, tout son aplomb, et il existait désormais aux yeux des autres comme le quidam de la rue. Ses professeurs le disaient trop timide et ses rares copains le voyaient disparaître dès la sortie des cours. Une seule fois il avait accepté une invitation à une fête dans l'espoir de croiser Lena Delarue. Warren n'avait trouvé sa place nulle part, gauche en toutes circonstances, humour pas drôle, danse empruntée, incapable de s'insérer dans une conversation. Lena s'était amusée comme une petite folle, si à l'aise dans son âge et son époque.

À trop rester en souffrance, Warren profita du passage de sa sœur dans la maison parentale pour se plaindre des filles.

— Bon, arrête de chialer, comment elle s'appelle ?

— Qui ?

— Celle que tu n'arrives pas à intéresser.

— ... Lena.

— C'est quoi, le problème ?

— J'ai l'impression d'être invisible.

— Depuis combien de temps ?

— Ça fera six mois dans dix jours.

Belle essaya de l'aider sans toutefois éviter les poncifs d'usage, les conseils les plus attendus, et ne réussit pas à se convaincre elle-même.

— Faudrait qu'elle se rende compte que j'existe.

— Tu ne seras jamais un premier prix de mathématiques, tu cours le cent mètres moins vite que moi, je te trouve très beau mais surtout parce que tu es mon frère. Bien sûr, tu possèdes un mouchoir taché de sang ayant appartenu à Lucky Luciano, mais ça ne va pas te servir à grand-chose avec ta Lena.

— J'ai bien une idée, mais...

— Je n'aime pas quand tu me regardes avec ces yeux-là. C'est quoi ton idée ?

*

La nuit tombait déjà sur la colline de Mazenc et Fred quitta son transat, bientôt suivi par Malavita. Il retourna vers sa machine à écrire en grognant contre Maggie qui n'avait pas appelé de la journée. Selon lui, c'était à elle de donner signe de vie. Ceux qui partent se manifestent auprès de ceux qui restent, jamais l'inverse. Depuis que madame passait la semaine à Paris pour s'occuper de sa boutique, elle ne rentrait pas à la maison avant le vendredi soir, et les journées se faisaient plus longues à partir du mercredi. Or, c'était précisément ce jour-là qu'il aimait l'avoir au téléphone pour s'entendre dire des choses aimables, et dans sa langue maternelle, car rares étaient les occasions de parler anglais dans le petit village de Mazenc, Drôme, a fortiori avec l'accent de Newark, New Jersey. Il allait pester jusqu'à ce que le téléphone sonne, il allait lui en vouloir, la traiter de tous les noms, sa rage allait même déborder sur son écriture, il allait tuer un personnage qui n'avait rien demandé et qui aurait pu survivre jusqu'à l'épilogue. De fait, en plein milieu du chapitre, il créa de toutes pièces un personnage de femme quinquagénaire prénommée Marge, qu'il faisait périr dans d'atroces souffrances et dans des circonstances peu claires, mais qui obligeraient le lecteur à remonter quelques pages en amont, persuadé d'avoir raté quelque chose. Quand, à dix-huit heures, la sonnerie du téléphone retentit enfin, Fred ne put s'empêcher de se trahir dès les premiers mots :

— Tu me manques, mon amour. Et moi, je te manque ?

— Fred, s'il te plaît...

Il comprit la phrase muette qui suivait : *Fred, nous ne sommes pas seuls, ne sois pas si familier.* Depuis dix ans que leur téléphone était sur écoute,

39

Fred avait appris à ne plus se censurer, mais Maggie ne parvenait pas à oublier un Peter Bowles qui, un casque sur les oreilles, était prêt à enregistrer la conversation à la moindre formule suspecte.

— Ces gars-là n'écoutent que ce qu'ils veulent entendre, Maggie, ils se foutent de nos petits mots doux. Ils cherchent le secret d'État, le langage codé, la preuve formelle d'un complot, mais nos petits secrets à nous, ils ne veulent même pas les connaître.

— Fred, arrête ou je raccroche.

— ... Hein que tu t'en fous, Ducon ? Tu t'en fous de savoir que ma femme me manque, tu ne peux pas comprendre parce que tu n'as pas de femme. Pour toi, c'est de la littérature, une femme qui manque à la maison. Manquer à quelqu'un, tu ne sais pas ce que c'est, sac à merde, tu n'as jamais manqué à personne et personne ne te manque jamais ! C'est pour ça que tu es apprécié par ta hiérarchie, aucun moyen de pression sur toi, et si tu meurs en mission pas besoin de prévenir ta veuve ni de faire une collecte pour tes gosses, pas de pension, tu ne coûteras pas cher au contribuable ! Tu ne connais pas l'odeur chaude que laisse ta femme quand elle quitte le lit, c'est une odeur qui ne change jamais mais qui disparaît vite si elle dort ailleurs, et ça te manque, si tu savais... Mais tu ne sauras jamais !

— C'est bon, tu as gagné, imbécile.

Maggie raccrocha pour les laisser entre eux. Elle n'avait ni le temps ni la patience d'écouter son mari régler ses comptes avec l'Oncle Sam, tant pis pour lui s'il ratait les deux ou trois informations qu'elle avait à lui communiquer, elle ne rappellerait pas avant le lendemain.

— Salope ! hurla Fred qui raccrocha aussi.

Le pauvre Bowles, qui venait de se faire insulter, resta seul en ligne. Il s'accouda à la fenêtre pour calmer ses nerfs. Dans les aboiements de Fred, il n'avait pas entendu que des choses fausses, et c'était bien ce qui le rendait triste.

Il était devenu un agent fédéral comme on devient un champion, avec de la foi et de l'entraînement. Il avait été le plus jeune de sa promotion et avait rejoint les rangs de la DEA[1] où il s'était illustré à maintes reprises durant six ans. Et puis il y avait eu l'affaire du *house boat* de Sausalito, au nord de San Francisco. Une saisie de cinq tonnes de cocaïne sur un vieux navire rouillé reconverti en site d'héberge-ment pour des sans-abri qui ne s'étaient aperçus d'aucun trafic. Bowles, qui avait remonté seul la filière, avait pour une fois manqué de jugement et tardé à faire intervenir les renforts au moment du coup de filet. Du fait de son imprudence, son contact chez les trafiquants avait été exécuté, et un de ses collègues gravement blessé lors de la fusillade. Peter avait désormais trente-quatre ans et ses chefs lui avaient donné l'occasion de se faire oublier en France, en surveillant un ex-mafieux, autrement dit trois ans de purgatoire avant d'espérer retourner sur

1. DEA : *Drug Enforcement Administration*, équivalent de la Brigade des Stupéfiants.

le terrain et d'exercer à nouveau son métier d'enquêteur.

Depuis qu'il avait pris son poste, la journée type de Peter ne variait pas d'un iota ; il se levait à six heures, enfilait un tee-shirt pour aller courir quarante minutes en montagne, puis rentrait prendre une douche, buvait un café et guettait les premiers signes de vie chez les Wayne. Il écoutait les appels entrants et sortants et, comme un garde du corps, accompagnait Fred dans presque tous ses déplacements — quand ce salaud-là n'avait pas décidé de disparaître une heure ou deux, juste pour le sport, juste pour mettre en pratique un énième stratagème que Peter ne saurait pas déjouer. Bowles se tapait donc le sale boulot — avec parfois l'impression de servir de larbin à un gangster — et vivait un peu plus mal chaque jour sa mise au placard : le silence, la solitude, le mépris de Fred, les insultes. Des insultes qui faisaient mal dès qu'il s'agissait de sa vie privée et, surtout, de son célibat.

À sa manière, Fred vivait lui aussi une forme de célibat, et lui aussi la vivait mal. Il venait de passer sur Bowles une mauvaise humeur destinée à Maggie, qui s'était mis en tête d'avoir une vie à vivre, des ambitions toutes personnelles, un emploi du temps, et des priorités. Pour chasser le spectre de la solitude, il décida de se faire plaisir et décrocha son téléphone.

— Bowles ? Ce soir, je vais dîner dans la petite auberge où ils font ce foie gras avec de la confiture de figues, dans ce bled au nom imprononçable.

42

— Cliousclat.

— Comme ça, si je vous perds encore dans les lacets comme la dernière fois, vous saurez où je suis.

Et Fred, satisfait, retourna vers sa table de travail, incapable de s'avouer qu'une part de culpabilité avait sa place dans ce coup de téléphone à Bowles, et qu'elle lui aurait gâché la soirée ou même empêché de dormir.

*

Juste après avoir raccroché au nez de son mari, Maggie regarda sa montre, jeta un œil sur le carnet de commandes déjà plein, puis sortit sur le pas de la porte, comme tous les soirs à la même heure, pour s'assurer du moral des troupes avant la bataille. Le sien avait connu des jours meilleurs mais elle savait cacher ses inquiétudes au reste de l'équipage, c'était même son devoir de capitaine. La Parmesane avançait contre vents et marées, une belle synergie avait été trouvée, à quoi bon leur annoncer qu'une machine de guerre, croisée en eaux calmes, voulait à tout prix couler leur petite embarcation ?

À quelques pas de la boutique, un certain Francis Bretet, gérant d'une pizzeria appartenant à une multinationale américaine, n'avait jamais soupçonné l'existence de La Parmesane avant le coup de fil, trois mois plus tôt, de son responsable régional, Paris/Grande Couronne. Ce dernier lui avait signalé une baisse de 9 % de son chiffre d'affaires, quand

43

les dix-huit autres succursales parisiennes avaient augmenté le leur de 11 % en moyenne. On lui avait demandé des explications.

Tous les fast-foods du coin appartenaient à la Finefood Inc., le même groupe que le sien, basé à Denver, et jamais Francis Bretet ne s'était soucié de la concurrence. Il ne s'était pas aperçu que ses propres serveurs et livreurs allaient prendre leur pause déjeuner au coin de la rue, assis sur un banc, le nez dans une barquette en alu. Les pizzas et tous les autres plats de la carte avaient beau être gratuits pour son personnel, celui-ci préférait se restaurer dans cette petite échoppe sans enseigne et sans âme, et qui, de surcroît, ne proposait qu'un seul plat : des aubergines au parmesan.

— Des quoi... ?

Francis Bretet avait dû se rendre à l'évidence, cette Parmesane avait réussi à lui confisquer des clients. Une structure insignifiante, une cuisine familiale, une distribution artisanale, le degré zéro du professionnalisme. Le temps d'identifier l'ennemi, et son chiffre d'affaires était passé de – 9 % à – 14 %.

À – 17 %, il avait été convoqué au siège européen, à Gennevilliers, où la direction générale lui avait demandé des détails sur ce manque à gagner.

— Cette *Parmesane*, c'est quel groupe ?

— C'est une maison indépendante.

— Combien de succursales ?

— Aucune, juste la maison mère.

— Quel est le produit d'appel ?

— Les aubergines au parmesan. Du reste, c'est leur seul produit.

— Comment ça, leur seul produit ?

— Ils n'ont rien d'autre à la carte. Ni boissons, ni entrées, ni desserts.

— ... ?

— Ni viandes non plus.

— Des aubergines à quoi ?

— Au parmesan. C'est un peu le principe des lasagnes mais vous remplacez les feuilles de pâte par des lamelles d'aubergines.

— Combien de parts par service ?

— Trois cents à 6 € la part, et deux services par jour.

— Quelle est son augmentation proportionnelle ?

— Aucune, ils ont stabilisé à trois cents parts depuis maintenant un an.

— Ils ne cherchent pas à augmenter le chiffre d'affaires ?

— Non.

— ... ? Combien d'employés ?

— Deux à plein temps, deux à temps partiel.

— Impossible. Ils ne peuvent pas faire un sou de bénéfice.

— C'est exact : ils ne font pas un sou de bénéfice.

— Mais qui sont ces gens... ?

— Je suis en train de me renseigner.

— Et ces aubergines, qui les a goûtées ?

À ce jour, personne. Francis Bretet eut pour mission d'y aller voir par lui-même. Il eut beau prétendre *qu'il y avait de la place pour tout le monde*, et qu'il fallait *encourager une petite structure*, Maggie lut dans son regard l'envie furieuse de la voir à terre. Elle l'invita en cuisine pour lui servir une portion d'aubergines, dont il mâcha une bouchée, pressé de l'avaler pour décréter que *C'est bon, mais ce n'est pas le goût du public. Vous bénéficiez d'un phénomène de curiosité, mais à court terme la courbe de vos ventes va s'inverser, et personne n'y sera pour rien. Les lois du marché, madame Wayne.*

Maggie n'était pas prise au dépourvu, c'était bien elle qui, en s'installant rue Mont-Louis, s'était imposé un challenge. On l'avait traitée de folle quand elle avait osé ouvrir en face d'un géant de la restauration, un géant qu'elle avait vu naître, trente ans plus tôt, les soirs où, avec des copains, ils décidaient de pousser jusqu'à New York pour aller danser. Elle avait vu s'implanter un des tout premiers restaurants, sur Mercer Street, et se souvenait même de la première publicité à la télé, une immense pizza qui fait la joie de toute une famille, et de ce logo qui allait désormais faire partie du paysage urbain. Ceux qui savaient ce qu'était une pizza, à commencer par les Italiens et descendants d'Italiens, n'y mettaient jamais les pieds, mais ça n'avait pas empêché le colosse de s'asseoir sur son trône et de dominer le monde de la restauration rapide. Aujourd'hui, il détenait douze mille restaurants sur la planète et en ouvrait un nouveau chaque jour. Comment la brave Maggie, avec ses aubergines, pouvait-elle faire de l'ombre à *ceux d'en face* comme les appelait Clara ?

Francis Bretet sortit de leur rendez-vous convaincu du fort potentiel commercial de l'aubergine. Moins de deux mois plus tard, apparaissait sur leur carte, entre les pizzas, les ailes de poulet frites, les salades de pâtes, et les glaces aux noix de pécan, un plat de *lasagnes d'aubergines au parmesan*. L'équipe de La Parmesane ne put s'empêcher de les tester, plus par curiosité que par peur de la concurrence. Il s'agissait d'un produit entièrement industriel, à base d'aubergines aqueuses faute d'avoir été travaillées, de sauce tomate aigre faute d'avoir été mijotée, et de croûtes de parmesan largement mélangées à de l'emmental. En guise de recette, l'empilement des trois suffisait. Sortie de sa barquette, la chose, de couleur orangée et luisante, ne sentait rien sinon le gras, et ne proposait rien de plus à la dégustation. Le tout pour 4,50 € la part, un produit hors de prix pour son goût infect. Sur un prospectus distribué dans les boîtes aux lettres, assorti d'un petit topo sur les qualités nutritionnelles de l'aubergine, ils eurent le culot de faire passer la chose pour un produit diététique — *lasagnes végétales*.

Maggie, pour avoir vécu avec un gangster mû par l'appât du gain à son degré le plus féroce, ne remettait pas en question la logique du profit maximal. Mais elle ne parvenait pas à comprendre comment des industriels de l'alimentaire déployaient tant d'énergie et de moyens au service de la médiocrité. Combien d'ingénieurs avaient travaillé sur ce nouveau produit ? Combien de nouvelles machines avait-il fallu concevoir pour optimiser la fabrication ? Combien de scientifiques avaient cherché cette alchimie de composants artificiels, d'exhausteurs de goût et d'agents de texture pour combler la carence des matières premières ? Combien de concepteurs-rédacteurs avaient planché sur une communication pour donner à l'écœurant les couleurs de la gourmandise, pour coller l'étiquette d'équilibre à une petite catastrophe calorique, pour choisir la typo du mot *sain* et du mot *goût* destinés à un public qui en avait perdu le sens ? Maggie était épatée par tant d'efforts et d'inventivité dans le seul but de transformer l'argent en gras et le gras en argent. Mais elle n'était pas de taille à partir en croisade contre un cynisme aussi performant dans l'art de la distribution de masse et du marketing. Elle avait un autre combat à mener, exactement à l'opposé, et celui-là méritait toute son énergie : La Parmesane était l'expression naïve d'un désir de bien faire et d'un besoin de solidarité ; rien de tout cela n'avait de prix.

*

Belle trouvait François Largillière *impossible* et le lui disait parfois, « François Largillière vous êtes impossible », ce qui le mettait en joie. Il avait dix ans de plus qu'elle, vivait seul et sans attaches, savait se rendre disponible. Belle ne lui connaissait qu'un seul défaut : son peu de goût pour la vie réelle. Quand elle était en colère contre lui, elle le traitait de *nerd*, un mot que François avait dû chercher dans le dictionnaire : *personne à la fois socialement han-*

dicapée et passionnée par des sujets liés à la science et aux techniques.

Tout jeune, il avait suivi un cursus de sciences expérimentales afin, disait-il, de *comprendre les mécanismes de la nature et du vivant*. Il s'était découvert un réel talent en informatique et s'était spécialisé en intelligence artificielle et en interface homme/machine. Un éditeur de jeux vidéo lui avait demandé un nouveau simulateur de situations de combat mais François s'était vite lassé de la banalité des produits qu'il fabriquait, et avait décidé de consacrer tout son temps libre à élaborer son propre jeu. Au bout de centaines de nuits et de trop courts week-ends, il s'était senti prêt à présenter au monde le concept de MIND. *Man Interaction Neuronal Designer*. Un jeu en ligne qui avait obtenu un succès immédiat, et qu'il avait revendu à sa société, moyennant 1 % du prix des abonnements.

Devenir un homme riche lui avait permis de s'inventer une vie coupée du monde, hors de son époque, à l'abri des excès de l'espèce humaine. Il sortait rarement de son grand duplex qui donnait sur les jardins du Luxembourg, se réveillait tard et commençait la journée dans sa propre salle de sport, puis faisait ses courses sur Internet. Il donnait des nouvelles à ses amis par courrier électronique — des amis qui se raréfiaient à force de ne plus les voir — et la plupart de ses rendez-vous professionnels avaient lieu devant son écran, en vidéoconférence. Puis, le nez rivé à son ordinateur, il se consacrait à optimiser MIND, dont il sortait une nouvelle version tous les deux ans. Le soir, il commandait ses repas par téléphone chez des traiteurs haut de gamme, puis il retournait travailler, parfois jusque tard dans la nuit, ou bien il s'enfermait dans sa salle de projection pour voir des films sur un écran aussi grand que celui des cinémas. En allant se coucher, il priait le ciel pour que la journée du lendemain fût aussi délicieuse que celle qui s'achevait.

— Ça peut durer très longtemps comme ça, lui disait Belle. Compte tenu de votre forme physique, de votre régime alimentaire, de votre manque de stress et des très faibles risques d'avoir un accident de la route, vous pouvez battre des records de longévité.

Belle ne ratait jamais une occasion de lui avouer son aversion pour l'informatique en général, les nouvelles technologies, et surtout, les jeux vidéo. Des années durant, son frère Warren s'était pris pour un guerrier du futur et avait combattu des monstres d'une rare cruauté en frappant des poings sur un clavier jusqu'à frôler l'épilepsie. Bricolages d'enfants attardés, agressivité exacerbée, émotions factices, elle y voyait une démission du genre humain, un conditionnement par la machine, un refus du quotidien au profit d'une projection mentale aliénante. Largillière en était la preuve vivante et ne sortait déjà plus de son univers.

François se défendait de contribuer à l'abrutissement des masses ; dans son jeu, il n'était pas question de donjons, ni de dragons, ni de lance-roquettes à antimatière, ni d'univers fantasmagoriques et

50

décadents, et les usagers de MIND n'étaient pas des adolescents ultra-violents hallucinés par des écrans dégoulinant d'hémoglobine. MIND fabriquait des *fictions alternatives*, des histoires sur mesure pour chaque joueur, selon ses affinités et ses envies. Le jeu était capable d'analyser leurs réactions émotionnelles et leur proposait des situations vers lesquelles ils tendraient spontanément *dans la vie réelle* comme elle disait si bien.

— C'est un peu comme si vous étiez projetée dans un film écrit pour vous mais dont vous ne connaîtriez jamais la suite.

— ... ?

— Dans mon jeu, on peut croiser des personnages virtuels qui ne servent qu'à nourrir l'action, mais aussi des personnes vivantes connectées en même temps que vous, pour discuter avec elles ou faire un bout de chemin ensemble.

— ... Un bout de chemin ensemble, vous vous rendez compte de ce que vous dites, Largillière ?

Convaincu que son jeu faisait œuvre de salubrité publique pour tous les reclus du monde, François Largillière admettait cependant que la vie réelle était sans doute le meilleur endroit pour y croiser une Belle Wayne.

*

Pour se rendre visible aux yeux de celle qui lui faisait battre le cœur, Warren avait eu une idée saugrenue : apparaître à la fête de Dorothée Courbières avec, à son bras, un cataclysme blond.

— Comment parviens-tu à me faire faire ce que tu veux ? soupira Belle. Je te déteste pour ça !

— C'est pas que ça m'enchante mais les circonstances l'exigent. Et mets-y un peu du tien.

— Tu voudrais qu'on se roule des patins, en plus ?

— On l'a déjà fait.

— Tu avais cinq ans et moi huit !

De fait, ce soir-là, ils s'amusèrent comme des enfants à jouer les amoureux en public et à afficher leur complicité aux yeux du monde. Personne ne pouvait se douter que leurs œillades sensuelles étaient en fait des regards d'une profonde affection fraternelle, que leur façon de se prendre par la main était le signe d'une solidarité indéfectible, de celles qui unissent à jamais ceux qui ont surmonté ensemble de terribles épreuves. Belle manœuvrait mieux que son frère ne l'avait rêvé. Elle se rendait aimable aux yeux de tous, présente dans tous les groupes. Leur comédie de tourtereaux fonctionnait au-delà de leurs espérances. Le temps d'un verre de sangria, elle venait s'asseoir sur les genoux de son frère, et les jeunes gens présents auraient tout sacrifié pour être à la place de Warren. Les filles, troublées par leur étrange connivence, se demandaient quel mystère entourait ce garçon d'ordinaire si effacé.

— Il est bien dans notre bahut, non ?

— Il a un nom américain.

Par sa seule présence, Belle rendait son frère

incandescent, le sortait de l'anonymat, lui donnait une existence, un nom.

— Tu comptes en faire quoi, de ta Lena, si ton idée débile a le malheur de marcher ?

— Je veux tout. Pour toujours.

— T'as pas seize ans !

— Elle est l'élue, je le sais, je le sens.

— Et supposons qu'elle soit l'élue, comme tu dis, qu'est-ce qu'elle dira quand elle apprendra que je suis ta sœur ?

— Un jour, elle m'aimera comme je l'aime et, ce jour-là, elle me pardonnera le subterfuge. Elle me remerciera même de l'avoir utilisé.

Belle décida alors de passer à la vitesse supérieure et alla s'asseoir en tailleur dans le cercle que formaient Lena, Jessica et Dorothée, une bière à la main. Lena, qui s'était toujours sentie encombrée par sa féminité, lui posa mille questions sur sa robe, sur son invisible maquillage, sur sa peau de satin, et sur le sens de l'univers. Sur quoi, on lui parla de *son mec*, si jeune, si discret, si différent d'elle, et Belle se montra bien pessimiste sur la suite de leur histoire

— On ne garde pas un type comme ça longtemps. Je me prépare à mon premier chagrin d'amour.

Elle fit l'éloge de son frère comme elle le voyait avec son cœur, un être fin et gracieux, qui avait déjà tellement vécu pour son âge, et qui maintenant allait accomplir de grandes choses. Sans rien dévoiler de la vie des Manzoni, elle ne dit que la vérité.

Lena Delarue, Dorothée Courbières et Jessica

Courtiol cherchèrent toutes trois la silhouette du garçon dans la foule.

Dès le lendemain, Lena manœuvra pour s'asseoir à la table de Warren. Elle n'affichait plus ce masque blasé de l'adolescente qui cherche sa place dans le monde et avait retrouvé son regard de petite fille qui s'étonne de tout.

Les semaines suivantes furent celles des déclarations et des projets de vie, à jamais et pour toujours. Leur furieux et tout jeune amour leur semblait si fort qu'il résisterait à tout, y compris aux dangers d'un furieux et tout jeune amour. À l'âge où l'on craint ce que la vie réserve, ils décidèrent de ne rien remettre au lendemain. Warren allait, dans cet ordre précis :

1) en finir avec le lycée pour suivre une formation.

2) quitter la colline de Mazenc.

3) chercher un coin pour bâtir une maison.

4) y accueillir sa Lena quand elle l'aurait décidé, et quand elle aurait choisi sa propre voie.

Son besoin de s'éloigner des Wayne participait d'un profond désir de se reconstruire, et le regard tendre de Lena lui en avait enfin donné la force. Il voulait oublier le monde et demander au monde de l'oublier.

Il ne lui restait plus qu'à en informer ses parents. Mais cette fois, il allait les affronter seul.

*

Attablé dans le restaurant La Treille, Fred raclait le fond d'une coupelle de confiture de figues qui avait accompagné son foie gras et attendait qu'on lui serve un pavé au roquefort dont il gardait un excellent souvenir. À quelques tables de là, Peter Bowles s'attaquait à une salade aux gésiers et à une assiette de pommes de terre persillées. Comme à son habitude, il avait longuement étudié la carte et posé des questions sur la composition des plats, quitte à passer pour un de ces Américains qui se méfient des cuisines étrangères. En fait, il restait tout aussi vigilant dans son propre pays, c'était même devenu un sujet de moquerie de la part de ses collègues qui l'imitaient au moment de la commande : *Est-ce que vous ajoutez du glutamate dans la sauce ? Je pourrais avoir des lasagnes sans béchamel et sans fromage ? Votre tarte est faite maison ?* Peter subissait sans rien dire plutôt que d'avouer son vrai problème. Jadis, il avait menti dans les questionnaires de santé du FBI et répondu *néant* à la question des allergies ; il avait redouté les complications et l'interrogatoire serré d'un allergologue qui aurait pu rejeter son dossier — on en avait mis dehors pour moins que ça. Après plusieurs œdèmes de Quincke qui auraient pu lui coûter la vie, Peter avait totalement proscrit le lait, la farine complète, et de pernicieux colorants que l'industrie agro-alimentaire ne signalait pas toujours sur les emballages.

Il lui fallait maintenant attendre que ce putain de repenti soigne son cholestérol avec le menu à 32 €, sans compter la bouteille de Saint-Julien 95. Il eut le temps de voir sur l'écran de son ordinateur portable l'intégralité d'un vieil épisode de *Star Trek* avant que Fred n'en soit au sorbet trois chocolats et sa tuile. Peter le regardait se goberger en toute impunité et lier conversation avec les tables voisines, ou griffonner une note de temps à autre comme s'il était en permanence habité par son œuvre. L'agent fédéral ne ressentait aucune fascination pour ce genre de personnage qui savait prendre du bon temps où qu'il fût, ne supportait aucune contrariété, et profitait jusqu'à l'os d'un système encore archaïque en matière de justice. Graisser la patte aux indics et protéger les repentis, il fallait en passer par là, mais Peter vivait mal les compromis avec des types comme Manzoni. Trois heures plus tôt, ce salaud l'avait blessé — trouver le moyen le plus direct de faire mal avait été son métier. *Tu ne connais pas l'odeur chaude que laisse ta femme quand elle quitte le lit.*

Peter était plutôt bel homme, athlétique et sans vice particulier. Il avait écrit un mémoire sur la guerre de Sécession et jouait avec une belle honnêteté des nocturnes de Chopin. De tempérament affectueux, il ne s'était jamais comporté de façon cynique avec une femme, même les professionnelles auxquelles il avait fait appel après de longues semaines de planque dans des coins perdus. Et puis, il y avait eu Cora, la fille des propriétaires de l'hôtel Cashmere, à Philadelphie, où il avait séjourné lors d'une mission de huit mois. Vingt-sept ans, éduca-

56

trice pour enfants autistes, une fleur rare au parfum inconnu, tellement douce au toucher. Elle était tombée sous le charme de Peter, ce grand type au regard de fouine qui n'ouvrait la bouche que pour dire quelque chose d'utile ou de bienveillant. Il avait pris sa main au deuxième rendez-vous, ses lèvres au troisième. La suite ne fut qu'une affaire d'avenir.

Comme tous ses collègues, il avait tardé à annoncer à sa fiancée qu'il était flic. Non pas qu'il fût honteux, mais il connaissait trop bien ce petit moment de gêne où l'autre perdait tout naturel. Peter se méfiait surtout de la réaction des femmes, à la fois intriguées et méfiantes : c'était quoi, l'intimité avec un flic ? En faisant semblant de s'intéresser à son boulot, en lui posant mille questions, Cora avait cherché à savoir ce que lui réservait une vie entière avec Peter.

Et une seule nuit lui avait suffi pour renoncer. Combattre le crime consistait avant tout à le côtoyer, à s'y acclimater au point de le prendre pour objet d'étude et matériau de base, à le comprendre, à lui trouver une logique, et elle n'avait pas le courage d'imaginer l'homme qu'elle aimait aux prises avec tant de forces malsaines qu'il lui faudrait contenir. Comment savoir s'il était assez solide pour éviter que cette violence ne le ronge de l'intérieur et que sa famille n'en souffre ?

Peter, meurtri par sa décision de ne plus le voir, n'avait pourtant pu lui donner tort ; la veille encore, il avait été confronté à l'ignominie et à la bestialité à visage humain. Leur dernier soir avait été celui des larmes silencieuses et des regrets sincères, mais il ne changerait pas, elle non plus, et quand bien même chacun aurait été décidé à parcourir la moitié du chemin pour rejoindre l'autre, cette moitié leur semblait bien longue dès les premiers pas.

Aujourd'hui, il gardait une photo d'elle partout où il allait. Elle lui envoyait une carte postale à chacun de ses anniversaires.

— Hep ! À quoi vous rêvez, Bowles ?

De loin, Fred lui désignait la place vide en face de lui et la bouteille d'armagnac posée là par le chef cuisinier pour *accompagner le café de l'écrivain*. Les deux hommes ne s'étaient pas parlé en face à face depuis plusieurs semaines. Peter fut surpris par ce geste qui cachait à coup sûr un cadeau empoisonné.

— Venez goûter à ce truc, et ne me dites pas que vous êtes en service.

Dans le doute, Peter quitta son siège au cas où Fred, dont le penchant naturel n'était pas le partage, aurait un message à faire passer. De fait, il en avait un.

— Vous me connaissez, Bowles, je ne sais pas faire d'excuses, mais je regrette de m'être emporté au téléphone cet après-midi. Je n'aurais pas dû dire tout ce que j'ai dit, c'était stupide et vulgaire.

L'agent fédéral, entraîné à faire face à l'inattendu, n'avait rien vu venir. Des excuses ? Fred Wayne, des excuses ?

— Ça n'est pas un coup fourré, Bowles.

Entre autres raisons, Peter méprisait Fred pour sa

bêtise, cette bêtise animale dans laquelle il avait été élevé, cette faillite intellectuelle et morale qui l'avait poussé à commettre les pires atrocités, et dans laquelle il lui arrivait encore de s'ébattre, via l'écrit, comme un goret dans sa bauge. Mais c'était bien cette bêtise-là qui rendait ses excuses touchantes, car rien n'émouvait plus Peter qu'un crétin qui admettait avoir eu tort. Et plus la bêtise était grande, plus les excuses étaient sincères. Peter trinqua avec Fred pour montrer que le message avait été entendu. Ils s'accordaient là une courte parenthèse de cordialité dans un désert de dédain qui semblait ne jamais devoir finir.

*

Arnold rentra à la boutique après avoir livré la dernière commande de la soirée. Sur le coup de vingt-deux heures, le petit personnel de La Parmesane, une fois la cuisine nettoyée et les comptes mis à jour, se souhaita une bonne nuit de sommeil. Après avoir baissé le rideau de fer, Maggie s'installa sur un banc public pour y fumer la seule cigarette de la journée. De là, elle pouvait apercevoir l'imposante pizzeria de Francis Bretet et son fourmillement de livreurs autour d'une dizaine de scooters alignés.

Malgré un lancement national et une campagne d'affichage, leurs « lasagnes d'aubergines au parmesan » n'avaient pas eu le succès escompté ; *ceux d'en face*, par un curieux phénomène de rejet, continuaient à perdre des clients. Francis Bretet fut alors mandaté par sa direction pour faire à Maggie une offre de rachat, très généreuse, disproportionnée. Le contrat prévoyait la reprise du bail, le remboursement de l'intégralité de l'emprunt, l'exclusivité sur la recette, l'interdiction d'ouvrir un commerce de cuisine à emporter à moins de cinq kilomètres d'un de leurs restaurants, une promesse d'embauche pour chacun des employés, et une très belle somme qui aurait permis à Maggie et à Clara de profiter d'une retraite dorée.

Elle soumit la question à ses collaborateurs qui chacun avaient envie de mener jusqu'au bout l'aventure de La Parmesane — leur folle équipée tiendrait ce qu'elle tiendrait. *Que le meilleur gagne*, répondit-elle à Bretet, sans savoir qu'à ce jeu-là les meilleurs ne gagnaient jamais.

S'ensuivit une déclaration de guerre. Le tout petit succès de La Parmesane était intolérable pour une raison bien plus profonde que ces 17 % de manque à gagner. Il niait sans aucune explication plausible la loi du profit maximal, et cette remise en question d'une logique marchande inquiétait la direction du groupe.

— Vous rendez-vous compte que vous essayez de contredire à vous seule les fondements mêmes de l'économie de marché ? lui dit Francis Bretet.

— ... ?

À court d'arguments, il ajouta :

— Vous n'avez pas un mari qui vous demande des comptes ?

Maggie se retint de lui répondre : *Dieu puisse t'éviter qu'un jour Giovanni Manzoni ne t'en demande, des comptes, petit homme.*

*

Pendant que Belle tentait de réviser ses cours, à plat ventre sur le canapé, François lui massait les cervicales, puis les lombaires, puis les fesses, à la recherche d'os qui n'existaient pas mais qu'il malaxait avec grande patience.

Leur histoire durait, mais chacun d'eux refusait d'admettre qu'ils s'aimaient. Ils avaient juste envie d'être ensemble, de faire l'amour, de se passionner pour ce que racontait l'autre, de s'abandonner à une tendresse infinie, et de faire en sorte que cela dure le plus longtemps possible. Si, en plus de ça, il avait fallu s'aimer...

Ce bonheur-là était entré chez François sans prévenir, et il n'avait plus qu'à refermer doucement sa porte pour l'inviter à rester. Mais chaque fois qu'ils se déclaraient par gestes et regards et que l'harmonie des corps était à son comble, François se sentait tout à coup minuscule devant cette aventure que Belle lui proposait de vivre. Dans ces moments-là, pour cacher son angoisse, il lui assenait une rhétorique qui la laissait chancelante. Désormais il ne sortirait plus de son monde, entouré de ses six écrans vidéo, parce que son monde tendait vers une sorte de perfection paisible et froide, inaccessible à la démence de ses contemporains : il n'avait de comptes à y rendre qu'à lui-même. Un refuge pour tous les individus dénués, comme lui, de talent pour la vie réelle. Dans la foulée, il avouait volontiers n'avoir pas grand-chose pour lui, il était un amant tout à fait oubliable, qui ferait un mari défaillant et un père terrorisé. La vie réelle ne lui avait fait qu'un seul vrai cadeau depuis la naissance, sa rencontre avec Belle. Et elle allait bientôt sortir de sa vie comme elle y était entrée, à la vitesse de la lumière.

*

Avant de fuir la colline de Mazenc, le plus dur restait à faire pour Warren : mettre ses parents devant le fait accompli. Il quittait le nid plus tôt que prévu, sans rien leur demander, ni un appui, ni une caution, ni un conseil, et ce dernier point était bien le plus humiliant. Parce qu'ils allaient avoir leur compte d'émotions fortes, il préféra passer sous silence sa rencontre avec la femme de sa vie, et se concentrer sur son plan de carrière.

— Je vais quitter le lycée pour suivre une formation. Ce n'est pas une décision prise à la légère. Je commence en septembre.

Les parents s'efforcèrent de ne rien laisser paraître et voulurent des précisions sur cette « formation » qui sonnait comme une maladie grave.

— ... C'est un peu spécial.

— J'aime pas le mot *formation* mais j'aime encore moins le mot *spécial*, dit Fred.

— Tu sais, nous sommes prêts à tout entendre,

ajouta Maggie. Ton grand-oncle Frank gagnait sa vie en mettant le feu à tout ce qu'on lui demandait pour frauder les assurances.

Mais Warren tergiversait, déjà accablé par les jérémiades qui allaient suivre. Ses parents imaginaient les pires choses : saltimbanque, politicien, strip-teaseur, carrières impossibles compte tenu du programme Witsec qui interdisait d'apparaître en public. Mais de Warren, on pouvait tout attendre.

— Dis-nous, bordel !

— Je veux devenir menuisier.

— ... ?

— Menuisier ? répéta Fred pour chercher un sens au mot. Tu veux fabriquer des armoires ?

— Non, ça c'est de l'ébénisterie. Moi je veux travailler le bois pour aménager des espaces.

Fred et Maggie se regardèrent en pensant très exactement la même chose : quelle faute avons-nous commise pour en arriver là ?

Warren aurait été bien incapable de leur expliquer comment était née cette vocation. L'incident déclencheur avait eu lieu quelques années plus tôt, dans la maison normande. Le gosse avait eu besoin d'étagères dans sa chambre et s'était légitimement tourné vers son père, lequel avait fait la sourde oreille, découragé depuis toujours à l'idée de planter un clou. Las d'attendre, il avait demandé à sa mère de trouver une solution, mais toute à ses organisations caritatives, Maggie n'avait pas pris le temps de l'aider elle-même ou de faire appel à un professionnel. De guerre lasse, il s'était rendu tout seul dans un magasin de bricolage et en était revenu avec planches et fixations, et surtout, une mallette d'outillage pour le petit ouvrage.

Avec une patience d'ange, le gosse de quatorze ans, livré à lui-même, avait ouvert des notices, fait des essais, pris des mesures, découpé ses planches à la scie sauteuse et fixé ses chevilles à la perceuse. Le travail de ponçage lui avait procuré un plaisir sensuel, il avait su rendre douces au toucher des découpes rugueuses. Gêné d'avoir raté un rendez-vous qui les aurait rapprochés, Fred était passé voir comment se débrouillait son fils. En jetant un œil sur le kit de bricolage, des souvenirs lui étaient revenus en mémoire. La perceuse lui avait rappelé cette cave dans le Queens, avec ce type attaché à un radiateur, qui avait parlé à la deuxième perforation à la mèche de 16. La scie sauteuse lui avait rappelé Jurgen le maquereau, qui avait oublié de reverser un pourcentage sur ce que lui rapportaient ses filles. Il avait fallu rendre méconnaissable son cadavre, et donc se débarrasser de la tête et des mains. C'était au doux temps où l'empreinte ADN ne leur compliquait pas encore la tâche.

Fred s'était rendu à l'évidence : son fils avait monté un mur d'étagères tout seul. Et elles étaient solides, il s'y était accoudé.

— Je suis fier de toi, mon grand.

C'était faux. Il lui en voulait d'avoir abouti et de s'être passé de son père. Le gosse s'était senti fier jusqu'au vertige d'avoir fabriqué quelque chose de ses mains, et ce quelque chose ferait désormais partie de la maison, et ceux qui viendraient après eux garderaient peut-être sa bibliothèque. Warren avait, ce jour-là, associé l'idée de travail et celle de pérennité. Comment son gangster de père aurait-il pu le mettre sur la voie ?

Quelques mois après son transfert au lycée de Montélimar, il s'était inscrit à une visite au musée des Compagnons, à Lyon. On lui avait expliqué qui étaient ces ouvriers qui apprenaient leur métier à l'ancienne, en faisant un tour de France des meilleures entreprises pour parfaire leurs connaissances dans chaque spécialité. Leur périple se concluait par un « chef-d'œuvre », le condensé de toutes les techniques acquises. Le musée comptait plusieurs de ces chefs-d'œuvre, dont celui de leur guide, Bertrand Donzelot, qui aimait autant parler de son métier que l'exercer. Il s'agissait d'un escalier courbe d'une complexité et d'une esthétique uniques. En aparté, Warren lui avait demandé mille détails sur un pareil ouvrage, et le vieux maître s'était fait une joie de les lui donner. Ils s'étaient revus près de Valence, dans l'entreprise de menuiserie du vieil homme, spécialisée dans les travaux délicats, dont les parquets anciens et les escaliers courbes. Les commandes manquaient moins que les apprentis capables de se lancer dans cette carrière de haute précision.

La première réaction de Maggie fut la stupeur. Elle avait toujours connu son fils derrière un écran, prêt à foncer dans le troisième millénaire, et il leur annonçait aujourd'hui qu'il voulait devenir... artisan ?

— Au lieu de rentrer en première, je commence mon CAP de menuiserie au LEP de Montélimar, et ensuite je m'installe près de Valence, sur le plateau du Vercors, chez un maître menuisier qui sait où me loger.

La réaction de Fred ne se fit pas attendre. Il coinça son fils quelques jours plus tard, entre hommes.

— Si tu avais voulu devenir un affranchi et reprendre la carrière là où je l'ai laissée, je ne t'aurais pas encouragé. Mais j'aurais compris.

— ...

— Si tu avais voulu entrer au FBI, j'aurais compris aussi. Tu aurais fait la chasse aux *wiseguys* pour mettre des types comme moi hors d'état de nuire. Tu l'aurais fait *contre* moi. Tu aurais pris la voie exactement opposée, une façon inversée de marcher sur mes traces. Mais ça... Poser des lattes de parquet...

Deux ans plus tard, son CAP en poche, Warren s'installait comme apprenti chez Bertrand Donzelot. Sur le plateau du Vercors, il se partageait entre sa chambre d'hôte, dans une petite résidence à l'orée de la forêt, et l'atelier à bois de son vieux maître. Son corps et sa musculature s'habituaient peu à peu à une nouvelle discipline, son organisme à une nouvelle hygiène de vie, et ses sens à de nouvelles surprises. Il se levait et se couchait au rythme du soleil, se consacrait à l'ouvrage, parlait peu, et profitait d'une nature sauvage qu'il ne se lassait pas d'explorer. L'hiver y était si rude que dans certains coins on circulait en chien de traîneau, et il n'était pas rare de voir des natifs se déplacer dans la neige à l'aide de raquettes. Le programme Witsec aurait pu y reloger des repentis jusqu'à la nuit des temps, impossible d'imaginer un tueur de LCN capable d'affronter un froid et un relief pareils. Ce coin-là avait été un haut lieu de la Résistance et Warren, après quelque temps sur place, ne s'en étonnait plus.

*

Bowles descendit son verre d'armagnac en deux gorgées et le reposa d'un geste sec comme sur un comptoir de bar. Il buvait rarement mais n'appréciait que l'alcool fort, suivi parfois d'une bière pour éteindre le feu, et à l'exception de ce soir, pas pendant le service.

— Ça ne vaut pas une bonne tequila bien de chez nous, dit-il, mais je sais apprécier un poison qu'on a laissé mûrir.

— Offert par la maison, dit Fred, et pour le reste, tenez, c'est moi qui vous invite.

— C'est le contribuable américain qui paie votre addition et la mienne, Wayne.

— C'est ce qui me donne de l'appétit, et c'est ce qui vous coupe la faim, voilà toute la différence entre nous. En outre, si vous convoquez à cette table ce pauvre contribuable américain, vous serez obligé d'admettre que je lui coûte bien moins cher qu'avant. Je gagne quelques sous avec mes bouquins, Maggie avec sa boutique, et les gosses sont déjà indépendants, pressés de ne plus vivre aux crochets de l'Oncle Sam et de leur truand de père. J'ajoute que nous payons entièrement la location de ce palace sur lequel vous veillez comme une mère poule. Ce n'est pas ma faute si vos supérieurs ont tout juste de quoi vous louer un placard.

— Je me demande encore pourquoi le Bureau ne vous lâche pas dans la nature une bonne fois pour toutes, depuis le temps.

Après le Procès des cinq familles, les dirigeants de LCN s'étaient révélés incapables, malgré une prime de 20 000 000 \$, de remettre la main sur le traître et de le châtier comme ils en avaient châtié d'autres avant lui. Aujourd'hui, après douze longues années, le risque de représailles était bien moins fort ; même les plus virulents et les plus rancuniers des *capi* commençaient à oublier le rat Manzoni. Alors pourquoi maintenir le dispositif de surveillance, avec tout ce qu'il comprenait de logistique visible et invisible ?

— Vous autres du Bureau êtes des ingrats, dit Fred. Combien de types avez-vous laissés tomber après les avoir traits comme des vaches ? Louis Fork a été retrouvé dépecé quarante-huit heures après que le Bureau lui a tourné le dos. Pareil pour Carl Kupack, avec une mention spéciale pour Paul Lippi que l'un de vous a directement vendu à son pire ennemi. Parce qu'il y a des balances aussi chez vous, les G-men[1].

---

1. Abréviation de *Government-man*, surnom donné aux agents du FBI.

— Ça n'a jamais été prouvé.

— J'en saurais plus que vous, Bowles ? Votre collègue a touché 500 000 $ pour ça. Qu'est-ce que vous croyez ? Du temps où je faisais encore partie de LCN, j'avais la liste des fédéraux qui en croquaient. Je connais mes classiques et je ne tomberai jamais dans les pièges de mes prédécesseurs.

— Ça ne m'explique pas pourquoi vous avez droit à ce traitement de faveur.

— Nous ne sommes que deux à connaître la réponse. Votre chef, Tom Quint, et moi. Et s'il ne vous met pas dans la confidence, ne comptez pas sur moi. C'est un pacte entre nous.

Le fameux capitaine du FBI Thomas Quintiliani, que tous appelaient Tom Quint, avait lui-même organisé le programme de protection du témoin Manzoni, de sa femme et de ses enfants. Il les avait relogés en France, il les avait rebaptisés, surveillés, et déplacés si souvent. Depuis, Quint séjournait en Europe pour s'occuper des retombées de l'affaire Manzoni qui semblaient n'avoir jamais de fin. Les services secrets français et la DST avaient laissé le FBI loger la famille d'un repenti américain sur leur territoire en échange de la formation à la protection de témoins que leur offrait Quint. Un tout nouveau programme qui se mettait en place dans divers pays d'Europe.

— Je suis plus malin que tous les instructeurs de Quantico[1] réunis, et vous allez me bichonner encore

1. Centre de formation des agents du FBI.

69

longtemps, les gars. J'en userai d'autres après vous, Bowles.

La trêve n'avait duré que le temps d'un verre. Peter se sentait las de cette interminable petite guerre. Il avait envie de rentrer pour téléphoner à son copain Marcus, au service des roulements, qui lui dirait dans combien de temps arrivait la relève.

*

Devant un feu de bois, un dernier verre à la main, Fred se sentait bien trop seul pour regagner son lit vide. Un soir comme celui-là, faute de Maggie, une autre aurait fait l'affaire, car ce n'était ni d'amour ni de sexe qu'il avait besoin, mais de douceur féminine. Plus il vieillissait et moins il pouvait s'en passer. Il avait appartenu à une confrérie de voyous et se félicitait désormais de s'être enfin débarrassé de la compagnie des hommes. Tant de soirées à jouer au poker, à partager des soupières de spaghettis, à fréquenter des bordels avec les gars de son équipe, de plus en plus acariâtres et bedonnants. En cas de rivalité avec un autre gang, on rencontrait les mêmes types bedonnants et acariâtres, et il fallait faire semblant d'être amis et s'embrasser comme des frères — une punition. Cet humour qu'il ne supportait plus, gras comme ceux qui en jouaient, et toutes ces cuites à dire des conneries avec toujours ces mêmes types qui n'arrivaient pas à rentrer chez eux pour aller se coucher. Fred avait été un de ceux-là. Aujourd'hui, il bénissait le ciel de ne plus avoir à supporter ces soirées où chacun évacuait son trop-plein de testostérone comme il pouvait, soit en traitant de putes toutes les femmes de la terre, soit en cassant la figure au premier venu. Les dernières années, il leur faussait compagnie en prétextant des ennuis familiaux pour ne pas les vexer et perdre leur confiance. En fait, il rentrait bel et bien chez lui pour voir un film avec Livia, ou bien il donnait rendez-vous à une de ses maîtresses dans la plus belle chambre d'hôtel de Newark, sans forcément faire l'amour, juste pour profiter de sa présence, de son odeur, de la mélodie de sa voix suspendue dans la nuit, de sa nudité offerte sans malice. Ils partageaient alors une intimité qui ressemblait à s'y méprendre à de la tendresse. Et là, plus besoin de paraître viril à tout prix ni de laisser parler sa violence naturelle, plus question de conquérir de nouveaux territoires ni de plumer de futures victimes. Giovanni repoussait tout ça au lendemain en espérant parfois qu'il n'arrive jamais. Et si, bien des années plus tard, il tentait d'analyser les raisons pour lesquelles il avait comparu à ce procès, balancé ses confrères et claqué la porte de la Cosa Nostra, l'idée avait sûrement dû germer une de ces nuits où il s'était retrouvé seul avec une femme.

Avant d'aller se coucher, il s'installa devant sa machine à écrire, sortit le calepin où il notait tout ce qui lui passait par la tête, enclencha dans le chariot une feuille remplie aux trois quarts, intitulée *Notes,* et y reporta la moisson du jour.

— Essayer de placer les mots "afflic-
tion" et "maléfice".

— Et aussi la phrase : "Je sais
apprécier un poison qu'on a laissé
mûrir."

— Dépasser cette putain de page 28
avant demain soir.

2

Cette année-là, les Wayne n'avaient pas passé Noël ensemble, et Fred, seul sur sa colline, y avait vu un signal fort. Maggie n'avait pas eu le cœur de lâcher son équipe un soir de réveillon ; à la fin du service, ils s'étaient retrouvés tous les cinq autour de quelques bouteilles et avaient ouvert la porte de La Parmesane aux traînards et aux sans-abri du quartier — une nuit inoubliable. De son côté, Belle avait laissé François Largillière transformer Noël en fête païenne et ne l'avait pas regretté. Warren avait été invité chez les Delarue, un geste symbolique d'intronisation du futur gendre ; le père, en le voyant à table, avait dit : « Toute la famille est au complet, nous pouvons commencer. » Et Fred avait réveillonné en tête à tête avec la chienne, qui avait eu droit à un beau quartier de dinde.

Le premier week-end de février fut celui des retrouvailles. Maggie arriva la première, le vendredi soir, avec une seule idée en tête : dormir douze heures de suite. Fred connut une première déception en la voyant filer dans le salon sans se laisser embrasser, pressée d'ouvrir son courrier et de passer un coup de fil. Elle avala machinalement deux cuillerées d'un consommé de pois cassés dont il avait repéré la recette dans un de ces magazines qu'elle n'avait plus le temps de lire. Son téléphone portable sonna en plein milieu du dîner et Maggie décrocha avant même que Fred ait eu le temps de marquer son exaspération.

— Comment ça, plus de barquettes de quatre ? Et dans la réserve, derrière les cartons Spinelli ? Passe-moi Rafi...

Fred haussa les épaules en la voyant s'éloigner pour continuer sa conversation à mi-voix.

— Tu leur as dit que tu avais une vie, toi aussi ?

Pour toute réponse, Maggie lui rappela l'époque où, devenu chef de clan, Fred ne rentrait jamais avant cinq ou six heures du matin.

— Et pour faire quoi ? Pour « travailler » comme tu disais ? Non, pour traîner avec ta bande d'abrutis dans des tripots crasseux qui puaient le cigare et l'eau de Cologne.

Elle lui demanda à nouveau pourquoi il lui en voulait tant de s'être lancée dans cette aventure de La Parmesane. De peur de dire ce qu'il avait sur le cœur, Fred se mura dans le silence. Sans doute lui en voulait-il pour cette tardive et si épuisante solitude qu'elle lui imposait, mais ça n'était pas la raison principale. Il lui en voulait surtout d'avoir pris une indépendance professionnelle totale qui en présageait une autre, plus radicale. En créant son affaire

74

à Paris, elle posait les bases d'une nouvelle vie, celle de l'après-Fred.

Dans l'heure qui suivit, il attendit un geste affectueux qui ne vint pas. Le pire fut sa façon sournoise de disparaître dans la chambre sans prévenir. Vexé, il retourna dans son bureau et écrivit un passage où son personnage principal exprimait toute sa rage sexuelle avec deux prostituées prêtes à tout. Fred s'étonna d'avoir tant d'imagination en la matière et se laissa surprendre par des situations qu'il mettait en scène sans les avoir vécues. À deux heures du matin, pris d'une inspiration vengeresse qu'il entretenait à la vodka, il décrivit un pur moment de pornographie qui se consuma jusqu'à l'aube.

Onze jours qu'il n'avait pas fait l'amour avec sa femme, désormais sa seule partenaire — dans un hameau de moins de cent habitants, avec un Bowles aux aguets toute la sainte journée, Fred était bien le dernier homme au monde à espérer *aller voir ailleurs*. À sa grande époque, ça ne serait jamais arrivé. Il aurait téléphoné à Jennie, sa *fuck buddy*, copine de toujours qui aimait lui faire plaisir sans poser de questions, et qu'il couvrait de cadeaux pour se donner l'impression de ne pas la payer. Il y avait eu aussi la belle Matilda, l'inaccessible, la divine Matilda. Gianni rêvait d'elle quand il la voyait, au Twin Club, paraître au bras d'Amadeo Cortese qui régnait sur l'East End ; avec tout le respect qu'il devait à la maîtresse d'un *capo*, Gianni effleurait d'un baiser le dos de sa main, quand il avait furieusement envie de retourner la dame dans tous les sens et de la faire crier devant tout le monde. À la mort d'Amadeo, elle avait osé paraître à l'enterrement, et la veuve, devant le cercueil, lui avait craché au visage. Comme toutes les ex-maîtresses de mafieux, Matilda était tombée dans la misère, entre un job à temps partiel dans une boutique de fleurs et un studio vétuste à la périphérie de Newark. Giovanni Manzoni l'avait revue, soi-disant pour lui présenter ses hommages et lui assurer *qu'elle serait toujours son amie*. Ils avaient couché ensemble une semaine plus tard, après une bouteille de champagne français qu'il était désormais le seul à lui faire boire.

Fred donna à l'une des deux prostituées les traits de Matilda, et ce simple procédé l'inspira plus encore. Il décrivit, avec ses mots à lui, deux ou trois passes savantes qu'il avait l'habitude de pratiquer avec elle. En relisant l'ensemble, Fred dut convenir que, somme toute, s'il n'avait pas couché avec sa femme cette nuit-là, il avait écrit quatre feuillets qui l'épataient par leur ardeur. *À quelque chose malheur est bon.*

À huit heures, le jour pointait entre les rideaux, et Maggie s'étirait, fraîche et reposée après cette longue nuit. Elle voulut attirer Fred dans ses bras pour lui faire les câlins dont il avait été privé la veille. Sur le point de s'assoupir, il lui tourna le dos en disant :

— J'ai travaillé tard, je suis crevé, chérie.

*

Le TGV de 11 h 40 en provenance de Paris déposa Belle à Montélimar. Adossée à la voiture, sa mère l'attendait sur le parking. Depuis que La Parmesane était en danger, Maggie se sentait coupable de n'être pas avec ses troupes. On avait bien plus besoin d'elle rue Mont-Louis, dans le onzième arrondissement de Paris, que sur la colline de Mazenc. Belle fut surprise de ne pas voir son père, qui habituellement venait la chercher, toujours accompagné de Bowles.

— Il dort, fit Maggie. Il s'est pris pour Stephen King toute la nuit.

À peine arrivée dans la maison, Belle monta dans la chambre jaune, côté sud, et y retrouva son bric-à-brac de jeune fille, divers objets adoptés dans chacune des villes où les Manzoni étaient passés, mais presque plus rien de Newark, sinon une sorte de souris en peluche baptisée Groggy qui la suivait depuis la naissance. Elle s'allongea sur le lit et sortit son téléphone portable dans l'espoir d'y entendre un message de Largillière. Ce salaud-là n'appelait jamais pour éviter d'en avoir pris l'habitude le jour où ils ne se verraient plus. Comme si elle lui avait jamais demandé de s'engager auprès d'elle ou de changer quoi que ce soit à son style de vie ! Au contraire, elle l'acceptait avec toute sa bizarrerie, et Dieu sait si parfois celle-ci prenait des contours obscurs. En voyant sa messagerie vide, elle le haït pour la centième fois depuis le réveil, et il n'était que midi.

Quand Fred fut levé, Belle se précipita dans ses

bras et l'entraîna dans le séjour d'été, pour bavarder jusqu'au déjeuner, et seuls. D'emblée il devina une ombre de mélancolie sur le visage de sa fille adorée.

— Raconte-moi ta vie, demanda-t-il. Je ne veux entendre que les mauvaises nouvelles, si par malheur il y en a. Je sais faire un sort aux mauvaises nouvelles, j'ai encore du talent pour ça, ma fille.

— Pas de mauvaises nouvelles.

— Si, tu as maigri, ça veut dire que tu es malheureuse.

— Mais non, je n'ai pas maigri, et puis non, je ne suis pas malheureuse.

— Tu as un amoureux qui te fait souffrir ?

— Qu'est-ce que tu vas chercher ? répondit-elle, rougissante que son père ait mis dans le mille.

— Si un jour le cas se présentait...

— Je sais, papa, tu m'as déjà fait le descriptif de ce que tu lui ferais subir. Dans mon souvenir, tu commençais par les genoux.

— Le genou se travaille bien à la matraque ou, à défaut, au tuyau de plomb. Quand on frappe bien latéral, le type marche pour le reste de sa vie comme sur le pont d'un bateau qui tangue. Ensuite je lui arrangerai l'estomac avec un sac d'oranges. Tu connais le sac d'oranges ?

— Oui, papa. On met cinq oranges dans un linge et on tape dans le ventre pour provoquer des hémorragies partout à l'intérieur sans que ça se voie à l'extérieur.

— Ensuite je finirai par ses dents. Après mon

détartrage, quand ton type dira : *finfore fon farfon*, cela voudra dire : *j'implore ton pardon*.

— Papa...

— Si quiconque te fait souffrir, voilà ce que je ferai. Je peux te le jurer. Dis-le-lui.

Malgré la gravité de son ton, Fred éprouvait un réel plaisir à se voir démolir un coquin épris de sa fille. Et malgré la brutalité du tableau, Belle ne put s'empêcher de sourire en imaginant François Largillière en pièces détachées. Quitte à le réparer ensuite et faire de lui son éternel débiteur.

Maggie, le tuyau d'arrosage à la main, les épiait de loin et regrettait de ne rien entendre de leurs messes basses. Elle s'occupait sans enthousiasme d'un jardin qu'elle laissait à l'abandon ; son tamaris avait l'air triste, son figuier avait peu donné cette année, ses rosiers ne passeraient pas l'hiver, et son laurier blanc se mourait.

— Le samedi, c'est bien le jour de la camionnette à pizzas ? Va nous en chercher quatre, demanda-t-elle à Fred. Avec une salade ça suffira.

Une proposition ferme qu'il valait mieux ne pas négocier. Fred décrocha le téléphone sans composer de numéro et attendit le déclic habituel.

— Bowles ? Je vais chercher des pizzas. Je peux y aller seul, mais c'est vous qui voyez. Au cas où, je vous en rapporte une ?

L'agent fédéral savait que Fred était bien moins enclin à faire des bêtises entouré de sa famille.

— Une quatre-saisons, sans fromage.

Emmitouflé dans sa vareuse en cuir, Fred descendit au cœur du village où se croisaient les routes de Montélimar et de Dieulefit. Il s'arrêta au bistrot pour commander deux pastis, qu'ils allaient déguster, malgré le froid, au comptoir de la camionnette, le pizzaïolo et lui. C'était désormais leur rituel, été comme hiver.

— Tiens, c'est l'écrivain, fit-il en s'essuyant le front couvert de sueur et de farine. On se plaint de mes pizzas mais on y revient toujours.

— Vous avez compris quelque chose à la pâte mais vous avez encore beaucoup d'efforts à fournir sur la garniture.

Fred avait réussi à se faire accepter par la petite commune de Mazenc qui voyait en lui un artiste reclus dans son château, plongé nuit et jour dans sa création. Mais c'était aussi un garçon jovial qui discutait avec toutes les pipelettes, trinquait avec les ivrognes, et caressait les chiens des mamies. Pierre Foulon, le vendeur de pizzas, était l'un des rares dont Fred recherchait vraiment la connivence.

— Bientôt vous n'aurez plus à vous plaindre de mes pizzas, l'écrivain.

— Pourquoi, vous allez prendre des cours chez Di Matteo, à Naples ?

— Non, parce que je vais devoir arrêter.

— ... Vrai ?

— Vrai.

— Je retire tout ce que j'ai dit, elles sont excellentes, vos pizzas, surtout la calzone.

— Je ne plaisante pas, j'arrête.

Fred sentit poindre un aveu difficile.

— J'y arrive plus, je vais devoir revendre la camionnette.

— Mais... il n'y a pas si longtemps vous disiez qu'on commençait à vous connaître un peu partout dans la région.

— C'est vrai.

— Vous savez, ma femme tient à Paris une espèce de petite entreprise comme la vôtre, de la bouffe à emporter, quoi. Si vous avez des soucis de gestion, elle peut peut-être vous conseiller.

Pierre Foulon, ancien transporteur routier, avait sillonné l'Europe durant des années. Un jour, lassé de ne pas voir grandir sa petite dernière, il avait donné sa démission à ses risques et périls pour tout miser sur un rêve qui sentait la farine chaude et la sauce tomate. Il avait investi dans une camionnette et une licence et, après des débuts difficiles, il était devenu « le pizzaïolo » pour les sept ou huit villages qu'il visitait chaque semaine. Le soir, toujours à la même heure, il rentrait chez lui pour jouer avec la petite, qui ne résistait pas à sa pizza aux anchois.

— Non, c'est pas la gestion.

Fred ne pouvait plus couper à un exposé dont il se serait bien passé. Quel besoin avait-il eu d'ouvrir cette brèche dans laquelle l'autre allait s'engouffrer.

— Alors, c'est quoi le problème ? lâcha-t-il, sans aucune curiosité pour la réponse.

Afin de rendre possible son montage financier et de payer les traites de la camionnette et du four, Pierre Foulon avait dû louer le seul bien qu'il possédait, un grand trois-pièces dans Montélimar. Il s'était installé en rase campagne avec sa famille, une nouvelle vie avait commencé, mais il s'agissait là d'un équilibre instable qui se jouait certains mois à une centaine d'euros près.

Fred se demanda pourquoi les gens donnaient autant de détails quand ils racontaient leurs petits soucis. Il lui paraissait indécent de se confier à un quasi-inconnu, de se montrer en situation de faiblesse.

— ... Les vrais ennuis ont commencé il y a un an, poursuivit-il.

Son locataire avait tout à coup cessé de payer. Pierre Foulon avait bien essayé de patienter, de négocier, il lui avait même proposé de l'héberger dans une grange, avec le minimum de confort nécessaire, et gratuitement, mais le locataire indélicat lui avait ri au nez.

Fred écoutait à peine et priait pour que le pizzaïolo mît enfin la main à la pâte. Les deux calzones, les deux napolitaines, et la quatre-saisons sans fromage n'allaient pas se faire toutes seules, on n'allait pas y passer l'après-midi, d'autant qu'on pouvait tout à la fois se plaindre et malaxer une boule de pâte, bordel.

— J'ai été tenté de porter plainte mais les services sociaux m'ont donné tort : on ne peut pas mettre un type dehors en plein hiver. Et vous ne savez pas la meilleure, j'ai appris que le gars était plein aux as ! Il organise des parties de poker en plus, chez moi !

Où Fred trouverait-il désormais ses pizzas si

Pierre Foulon rendait son tablier ? Il avait testé deux ou trois pizzerias de Montélimar mais aucune ne l'avait convaincu. Pas question non plus de surgelés ou autre infamie du genre. Alors quoi ?

— Et puis, les voisins m'ont signalé des dégâts des eaux, et des bruits de travaux dans l'appartement, et ça m'a inquiété. Alors j'ai décidé d'y faire un tour, je sais que je n'en avais pas le droit mais j'avais gardé un double.

Les faire soi-même ? Il fallait être équipé pour, une cuisinière classique ne chauffait pas assez. Installer un four à pizza dans le jardin ? Ça nécessitait autant d'entretien qu'une piscine, sans parler des travaux, de l'autorisation à demander, que des soucis.

— J'avais pas eu le temps de constater les dégâts que ce salaud de locataire a prévenu la police ! Il a même porté plainte pour violation de domicile. La loi lui en donne le droit.

Pierre Foulon était désormais passible d'une peine de prison et de 15 000 € d'amende.

— J'espère que mon ancien patron va me reprendre, juste pour éponger mes dettes.

— Avez-vous pensé à tous ces gens qui vont regretter vos pizzas ? Il faut vous accrocher, il y a sûrement des solutions. Et quand vous aurez surmonté cette épreuve, vous verrez qu'à quelque chose malheur est bon.

L'homme se demanda à quoi ce terrible coup du sort pourrait bien lui servir un jour.

— La seule chose qui me console, dans votre

départ, c'est que je ne verrai plus cette saloperie de pizza hawaïenne à votre carte, conclut Fred. De l'ananas et du maïs sur une pizza ? Pffft...

*

Chez ses parents, Warren perdait son humour habituel, celui qu'il maniait depuis l'enfance et qui avait créé chez lui une armure contre les agressions de toutes sortes. Il n'ironisait plus sur les ambitions littéraires de son père ou les prétentions commerciales de sa mère, et se demandait si l'heure était enfin venue d'annoncer sa liaison avec Lena. Il la gardait toujours secrète et craignait que ses parents ne le découragent de s'engager si vite, comme ils l'avaient fait pour son travail. Quand on lui proposa la salade, il faillit dire qu'il était amoureux d'une fille végétarienne qui savait préparer les algues et le tofu. Quand on évoqua la possibilité d'un orage en fin d'après-midi, il fut sur le point d'ajouter qu'elle avait une peur panique du tonnerre, et que c'était une bonne raison pour l'épouser. Mais en voyant son père lui demander : « Tu manges pas les bords de ta pizza ? », en écoutant sa mère se plaindre des charges sociales trop lourdes, en surprenant sa sœur en train de tripoter son téléphone, Warren jugea que ce n'était toujours pas le bon moment et désespéra de le trouver un jour. Il attendit la fin du repas dans l'espoir de filer direct à Montélimar pour se coller contre sa bien-aimée jusqu'au soir. Mais sitôt levé de table, son père lui lança :

— Cet après-midi, tu m'aides à remettre en état la piscine ? Il faudrait la vider et la nettoyer, on y trouve des variétés inconnues de flore et de faune.

C'était le prétexte qu'avait imaginé Fred pour se retrouver seul avec lui, et Warren n'eut pas le courage de se débarrasser de son père à peine arrivé. Fred voulait savoir s'il persistait dans ses intentions de devenir *un petit ponceur de parquets*.

— Ton arrière-grand-père siégeait à Atlantic City quand le grand Al fonda le syndicat du crime. Ton grand-père avait la confiance absolue de Luciano. Moi, ton père, j'ai levé une armée et conquis un empire sur toute la côte Est. Et toi, aujourd'hui, tu veux courber l'échine devant des patrons, le rabot à la main ?

Ce genre de conversation était une des raisons qui incitaient Warren à se faire plus rare sur la colline de Mazenc. Désormais il ne cherchait plus à se justifier mais s'étonnait encore du mépris d'un père pour le devenir de son fils. Un père avec lequel il était impossible de partager les deux grands événements de sa vie de jeune adulte.

Ils passèrent le reste de l'après-midi dans un profond silence, à nettoyer, aspirer, vidanger l'eau croupie, sous l'œil de Malavita et, au loin, celui de Bowles, penché à la fenêtre de son studio. Avant que son gosse ne remonte dans sa chambre, Fred eut besoin de retrouver un peu de complicité avec lui, et lui demanda à la dérobée :

— Quand est-ce que tu nous ramènes une fiancée ?

Surpris de se voir servir sur un plateau l'occasion qu'il cherchait depuis des mois, Warren fut tenté d'avouer tout son amour pour une demoiselle qui, c'était écrit, ne sortirait plus de sa vie. Mais il n'eut pas le temps de se laisser aller à la confidence que Fred ajouta :

— Quand je dis une fiancée, c'est façon de parler. Pense à ton vieux père, reclus ici, sans visite, sans personne. Ramène-nous des filles qui feraient du monokini dans la piscine, des grandes, des petites, des blondes, des brunes, toutes celles que tu veux. Fais-moi honneur. Je compte sur toi, fils !

*

À la nuit tombée, Fred et Maggie firent l'amour et se parlèrent enfin.

— Pardon d'avoir été d'une humeur de chien depuis mon arrivée.

— Je préfère quand tu es d'une humeur de chienne.

Ils reconnurent qu'il leur fallait désormais vingt-quatre heures sous le même toit avant de se retrouver, puis ils passèrent en revue les sujets importants : travail, famille, FBI. Ils s'endormirent une petite heure jusqu'à ce qu'un mauvais rêve vienne perturber le sommeil de Fred qui, à force de se retourner et de tire-bouchonner son oreiller, finit par réveiller Maggie.

— ... Tu ne vas pas encore faire l'écrivain ?

Les grands moments d'inspiration comme celui

de la veille n'étaient pas si fréquents et Fred n'avait aucune envie de se remettre au travail. Ça n'était pas un personnage de fiction qui venait le hanter mais un individu bien réel. Si encore il s'était agi d'une de ses nombreuses victimes revenue de l'au-delà pour l'empêcher de dormir, il aurait eu l'embarras du choix. Alors pourquoi, à trois heures du matin, le visage de Pierre Foulon s'imposait-il comme une mauvaise conscience ? Un type à qui il n'avait rien fait, au contraire. Ils s'appelaient mutuellement « l'écrivain » et « le pizzaïolo », ils trinquaient, plaisantaient le plus souvent et, pas plus tard qu'à midi, Fred avait même écouté ses malheurs. Ce type traversait une passe difficile, mais qui n'a pas de croix à porter en ce bas monde ? Et pourquoi rêve-t-on de gens sans importance, qui font tout juste partie du décor et peuvent en sortir du jour au lendemain sans qu'on s'en aperçoive ?

À moins qu'on ne l'y aidât, le sommeil ne viendrait plus. Il hésita à regarder un DVD, des écouteurs sur les oreilles, mais rares étaient les films qui parvenaient à l'endormir. Un somnifère ? Il redoutait trop l'état cotonneux dans lequel les médicaments pouvaient le plonger. Alors quoi ?

Il n'eut pas à se poser la question longtemps et saisit sur sa table de chevet un roman de 731 pages dans une édition de poche, soit 380 grammes de littérature. Il l'avait pesé comme il pesait ses propres romans dès qu'il les recevait. Celui-là était bien plus gros, ses caractères bien plus petits, et ses lignes bien plus serrées. Un vrai livre.

Fred avait écrit plus de pages qu'il n'en avait lu et l'heure était maintenant venue de se tourner vers les classiques pour comprendre comment ils l'étaient devenus. Cette décision de venir à bout d'un roman signé de la main d'un autre n'avait pas été prise sans atermoiements ; pendant qu'une petite voix lui soufflait qu'il n'était pas responsable de son peu de goût pour la lecture, une autre lui rappelait que ses propres enfants, dès le plus jeune âge, avaient ouvert des livres sans la moindre illustration, sans que personne ne les y contraigne, et ils y avaient pris plaisir ! Et ce plaisir-là, des milliards de gens y avaient droit, où qu'ils se trouvent sur la planète et à n'importe quel moment de la journée. Ça ne faisait pas d'eux des intellectuels, ni même des passionnés, mais de simples lecteurs occasionnels qui se plongeaient dans un récit et jouissaient de ce voyage intérieur. Immobiles des heures durant, ils passaient les frontières de leur propre imagination, ils acceptaient de se laisser mener là où l'auteur l'avait décidé, et ils en redemandaient. *Alors pourquoi pas moi, bordel ?* Après cinquante et un ans de réflexion, Fred se sentait enfin capable d'ouvrir un livre et de le lire jusqu'à la dernière page. Lui qui pouvait fournir des efforts insurmontables aux yeux du commun des mortels, casser la figure à une bande de motards qui bloquent l'entrée d'un parking ou faire sauter une pompe à essence, allait-il laisser un livre lui résister ?

Le choix et l'attente de l'ouvrage furent de vrais bons moments. Pour se mettre à jour d'une vie de lecteur qu'il n'avait jamais eue, il avait voulu viser haut. La priorité était d'aller vers un de ces bouquins qu'on ouvre comme on entre dans une église, un roman assez puissant pour séparer le monde en deux : ceux qui l'avaient lu, et les autres. Les premiers noms qui lui vinrent à l'esprit furent Hemingway et Steinbeck. L'image du premier plaisait à Fred, le gars viril, la boxe, la tauromachie, le baroud, la guerre, tout ça avait dû donner de bons romans. Mais Hemingway, c'était un monument national, une institution, tellement connu qu'on n'avait pas besoin de le lire, c'était ça, les grands écrivains. À sa manière, Steinbeck était aussi un monument, mais moins ostensible, plus raffiné, il avait dû écrire des trucs bien plus délicats, comme *Des souris et des hommes*. À moins que ça ne fût de Faulkner ? Ou d'un autre ? Fred dut ouvrir un dictionnaire pour en avoir le cœur net. William Faulkner avait écrit *Les palmiers sauvages*, mais il avait aussi écrit *Le bruit et la fureur* que Fred aurait volontiers attribué à Steinbeck par une curieuse association d'idées avec *Les raisins de la colère*. En revanche, Steinbeck avait bien écrit *Des souris et des hommes*, mais Fred aurait parié qu'Hemingway, et non Steinbeck, avait écrit *À l'est d'Éden* — qu'il n'avait pas besoin de lire parce qu'il avait vu le film. Dans la bibliographie de Faulkner, il s'arrêta sur un titre qu'il ne connaissait pas mais qui pouvait sans doute faire l'affaire : *Tandis que j'agonise*. Fred s'imaginait très bien lire un bouquin intitulé *Tandis que j'agonise*. Il avait entendu tant de types agoniser qu'il lui semblait intéressant d'écouter le point de vue du malheureux. Fred aurait donné beaucoup pour un titre pareil, il se voyait déjà attablé au bistrot de Mazenc, le roman ouvert devant lui, et entendait le patron lui demander : « *Tandis que j'agonise*, de quoi ça cause, monsieur Wayne ? » Au fait, ça parlait de quoi ?

Ce qu'il lut dans son encyclopédie le découragea plutôt, il s'agissait d'une famille de fermiers qui transportaient dans une carriole le corps en décomposition de la mère. Fred avait hélas vécu un épisode de cet ordre et, même si les circonstances étaient totalement différentes, il n'avait aucune envie de voir ressurgir tous ses mauvais souvenirs en lisant ce bouquin. Amelia Manzoni, née Fiore, était morte, dans son sommeil, d'une embolie pulmonaire massive, ce qui avait rendu la cause du décès difficile à déterminer. L'affaire se serait arrêtée là si Amelia, quelques jours avant sa mort, n'avait reçu la visite de son frère Tony venu cacher chez elle un butin de 150 000 $ après le braquage d'un diamantaire. La police avait perquisitionné et retrouvé l'argent mais pas Tony, parti se faire oublier au Canada. Le commissaire chargé de l'enquête avait demandé une autopsie pour faire le lien entre cette mort soudaine et la somme d'argent. César, le père, avait tenté de convaincre les autorités qu'il s'agissait d'un pur hasard mais il avait fallu attendre qu'une chaîne de décisions se mette en place pour qu'on leur rende le corps. Pendant ces trois jours-là, les Fiore s'étaient entassés chez les Manzoni, et cette promiscuité avait exacerbé tensions et non-dits. Le permis d'inhumer était arrivé comme une délivrance, le tout fut bouclé en une matinée. L'oncle Tony, toujours en cavale, était parvenu à faire le deuil de sa sœur aînée, mais pas de ses 150 000 $.

Ne trouvant pas son bonheur chez ces trois auteurs-là, Fred se tourna alors vers Dos Passos, juste pour la sonorité : Dos Passos. Il aurait aimé avoir lu Dos Passos avant même de s'y coller, histoire de placer des John Dos Passos à tout va dans ses conversations. Dans une bibliographie, il s'arrêta sur *42ᵉ parallèle*, jusqu'à ce qu'il comprenne que la trilogie complète totalisait un bon millier de pages. Puis son attention se porta sur *Manhattan transfer*, « une fresque sur la création de New York ». Une fresque sur la création de New York ? Il en venait, de New York, et savoir comment New York était devenu New York ne lui paraissait pas urgent. Du reste, si New York était devenu New York, c'était, dans une très modeste part, un peu grâce à lui. Dos Passos oublié, Fred étudia le cas de Scott Fitzgerald qui, pour sa très grande faute, avait écrit *Tendre est la nuit*. Fred ne pouvait se résoudre à lire *Tendre est la nuit* après avoir écarté *Tandis que j'agonise*. En résumé, si John Dos Passos avait écrit *Tandis que j'agonise*, et si ce bouquin avait raconté une autre histoire que celle d'une famille qui attend de se débarrasser du cadavre de leur mère, le problème de Fred aurait été réglé. Comment faisaient les vrais lecteurs pour choisir un bouquin, bon Dieu ?

Et puis un soir, pendant qu'il regardait un documentaire sous-marin du *National Geographic* sur la vie des cétacés, l'évidence lui apparut : il lirait *Moby Dick* d'Herman Melville.

Moby Dick, c'était bien l'histoire de ce type qui court après une baleine ? De l'aventure, du surpassement humain, avec en prime le souffle du grand large, que demander de plus ? Le roman avait enchanté des générations de lecteurs, des moins lettrés aux plus érudits. L'encyclopédie précisait que l'auteur avait été hanté toute sa vie par l'idée que sa littérature ne fût pas reconnue de son vivant. Et Fred comprenait si bien une pareille angoisse. Pourquoi en choisir un autre qu'Herman Melville ?

Dans l'impossibilité de se procurer *Moby Dick* en langue anglaise à Montélimar, Fred hésita à demander à sa femme de le lui rapporter de Paris. Maggie, qui dénigrait depuis le début toute velléité littéraire chez son mari, se serait exécutée de mauvaise grâce sans lui épargner ses quolibets. Ne pouvant lui-même accéder à Internet, Fred pria Bowles de le lui commander dans une librairie américaine en ligne.

Une semaine plus tard, en sortant le livre de sa boîte aux lettres, Fred se sentit intimidé et le cacha dans sa table de nuit sans même l'ouvrir. Plusieurs jours durant, il se chercha quantité d'excuses pour reculer l'échéance et doubla son rythme de travail afin de ne plus avoir le temps ou l'énergie de commencer sa lecture. *Ouvre-le, bordel, et Melville fera le reste.*

En cette nuit d'insomnie, sa femme blottie contre lui, le moment était enfin venu. Il alluma sa lampe de chevet, se redressa dans le lit sans réveiller Maggie, et ouvrit le roman à la première ligne du chapitre 1 :

Je m'appelle Ismaël.

Ça y est, il était en train de lire Herman Melville. Il venait de se lancer dans *Moby Dick* !
Là, dans la nuit noire, à la lueur rosée de sa lampe, Fred s'embarquait pour la toute première fois de sa vie dans un long périple qui commençait par :

Je m'appelle Ismaël.

Combien d'obstacles avait-il surmontés depuis l'enfance avant d'en arriver à ce tout début de roman ? Chez les Manzoni, il n'avait jamais vu un seul livre, on ne lisait que des quotidiens, surtout pour avoir des nouvelles de la famille quand un de ses membres se faisait arrêter ou passait en jugement. Combien de fois avait-il vu son père lever le nez du journal et dire : « Je comprends mieux pourquoi le cousin Vinnie ne répond plus au téléphone, il vient de prendre deux ans ferme à Joliet. » Le petit Gianni avait dû attendre le cours élémentaire avant d'approcher un vrai livre, et à peine avait-il eu le temps d'apprendre l'alphabet qu'il retournait dans la rue pour y former sa première bande. Son dossier scolaire fut remis à la préfecture de Newark et, dès lors, l'école et toutes les belles choses qu'on y enseignait ne furent que de l'histoire ancienne.
Les années suivantes, au lieu de se contenter

d'ignorer les livres en général, il claironnait à qui voulait l'entendre sa profonde aversion pour la littérature en particulier. La première fois qu'il maudit un bouquin fut ce jour où Don Polsinelli lui demanda de « prendre soin » d'un petit entrepreneur de travaux publics d'origine sicilienne qui gardait ses distances avec tout type d'organisation criminelle. Il crachait par terre chaque fois qu'il entendait un nom de mafieux et rejetait les petits arrangements des émissaires envoyés par le *capo* de la famille locale. Après tout, on ne lui demandait pas grand-chose, sinon d'accepter certains chantiers et pas d'autres, et, en contrepartie, il était assuré d'avoir toujours de gros clients, et ses chantiers protégés. Il refusait pourtant la *protection* de ses coreligionnaires, il les insultait publiquement et alla jusqu'à porter plainte pour intimidation, mais ça n'empêcha pas Gianni de lui casser l'épaule comme on tord une aile de poulet. L'homme se radicalisa dans son attitude, porta à nouveau plainte pour coups et blessures, et donna une interview dans la presse locale : il ne fléchirait jamais devant ces brutes, et attendait que son pays, les États-Unis d'Amérique, fasse triompher la justice. Une semaine plus tard, Gianni reçut l'ordre d'exécuter le petit entrepreneur courageux afin de faire un exemple. Il utilisa la méthode classique, celle qui rappelait les riches heures du syndicat du crime : deux hommes dans une voiture, un chauffeur et un exécuteur qui tire à bout portant. Une manière de signer le meurtre en toutes lettres : LCN. Jimmy Lombardo et Giovanni Manzoni attendirent l'homme à la sortie d'un bar où, comme chaque vendredi soir, il prenait une bière avec ses ouvriers avant de rentrer chez lui. Au volant d'une vieille Ford volée deux heures plus tôt, Jimmy surgit d'une impasse au moment précis où le type traversait la rue. Gianni, parfaitement synchrone, lui logea trois balles dans la région du cœur, et la Mustang traça dans Newark en cette fin d'automne.

La mauvaise nouvelle tomba le lendemain : le type avait survécu.

Gianni en aurait pleuré en lisant l'article à la une du *Daily Newark*. Photo du miraculé sur son lit d'hôpital, déjà réveillé et presque souriant. Pour Gianni, c'était impossible, il se souvenait très bien des impacts de ses trois balles dans la région du cœur : on ne survivait pas à un tir aussi précis. Dans l'édition du soir, ils eurent enfin une explication à ce mystère. Les trois tirs étaient effectivement groupés, le premier lui avait traversé le pectoral gauche au niveau de l'aisselle, et les deux autres s'étaient fichés dans un ouvrage relié cuir, calé dans une poche de son bleu de travail, et suffisamment épais pour freiner deux balles de calibre .6,35 tirées à cinq mètres.

Giovanni dut reprendre la phrase plusieurs fois pour être sûr d'avoir bien lu. *Un ouvrage relié cuir*. Un livre ?

C'était bien de ça qu'il s'agissait, un livre ? Un putain de bouquin ? Le genre de truc qui prend la poussière dans les rayonnages d'une bibliothèque, ou sur une table basse, ou dans une librairie qui sent le moisi ? Un truc qu'on s'attend à trouver dans le sac d'un étudiant mais pas dans le bleu de travail dégueulasse d'un putain d'ouvrier du bâtiment qui rentre chez lui après s'être arrêté au bistrot !

Contre toute attente, c'était la pure vérité. L'entrepreneur n'avait pas lu grand-chose dans sa vie, excepté *Anniù suli non tramonta mai*, de Aguile Lungharelli, le seul écrivain né dans le même petit port que lui, à Ficarazzi, où « le soleil ne se couche jamais ». Ce bouquin lui rappelait ses origines mieux qu'un documentaire, il mettait en scène de façon à peine romancée des personnages du cru, et décrivait avec amour la campagne pelée et les monts rocailleux face à la mer. Le patron avait prêté le précieux ouvrage à un de ses ouvriers, issu du même village, qui le lui avait rendu ce fameux jour où Gianni l'attendait au coin de la rue, calibre en main.

Si l'affection de cet homme pour ce livre était déjà énorme, après qu'il lui eut sauvé la vie, il en fit une relique. Un prêtre vint bénir l'ouvrage qui trônait dans le salon, sur un petit autel dressé pour l'occasion, et les voisins firent la queue pour tourner une page du porte-bonheur. La légende de l'homme sauvé par un livre était née. Dès lors, plus question de s'approcher à moins de cent pas du miraculé, qui fut le seul Italien de Newark à avoir tenu tête à LCN et à vivre une retraite paisible sous les cocotiers.

Après l'humiliation subie — tous les *wiseguys* s'en donnèrent à cœur joie — Gianni se mit à maudire les livres, tous les livres du monde. À l'orée du troisième millénaire, à quoi pouvaient bien servir tous ces milliards de milliards de putains de bouquins ? Pourquoi tant d'arbres abattus à cause de toutes ces descriptions interminables de lieux et de visages qui n'existaient même pas ? Avait-on encore besoin de descriptions, à l'heure du numérique ? À quoi bon s'emmerder à lire trente pages qui décrivaient une tour qui penche quand, nom de Dieu, tout le monde connaissait la tour de Pise. Il suffisait d'avoir vu une seule photo pour s'en souvenir à jamais ! Tous ces romans bourrés de détails inutiles et d'histoires abracadabrantes dont chaque phrase pouvait être contredite par la vie même. Que pouvait-on apprendre dans les livres que la vie n'enseignât pas ?

Gianni s'étonnait que l'humanité au grand complet ait lu au moins UN livre, même le plus attardé des sbires de son équipe. Un jour, il avait surpris Jimmy, son frère d'élection, avec un roman policier.

— J'aime bien, ça me détend.

Il avait vu ses propres enfants grandir et se rapprocher des livres. Toute petite, on retrouvait Belle cachée dans le jardin de la maison de Newark, un recueil de poésie à la main. Elle avait déjà compris ce qu'était un vers et en avait même tourné quelques-uns — elle avait notamment fait rimer *human race* et *pretty face*, ce qui avait tout de même suscité l'admiration de son père. Mais Giovanni avait encore moins de respect pour la poésie que pour la prose. La poésie ne racontait rien, elle lançait des gerbes d'images et accolait des mots qui n'avaient jamais demandé à être réunis, et tout ça devait exalter des qualités de cœur, et avec tant de lyrisme que c'en devenait dégoûtant. Le Manzoni qu'il était alors se sentait agressé par l'idée même de poésie, et sa femme avait eu beau lui expliquer que c'était un peu comme des chansons sans musique, il y avait, selon lui, un fond bien plus pervers à tout ça. Dans quel monde fallait-il vivre pour s'extasier devant des strophes ?

Warren, lui, avait lu des essais sur la mafia des origines à nos jours. Des essais ! À douze ans, il en connaissait plus que son père sur les rites, l'histoire, les méthodes, la symbolique et l'organisation de la grande confrérie.

— Dis papa, je ne savais pas que le mot MAFIA venait du milieu du XIIIe siècle, quand les Siciliens résistaient à l'occupant français. En fait, le mot est un sigle : *Morte Ai Francesi Italia Anela*, ce qui veut dire : « L'Italie aspire à la mort des Français. »

— ... ?

Au même âge, Warren avait non seulement vu mais lu le fameux *Parrain* de Mario Puzo, le nouvel évangile des affranchis, le livre qui les avait fait passer de brutes psychopathes à gangsters de légende. Pendant le temps de sa lecture, Warren s'était absenté au reste du monde. Au lieu de suivre dans la rue les gosses du quartier, il s'était enfermé dans sa chambre, prêt à envoyer valser quiconque l'obligerait à lâcher son bouquin. Fred et Maggie durent se rendre à l'évidence, leur enfant chéri n'en était déjà plus un, quelque chose l'avait changé. Il s'attardait moins sous les papouilles de sa mère et redoublait d'admiration pour son père. Il savait désormais ce qu'était un chef de clan qui traitait des affaires occultes et de grande envergure. Son papa était *un des leurs*, et ça, il l'avait appris dans les livres.

À la longue, Gianni assuma sa monstruosité : il était bel et bien le seul homme au monde à n'avoir lu aucun livre. Et ça lui faisait gagner un temps fou, nom de Dieu ! Il agissait, au lieu de rester le cul sur une chaise à s'efforcer de croire à tous ces rebondissements débiles et à toutes ces psychologies tordues. Il en vivait un par jour, de roman, lui, Giovanni Manzoni. Les romans, c'était bon pour les caves, ceux qui partent à l'aventure en allant pêcher la truite, ceux qui croient qu'un pneu crevé est un coup du sort, ceux qui payent des impôts parce qu'on le leur demande avec un peu de fermeté, ceux qui ont peur de tout, et même peur d'avoir peur, mais qui ne peuvent pas s'en empêcher, tous ceux qui trouvent la vie angoissante ou mortifère, oui, ceux-là pouvaient oublier leur triste existence en s'identifiant à celle d'un être de papier.

Je m'appelle Ismaël.

Bon, c'était une première phrase. Pourquoi ne pas commencer comme ça, après tout. Le gars se présente simplement, voilà, c'est court et c'est fait. On peut passer à la suite, tous ces trucs en haute mer avec cette baleine obsédante. Il fallait avoir le courage de ce dépouillement, pensa Fred, qui avait perdu un temps fou à chercher la première phrase de *L'empire de la nuit*, son deuxième titre, au lieu de commencer tout naturellement par :

Je m'appelle Laszlo Pryor.

Melville avait le droit, lui, mais pas Fred. D'ailleurs, il n'avait aucun droit. Quand il avait décidé d'écrire, les siens avaient nié son statut d'auteur et le lui avaient fait comprendre avec une ironie qu'il avait supportée faute de pouvoir exécuter sa propre famille. Un jour, il surprit une phrase de Warren, la plus cruelle de toutes : « Papa ? Un roman ? Un singe qui taperait au hasard sur les touches aurait plus de chance de nous réécrire *Pour qui sonne le glas*. » Fred prit l'image au pied de la lettre et se vit comme un chimpanzé grimaçant sous l'effort, le doigt en l'air, hésitant à frapper une touche, n'importe laquelle. Cette image-là en appela beaucoup d'autres chaque fois qu'il osait s'enfermer avec sa quincaillerie et sa ramette de papier. On ne lui épargnait rien, à croire que ce rêve fou leur faisait peur. Et ce n'était pas seulement la peur de le voir exhumer son passé de gangster et de consigner sur papier ses souvenirs de brute sanguinaire, il s'agissait d'une crainte bien plus profonde que personne n'aurait su définir. Fred ne devait pas écrire parce que c'était indécent, ça n'était pas dans la logique des choses ni dans l'ordre du monde. Par-delà le grotesque, il y avait la crapulerie, la même que du temps de son exercice mafieux, le manque absolu de sens commun, l'impunité qui consistait à passer au-dessus des lois et à s'en créer de nouvelles à usage personnel. Il s'attaquait au roman en prenant ses lecteurs en otages comme jadis les clients d'une banque. Et peu importait si le résultat était d'un intérêt quelconque, le mal était fait et se répétait chaque jour, jamais remis en question, car personne n'était parvenu à dire à Fred, pas même une petite voix intérieure : *Prends garde, malheureux ! Ne sais-tu pas que des millions d'autres s'y sont essayés avant toi et que seuls quelques-uns ont été à la hauteur de cet acte sacré ? Avec leur style, le souffle de leurs récits, ils ont fait surgir le sublime au détour d'un chapitre, ils ont enrichi le patrimoine humain. Tout ce que tu pourras dire ne sera jamais aussi éclatant que la blancheur de cette page, alors laisse-lui sa pureté, c'est le meilleur service que tu rendras à la littérature.* Il n'entendit rien de tout cela et enfonça ses doigts replets dans les touches. Les marteaux vinrent frapper le papier, et les mots se frottèrent les uns aux autres, le plus souvent la nuit, dans le plus grand secret, jusqu'à ce qu'ils fussent assez nombreux pour que Fred leur octroie le statut de *roman*. Pas une seule fois, il n'eut l'impression d'entrer dans le panthéon des Lettres, ni la tentation de se regarder de trois quarts dans le miroir de la postérité littéraire : il se sentait plus fort que les livres, et sa vie méritait d'être racontée à des inconnus, persuadés que des vies comme celles-là, on n'en trouvait que dans les livres. Le monde était sûrement rempli de bons élèves qui savaient mettre les virgules aux bons endroits, mais qu'avaient-ils à raconter ? Lui, Fred Wayne alias Laszlo Pryor, avait en mémoire des faits si réels et si choquants que la littérature elle-même craignait de s'y colleter.

Je m'appelle Ismaël.

Fred n'avait pas eu le courage de dire *je* et de se poser comme narrateur. Il s'était interdit ce *je*, persuadé qu'il était réservé au journal intime, et un journal intime s'écrivait à la main sur un cahier à carreaux. Fred voulait s'attaquer à *un vrai livre*, avec des caractères en script et des bords bien alignés à droite et à gauche. Le roman, c'était d'abord une mise en page rectiligne, comme déjà imprimée : qu'un seul mot dépassât et la ligne était fichue, il fallait alors la reprendre. Son obsession du texte symétrique conditionnait sa façon d'écrire, le forçant à éviter un adverbe trop long, une mauvaise césure, une ponctuation qui tombait mal. Il choisissait ses mots selon leur taille, et s'il ne pouvait les couper au bon endroit en fin de ligne, il en tapait d'autres. Au bout de plusieurs mois de cet exercice, il en était arrivé à une conclusion : on pouvait dire une même chose avec des mots différents. Était-ce cela qu'on appelait « le style » ?

Fred ne s'était jamais préoccupé de style. La première page en avait appelé une autre, puis une autre, et il avait raconté sa vie comme il avait pu, dans un texte brut, à son image, succession d'événements décrits dans les termes les plus directs, sans se soucier des répétitions et des digressions, une gifle était une gifle, une balle dans le ventre était une balle dans le ventre, et au final, dans la vie comme dans les livres, seul le résultat comptait. Il ignorait les lois de la syntaxe comme celles du code pénal et ne se souciait pas de tournure ou de forme. Quand son fils avait tenté de lui en toucher deux mots, Fred n'avait rien compris à cette notion de « style ». Pour appuyer sa démonstration, Warren avait choisi des références plus parlantes aux oreilles de son père.

— Admettons que tu sois toujours un *capo* et que tu aies besoin de faire descendre un type, qui tu vas choisir de Paulie Francese ou Anthony Parish pour exécuter le contrat ?

— Ils sont de deux écoles complètement différentes. Anthony est un rationaliste, ses scénarios sont très épurés, presque « naturels ». Il va toujours chercher à coincer le type là où il s'y attend le moins pour en finir le plus vite possible. Chez Paulie, en revanche, le mode opératoire est parfois plus important que la mission elle-même. Il varie souvent les armes et ne reproduit jamais deux fois le même assassinat. Il est capable d'innover, de réinventer le genre.

— Eh bien tu vois, c'est ça, le « style ».

Contre toute attente, cela avait déclenché chez Fred un début de réflexion. Depuis, il puisait dans son arsenal de patron de la pègre pour aiguiser son vocabulaire, il choisissait des mots tranchants comme des rasoirs, proposait des métaphores à base de meurtre et décrivait les douleurs morales comme s'il s'agissait de douleurs physiques.

Mais, par-delà le maniérisme, seuls comptaient vraiment le sens du récit et l'urgence à le jeter sur le papier. Le souvenir d'une vie entière vouée à l'abjection grondait encore en lui et jaillissait par salves.

À 3 h 50, les yeux mi-clos, il décida de ne plus se laisser parasiter par tous ces souvenirs, bons et mauvais, et retourna vers ce personnage qui venait à peine de se présenter.

Je m'appelle Ismaël.

Sur quoi il s'endormit, la lumière allumée, le livre sur le ventre.

*

À son réveil, le lit était vide. Fred tâtonna à la recherche de son bouquin et le trouva à terre. Il s'en saisit, passa une robe de chambre, descendit dans la cuisine sans croiser personne et s'y servit un fond de café tiède. Il resta un moment en apesanteur et reprit lentement ses esprits : *Nous sommes dimanche matin, ils sont là jusqu'à ce soir*. La chienne vint le rejoindre et posa la gueule sur les genoux de son maître.

Belle, les bras chargés de courses, entra dans la cuisine et embrassa son père sur le front.

— On revient du marché, avec Mom.

Tout en rangeant le contenu des sacs dans le réfrigérateur, elle demanda à son père :

— Papa ? Tu lis ?

— ... ?

— Tu lis Melville ? Toi ?

Belle désigna le volume que son père, dans un demi-sommeil, avait posé contre la cafetière. En fait, il comptait bien reprendre sa lecture là où il l'avait laissée, et franchir le cap de cette première ligne, quitte à y passer le dimanche.

— J'en ai besoin pour mon roman, dit-il. C'est difficile à expliquer.

— Et tu en es où ?

— Au début.

— Tu verras, c'est vraiment bien après les deux cents premières pages.

Fred s'étira un long moment, déjà vaincu par l'effort à venir. Dans la remarque de sa fille, il y avait plus d'admiration pour Melville que pour lui. Se rendait-elle seulement compte de ce que représentaient deux cents pages pour un type comme lui ?

Warren arriva d'on ne sait où, rasé de frais, dans des vêtements plus habillés que ceux de la veille, ce qui ne lui ressemblait pas.

— Je vais faire un saut à Montélimar, je serai de retour pour le déjeuner.

Sur le point de quitter la cuisine aussi vite qu'il y était entré, il se figea un instant, se tournant vers son père.

— ... Qu'est-ce que j'ai vu ? Un bouquin ?

— ...

— C'est *Moby Dick* ? Mon père lit *Moby Dick* ?

Fred préféra ne pas répondre et rangea le volume dans la poche de sa robe de chambre.

— Pourquoi tu t'emmerdes à le lire, le film existe. C'est même un truc de ton époque, avec Gregory Peck. C'est lui qui joue Achab.

— ... Qui ?

— Gregory Peck.

— Non, le personnage.

— Le capitaine Achab.

Fred avait bien croisé un Ismaël, mais aucun Achab. Qu'est-ce qu'on lui voulait, si tôt le matin, encore embrumé ? Il n'avait pas encore appareillé, il n'était même pas monté sur le bateau, et il connaissait à peine le nom du narrateur, nom de Dieu.

Warren, trop pressé pour poursuivre, sortit dans l'allée sans nom, croisa sa mère, le téléphone en main, et quitta le village aussi vite que sa Coccinelle le lui permettait. Si, la veille, il avait fourni quelques efforts pour rester à Mazenc, il lui paraissait maintenant insurmontable de savoir sa Lena à moins de vingt kilomètres et de ne pas la rejoindre. D'autant qu'il avait une grande nouvelle à lui annoncer.

Trois jours plus tôt, pendant qu'il traversait une forêt du Vercors, une idée extravagante lui avait traversé l'esprit, une idée qui serait peut-être la première étape de leur vie de couple. Il s'était demandé si, au lieu de restaurer une ruine en pierre, il ne valait pas mieux bâtir de toutes pièces, avec le bois des forêts alentour, son chalet. Depuis qu'il vivait là-haut, il en avait repéré de toutes sortes, en rondins, en planches plates, sur pilotis. L'idée de vivre dans un matériau qu'il travaillait tous les jours l'exaltait plus que tout. Son patron lui avait parlé d'une entreprise qui avait fait faillite faute d'avoir obtenu les autorisations requises, et la municipalité vendait pour une bouchée de pain un gigantesque tas de bois qui allait bientôt pourrir. Bertrand Donzelot lui avait même proposé de le racheter à son compte, à charge pour Warren de le rembourser quand il le pourrait. Ne restait plus qu'à chercher le lopin de terre et emprunter à une banque.

À peine arrivé chez les Delarue, Lena ne lui laissa pas le temps d'annoncer sa grande nouvelle.

— Pourquoi ne m'as-tu pas proposé de venir chez tes parents ? C'était l'occasion ou jamais !

Pris de court, Warren prétexta la mauvaise ambiance qui régnait à Mazenc et lui promit que la prochaine fois serait la bonne.

— Tu as honte de moi ?

— ... Qu'est-ce que tu dis, mon ange ?

— Tu as honte de moi, Warren. Mets-toi à ma place et tu verras qu'il n'y a pas d'autre explication.

Il dut reconnaître qu'elle avait des raisons de douter. Warren avait été adopté à part entière par les parents de Lena et s'était fait un allié en la personne de son frère Guillaume. Il dormait sous leur toit, farfouillait dans leur réfrigérateur, trouvait son rond de serviette dans un tiroir, et dépiautait des cadeaux à son nom au pied du sapin de Noël.

La toute première fois qu'il dîna chez eux, Lena voulut le mettre à l'aise : *Sois naturel, ce sont des gens très simples*, une phrase qui annonçait exactement l'inverse, et Warren sentit poindre la mise à l'épreuve. De fait, il passa la soirée à étudier les gestes des autres pour les reproduire, placé à la droite de la maîtresse de maison, que les enfants appelaient *maman*. Quand elle lui tendit les hors-d'œuvre, il intercepta le regard froncé de Lena et saisit le plat pour que Mme Delarue se serve en premier, comme l'exigeait le protocole. Au plateau de fromages, il hésita devant un roquefort que personne n'entamait et se découpa une fine barrette de comté. Il se priva d'une seconde part de tarte parce que personne d'autre n'en reprenait. La conversation s'arrêta un temps sur Mozart et sur les *Noces* qu'on montait à l'opéra de Lyon, avec un bémol de René Delarue sur le metteur en scène qui s'était fourvoyé dans une *Flûte enchantée* contestable. Chacun des convives devisa gaiement sur le thème, Guillaume évoqua la *fantaisie nostalgique* de Mozart, et Warren aurait tout donné pour une telle incise. Mais non, rien, il n'avait rien à dire sur Mozart, il avait vu *Amadeus* comme tout le monde et se retint de dire : *Quel génie ce type !* On lui demanda d'où venait un nom comme Warren Wayne, et il répondit : « Du New Jersey, mais c'était il y a très longtemps » et ça fit rire tout le monde sans qu'il sache trop pourquoi. En sortant de table, Lena lui prit discrètement la main, le temps de passer au salon, et lui chuchota à l'oreille *qu'il s'en était bien tiré.*

Warren se sentait chez lui au sein d'une famille qui réglait plus de problèmes qu'elle n'en posait. À côté des Delarue, il voyait les Manzoni comme des rustres d'Américains, des émigrés sans manières qui élevaient la voix pour tenter de convaincre, et qui évoquaient plus fréquemment l'œuvre de Frank Costello que celle de Mozart. Quand Lena prononçait la terrible phrase : « Tu as honte de moi, Warren », il s'agissait de l'exact contraire, il avait honte d'eux.

Les premiers temps, il avait invoqué les nombreux voyages de ses parents aux États-Unis, puis il avait trouvé des excuses au coup par coup, une dépression de sa mère, une fin de roman difficile de son père, et divers règlements de comptes familiaux qui se tenaient forcément à huis clos. Et puis, il avait manqué d'imagination, de naturel, et avait tenté des échappatoires de plus en plus suspectes, en se maudissant d'en arriver là.

— C'est quoi, cette fois ? Tes parents divorcent ? Ta sœur s'est cassé la jambe ?

Désormais, chaque mensonge de Warren était pris comme un affront qui mettait en péril leur avenir commun.

— Si quelque chose te gêne, dis-le, amour. Tu ne me crois pas capable de comprendre, d'accepter de les voir comme ils sont, ou comme tu penses qu'ils sont ?

— J'en suis sûr, mon ange. Mais mon père est un individu assez... assez particulier.

— Et alors ? Il n'a tué personne, que je sache !

Si Warren ne s'était pas mordu la langue, il aurait très exactement répondu :

— Je ne souhaite à quiconque de croiser la route

de mon père et encore moins de déjeuner avec lui. Il aspire bruyamment chaque gorgée de son thé, mais il aspire aussi ses tartines à peine trempées. Il pense que Schopenhauer est un pilote automobile et, quand il croise une femme, c'est son visage qu'il découvre en dernier. Mais ses manières de rustre ne sont rien : c'est aussi un tueur. Non, ça n'est pas une expression toute faite, c'est une réalité : mon père a exécuté des gens, et pas en temps de guerre, au contraire, durant une période prospère de l'histoire de son pays, il a tué pour pouvoir faire chaque jour la grasse matinée. Il fait partie d'une espèce dangereuse pour l'homme. Il ne fait rien de ce qu'il dit mais il fait tout ce qu'il pense. Son autorité est à l'épreuve des balles, et Dieu en personne devrait rajouter deux ou trois commandements rien que pour lui.

Cette vérité, inacceptable pour tous, l'aurait été plus encore pour une Lena qui, sous son air frondeur, était vulnérable à toute forme de violence. Un trait de caractère propre aux Delarue. Pour eux, si un homme volait, c'était par besoin, si un autre tuait, c'était à cause de sa terrible enfance. Quand deux types se battaient, aucun n'avait tort ni raison, la vérité se situait toujours à mi-chemin. Quand deux nations s'affrontaient, la solution diplomatique allait finir par leur montrer la voie de la raison. Ils avaient foi en la justice et pensaient que l'homme était toujours rattrapé par sa mauvaise conscience. La petite Lena avait été élevée selon des préceptes du genre : *Le méchant est puni par sa propre méchanceté* et

C'est au plus intelligent de céder. Warren ne cessait de s'étonner de leur innocence. Le sommet fut atteint le triste jour où des cambrioleurs s'introduisirent chez eux. Ils n'emportèrent presque rien, hormis une petite table Napoléon III que les Delarue se transmettaient de père en fils. Ce meuble avait été la fierté de M. et Mme Delarue, il devint leur drame. Lena en eut les larmes aux yeux, elle parla de « viol », et ce n'était ni la valeur marchande, ni la valeur sentimentale de la pièce volée qui la peinait tant, c'était l'idée même de ces individus qui avaient pénétré dans leur petit cocon familial pour se servir. Et tout ça pourquoi ? Pour une poignée de billets qui allaient passer de main en main ?

Dans ces conditions, comment Warren pouvait-il avouer à Lena que, dans une vie antérieure, son père avait coulé des types dans le béton en se demandant si le chinois du coin était ouvert ? Qu'il avait mis des quartiers à feu et à sang pour arrondir ses fins de mois ? Et que s'il avait cambriolé les Delarue, il leur aurait fait cracher où se trouvait le coffre qu'ils n'avaient pas ?

Même si, au plus fort de leur amour, Lena avait dit à Warren : *Tu es innocent des crimes de ton père*, elle n'aurait cessé de se demander s'il n'était pas l'héritier direct de tant de violence. Warren ne voulait pas prendre le risque de lire un jour ce doute sur son visage et craignait que ses beaux-parents ne voient en lui un descendant d'Al Capone. Il y avait pire encore : la vendetta. Tant qu'il y aurait un descendant d'Italien connecté à la traditionnelle Cosa

Nostra, une menace de mort pesait sur Gianni Manzoni et sa descendance. Belle et Warren s'y étaient faits dès la naissance, ils avaient même fini par l'oublier, mais comment la partager avec des innocents ?

Warren avait repoussé l'échéance. Sans doute trop. Lena s'était lassée de ce manque de confiance. Bientôt elle allait se lasser de lui.

— Tu veux une preuve d'amour, mon ange ?

— ... ?

— Je te fais la promesse solennelle de ne pas revoir ma famille sans toi à mes côtés.

Lena eut un petit rire de surprise et se laissa prendre par la taille.

*

Ce dimanche à Mazenc prenait un tour inattendu. Clara venait d'annoncer à Maggie une rafale de mauvaises nouvelles qui viraient à la catastrophe. Le marchand de mozzarella attendu pour le lendemain ne livrerait plus, un tout nouveau client venait de faire une razzia sur sa production et demandait l'exclusivité sur le produit pour un prix défiant toute concurrence. Par ailleurs, le fournisseur de parmesan de Reggio Emilia avait reçu un coup de fil d'un individu qui avait émis des doutes sur la solidité financière de La Parmesane, insinuant qu'elle était au bord de la cessation de paiement et du redressement judiciaire. Clara avait cherché, en vain, à le rassurer. En outre, et c'était bien le plus grave, Rafi

était revenu les mains vides des halles de Rungis :
les meilleures aubergines avaient été préemptées par
un client qui désormais se porterait acquéreur, chaque matin, de la totalité du stock sans jamais discuter le prix. En dernière minute, Rafi avait acheté
une marchandise de moins bonne qualité et bien
plus chère, chez un marchand de légumes du boule-
vard de Charonne.

— Je prends le train et j'arrive, dit Maggie.

Ces coïncidences n'en étaient pas : elle savait
mettre un nom sur cette série noire. Retrouver des
fournisseurs ne se ferait pas sans mal, il allait falloir
en tester de nouveaux et les convaincre de la choisir
comme cliente, ce qui demanderait un temps et un
investissement dont elle ne disposait pas. Bien sûr,
elle pouvait se montrer moins exigeante sur les produits, ses six cents parts quotidiennes se vendraient
quand même, mais c'était exactement cette logique-
là qui l'écœurait le plus, celle de ses virulents enne-
mis.

Maggie eut la tentation de déclarer forfait. Après
tout, elle n'allait pas attraper des ulcères pour un
plat d'aubergines, ni sombrer dans une dépression à
cause de la boutique. Elle s'était prouvé ce qu'elle
voulait. Elle pouvait aussi bien mettre la clé sous la
porte et retourner s'occuper de son petit jardin.

À quelques mètres d'elle, dans le canapé du
grand salon, Belle essayait de réviser un cours sans
parvenir à se concentrer. Pourquoi perdait-elle son
temps avec un François Largillière ? Il déclarait
haut et fort n'être pas fait pour elle, comme il refu-

sait de croire à l'attirance des contraires. Pourquoi s'attacher à un fou qui la regardait comme un péril en sa demeure ? Qui lui reprochait de trop exister ?

Qu'il y reste, dans son douze-pièces, derrière ses six écrans, ce con.

Cette bonne résolution prise, elle reçut un appel du fou en question.

— Vous me manquez, Belle.

À l'étage, en attendant le déjeuner, Fred venait de s'isoler dans une toute petite pièce en pierre nue qui avait dû être une cellule de nonne. Il reprenait sa lecture sans que personne ne le regarde comme un débile s'apprêtant à fournir un effort intellectuel au-dessus de ses moyens.

Je m'appelle Ismaël.

Ça y est, c'était Gregory Peck, bordel ! Peu importait le nom du héros, Ismaël, Achab ou Tartempion, la tête de Gregory Peck s'imposait maintenant et ne le quitterait plus. Tout ça à cause de ce petit salaud de Warren !

— Fred... ? Tu es où ?

Est-ce qu'on allait lui fiche la paix ? Maggie ouvrait toutes les chambres de l'étage pour le débusquer. Elle aussi allait se fendre d'une petite réflexion qu'il n'avait pas méritée, tout ça pour avoir ouvert un livre, lui, le monstre, l'inculte. On ne lui laissait même pas le bénéfice du doute, on ne lui donnait même pas la possibilité de s'embarquer.

— J'ai des soucis à la boutique, une urgence, j'ai

le temps de prendre le 12 h 06. Désolée. Tu as trois jours de courses au frigo.

Belle entra à son tour et embrassa son père dans la foulée.

— Je vais remonter avec Mom, la prochaine fois je resterai plus longtemps, mais là... Et puis Warren vient d'appeler, il déjeune à Montélimar et rentrera directement chez lui, il t'embrasse.

Dix minutes plus tard, sans rien comprendre à cette désertion subite, Fred retrouva ce silence absolu qui lui était devenu si familier. Sonné, allongé dans sa cellule, le livre dans la main.

Il se leva et retourna vers sa machine à écrire. Drapé dans sa chère solitude, il commença à taper quelques phrases que lui soufflait une soudaine tristesse. Après tout, si les siens n'avaient pas besoin de lui, il n'avait pas plus besoin d'eux, et tout son temps pouvait être consacré à ce qui était devenu l'épicentre de sa vie : son désir de raconter. Le deuxième chapitre faisait du surplace, c'était sans doute le moment ou jamais d'en sortir.

Moby Dick devrait encore attendre.

Malavita quitta sa cachette pour s'endormir dans le bureau de son maître, bercée par le cliquetis de la machine.

3

Retrouver l'adresse de l'appartement que Pierre Foulon, le pizzaïolo, possédait à Montélimar, ne posa aucun problème. À l'époque où Gianni Manzoni était chargé de remettre la main sur un mauvais payeur, dégoter son adresse était même la partie la plus facile du job. Quand il menaçait le type du rituel : *On sait où tu vis, tête de nœud*, c'était en général faux mais il s'agissait d'une question de temps. Entre autres talents, il savait jouer les détectives privés et utilisait certaines de leurs méthodes — à Newark, il en avait connu quelques-uns, en général des ex-flics reconvertis qui, contre la bonne somme, n'hésitaient pas à partager leurs tuyaux. Du reste, cette facilité qu'avait LCN à localiser les particuliers était le problème numéro un du programme de protection des témoins. LCN comptait des informateurs dans la police, au fisc, dans toutes les compagnies de services, et il lui arrivait parfois de prendre directement ses informations au FBI. Avec l'expérience, Tom Quintiliani avait réussi à faire du Witsec une cellule indépendante au sein du Bureau, si bien que la plupart de ses supérieurs eux-mêmes ne savaient pas sur quelle partie du globe vivait Manzoni, ni comment il s'appelait désormais.

Fred nota le nom du locataire indélicat de son copain pizzaïolo : Jacques Narboni, 41 rue Saint-Gaucher, Montélimar. Puis, sur le coup de vingt et une heures, tout en préparant le plateau apéritif des grands soirs, il décrocha son téléphone.

— Bowles ? J'ai un service à vous demander, mais ça peut aussi arranger vos affaires.

— Vous commencez mal. De quoi s'agit-il ?

— Un problème de parabole, je ne capte plus Eurosport. Et si ça n'est pas réparé d'ici minuit et demi, vous comprenez le drame qui en découle.

Peter ne le comprenait que trop. Ce drame, il le vivait déjà à sa manière depuis deux jours.

— Avez-vous jamais raté une seule finale du Superbowl depuis votre naissance ? demanda Fred.

Le G-man n'avait pas besoin de répondre ; il était fan de football américain, et aussi loin que remontaient ses souvenirs d'enfance, il avait vibré, comme le reste du pays, aux exploits des dieux du stade. Et ce soir à minuit et demi — 18 h 30, heure locale — le Dolphin Stadium de Miami accueillait les Chicago Bears et les New York Giants pour l'affrontement au sommet.

— L'année dernière, il y a eu 141 millions de spectateurs, un record qui sera battu ce soir. 141 millions, Peter, et deux exclus : vous et moi ? Est-ce imaginable ?

Peter n'avait pas la télévision, il regardait les

chaînes américaines via Internet, sur son ordinateur. Traditionnellement, trois réseaux de diffusion, NBC, CBS et FOX, assuraient à tour de rôle la retransmission du match, mais cette année, pour une question de droits publicitaires, NBC avait décidé de ne pas y donner libre accès sur la toile. Peter s'était résigné à appeler son ami Marcus, à Washington, pour s'entendre commenter le match par téléphone.

— Qu'est-ce qui vous fait croire que je saurai réparer votre antenne ?

— Vous autres, les fédéraux, vous êtes tous des bricolos, ça fait partie de votre formation. Quint, par exemple, est capable de transformer un micro-ondes en bombe à retardement. Je le dis parce que je l'ai vu faire. Vous n'allez pas me priver de cette finale ? Vous n'allez pas NOUS priver de cette finale.

— ...

— Ne me dites pas que c'est interdit par le règlement ! Aucun règlement n'interdit à aucun Américain d'assister à la finale du Superbowl. Imaginez toute cette racaille qui croupit au fin fond des pires geôles américaines, à San Quentin, Attica ou Ryker's, tous ces tueurs psychopathes qu'on autorise à voir le match suprême ! Et vous, vous n'y auriez pas droit ?

— ...

— Faites comme vous le sentez. Le *kick off* est donné à minuit et demi. Je laisse la porte bleue ouverte.

Fred n'eut pas à attendre longtemps : une heure

plus tard, Peter avait branché les bonnes fiches dans les bonnes prises de l'installation vidéo des Wayne.

— Merci, Peter. Cet imbécile de Warren a voulu enregistrer je ne sais quelle émission et m'a laissé tout ça en plan. Tenez, prenez le fauteuil, moi je vais m'installer dans le canapé si ce putain de clébard veut bien me faire une place.

Fred disposa sur la table basse un saladier plein de chips mexicaines, des coupelles de sauce, et un mélange de crackers aux goûts divers. Mal à l'aise, Bowles s'assit dans le fauteuil comme dans une salle d'attente de dentiste.

— Ne craignez rien, dit Fred. Quoi qu'il arrive, vous resterez le gentil et moi le méchant. Mais je crois que pendant deux heures, vous et moi, nous pourrions redevenir de simples Américains. Ce soir, dans ce beau pays qui nous a vus naître, tous les clivages vont tomber, il n'y aura plus de barrières sociale ou raciale, il n'y aura plus que deux grandes nations : les Giants et les Bears. Je suis un supporter des Giants parce qu'ils sont du New Jersey, et vous parce que vous haïssez les Bears. Face à l'ennemi, il n'y a plus ni gentils ni méchants, il n'y a que des fans qui doivent unir leurs efforts pour vaincre. Ce sera notre seule occasion avant longtemps d'être du même bord. Qu'est-ce que je vous sers ?

— Un coca light bien frais, si vous avez, sinon, de l'eau.

— C'est le Superbowl ! Si vous étiez chez vous, là-bas, en Virginie, ou même dans ce trou à rat du bout de l'allée, vous boiriez de l'eau ? J'ai de la bière, de la vodka, de la tequila, du JTS Brown, je peux même vous préparer une Margarita.

— ... Vous avez de la tequila ?

La dernière fois qu'ils s'étaient retrouvés à une table de restaurant, Fred avait repéré le petit faible de Peter pour la tequila, et avait demandé à Maggie de lui en rapporter une bouteille de Paris.

— Allons-y pour un petit fond, dit Bowles.

Un verre à la main, ils firent des pronostics sur le match et ne se turent qu'aux premières notes de l'hymne américain. Fred ne se sentait plus le droit d'être ému par l'hymne d'un pays qui l'avait condamné et chassé. Il évita le regard de Peter qui, lui, se retenait de poser une main sur son cœur. Il vibrait au chant de son peuple et allait s'exalter à chaque action de son équipe. À la dernière mesure du *Star-Spangled Banner,* il avala d'un trait son second shot de tequila, pendant que cent mille personnes exultaient dans les tribunes du stade de Miami. Soudain, il était à la maison.

Le coup d'envoi fut donné et les deux hommes ponctuèrent les actions de *Ooooh !* et de *Aaargh !* avec parfois un mot intelligible comme *Fuck* ou *Fuck it* ou même *What the fuck.*

— Connais pas ce Hopkins, dit Fred, dans le croustillement des chips.

— Il vient de l'université de Colorado Springs, il joue *line-backer* depuis qu'il a rejoint les Giants.

Fred saisit à nouveau la bouteille de tequila et Peter fit mine de l'arrêter avec un temps de retard suffisant pour que son verre soit rempli. La chienne, déroutée par cette soudaine agitation, alla se réfugier au premier étage pour ne plus entendre le ton hystérique du commentateur.

La formation en « I » est dirigée par Peter Grossmann, le quater-back des Bears... Et c'est Paris Jackson qui reçoit la passe en plein vol ! Il est au 40... au 30 ! Mais il est arrêté à la ligne de 20 par l'ailier des Giants !

— Putain, la défense ! cria Fred en se dressant sur ses jambes.

Une passe de Calvillo, déviée à la ligne de mêlée... et le ballon atterrit direct dans les mains de Okele, le demi d'angle ! Il n'y a personne entre lui et la ligne des buts ! Et c'est le touch down !

Les deux hommes poussèrent le même cri de victoire et Fred remplit à nouveau les verres pour trinquer à ces premiers points gagnés. Pour cesser de boire à jeun, Peter se pencha sur la coupelle de crackers, en saisit un, l'étudia un instant, repéra de fines traces de fromage grillé, le reposa discrètement et se rabattit sur les chips et la coupelle de sauce piquante. Il avait beau être étourdi par l'alcool, il restait vigilant à toute nourriture susceptible de déclencher son allergie.

Drapeau jaune de l'arbitre... Pénalité pour les Giants qui viennent de perdre cinq yards...

— Bowles ? Depuis quand les Bears n'ont pas gagné le titre ? 85 ? 86 ?

Mais Peter n'était déjà plus là. Au quatrième verre et à la trente et unième minute de jeu, il s'était endormi sans même avoir la ressource de lutter. Fred regarda sa montre : 1 h 05 du matin.

Il souleva la paupière de Peter qui ronflait maintenant, saisit la bouteille de tequila, la vida dans l'évier et la rinça plusieurs fois avant de la reposer sur la table basse. L'après-midi même, il avait fait un calcul approximatif du nombre de Valium qu'il devait mélanger à une bouteille de tequila pour assommer un agent du FBI de quatre-vingts kilos ; en s'arrêtant à trois, il se laissait une marge de manœuvre de dix bonnes heures avant que Peter ne reprenne connaissance. Fred baissa le son du téléviseur, mit son blouson et s'arrêta un instant dans la cuisine. Il ouvrit le tiroir des couverts et saisit un couteau à viande si bien équilibré qu'il lui arrivait parfois de le lancer sur une planche à découper suspendue près de l'étagère à épices. Il le reposa pour saisir un pilon à pistou qui, frappé au bon endroit, pouvait provoquer un traumatisme crânien irréversible. Il le reposa aussi et préféra quitter la maison les mains vides. De loin, ses armes préférées.

*

L'adresse chiffonnée en main, Fred se gara le long des terrasses de l'avenue Aristide-Briand où un café accueillait les abonnés au dernier verre. À 1 h 30 du matin, il se dirigea vers le centre-ville et ne croisa pratiquement personne jusqu'à la rue Saint-Gaucher bordée de petits immeubles cossus de quatre ou cinq étages. Il poussa la grille du 41, pénétra dans un hall en stuc et cuivre, repéra parmi les noms des quatre locataires celui de Jacques Narboni, et passa sans avoir à la forcer la porte d'accès à l'escalier. Au quatrième et dernier étage, il stationna un instant devant le seul appartement du palier, et toqua plusieurs fois à une porte à double battant.

D'après la description qu'en avait faite Pierre Foulon, son locataire était bien le genre de type à boire des coups avec ses acolytes dans une boîte de nuit et rentrer avant l'aube pour commencer une partie de poker. Fred repéra les quelques marches qui conduisaient à une sorte d'entresol faisant office de grenier d'où l'on pouvait, par un escabeau et une trappe, accéder au toit. Il s'installa au mieux entre un matelas roulé et une série de tréteaux en bois, puis bloqua la minuterie en déplaçant un meuble d'angle couvert de poussière. Le reste n'était plus qu'une question de patience. Et, dans ces situations-là, Fred en avait à revendre. Attendre, il savait faire. Il avait appris. Parfois il s'en étonnait presque. C'était même le plus étrange paradoxe pour un enfant naturel de la Cosa Nostra.

Lui et ses congénères étaient sans doute devenus des truands à cause de leur impatience maladive. Tout gosses déjà, il leur paraissait impensable de suivre les étapes d'une existence classique, de faire des études pour obtenir un job, de vivoter plusieurs années avant de prendre du galon et espérer qu'une banque daigne les considérer comme solvables, de se languir durant les deux ou trois rendez-vous de rigueur avant qu'une femme ne leur offre son corps, et puis, à l'âge mûr, de compter les années qui les séparaient de la retraite pour profiter de la vie à temps plein. Un *wiseguy* n'attendait pas. Il ne demandait pas de crédit à la banque et préférait la braquer aussi sec, il allait directement voir une pute pour se passer une envie, il ne prétendait ni à un salaire ni à une retraite ni à des remboursements qui n'arriveraient jamais, et il ne s'adressait pas au bureau d'aide sociale pour qu'on examine son dossier. Alors d'où venait cette exceptionnelle aptitude à l'attente dès qu'il s'agissait de partir en mission ?

Fred avait passé des milliers d'heures — c'était sans doute son seul point commun avec un agent du FBI — à guetter un « client ». La patience d'un agent fédéral qui planquait pour coincer un suspect n'avait d'égale que celle d'une petite frappe qui exécutait un contrat. Il avait connu lui aussi sa part d'ennui absolu, le cul dans une voiture, à attendre qu'un pauvre type montre sa tête pour qu'on puisse lui tirer dedans. Il avait connu les gobelets de café tiède, les réussites aux cartes sur un coin de tableau de bord, les assoupissements le flingue à la main, les torticolis à force de fixer le rétroviseur, les coulées d'urine près du mur le plus proche, et, quand le client apparaissait enfin, on lui trouait la peau dans un soupir de délivrance. Si par malheur le job tournait mal, le *wiseguy* filait tout droit en prison pour trois mois, trois ans, trente ans, et restait allongé sur un bat-flanc, les yeux en l'air, à rêver à toutes les bêtises qu'il allait rattraper dès le premier jour libérable. Comble de l'ironie, un gars de LCN avait, au bout du compte, attendu cent fois plus dans sa vie que n'importe quel honnête citoyen. Et pour le coup, bien peu d'entre eux avaient droit à leur bungalow dans une maison de retraite.

Ce soir, allongé dans sa soupente, Fred n'était plus seul pour tromper l'attente. Il se tourna sur le côté pour trouver une meilleure position, porta la main à la poche latérale de son pantalon et en sortit son exemplaire de *Moby Dick*. Quelque cinq cents pages plus tôt, il s'était enfin embarqué à bord du *Pequod*, tout comme le jeune Ismaël, avec confiance et envie d'en découdre. Il avait quitté l'île de Nantucket, dans le Massachusetts, et s'était laissé aspirer par les vents sans savoir s'ils le ramèneraient à bon port. Et pas question de se laisser décourager dès le premier roulis : quand on s'embarque, on s'embarque, et on avance quelles que soient les intempéries. Fred s'était montré curieux de tout, de la configuration du navire, de la répartition des tâches au sein de l'équipage, des lois de la physique marine, des délicats mystères de la cétologie, de la forge aux harpons et même de la qualité de chanvre idéale pour fabriquer les filets. Il avait fait connaissance avec cet univers à force de digressions techniques que Melville, dans son désir d'exhaustivité, avait jugées nécessaires.

Au cours de quelques journées en mer, un grand absent s'était fait trop attendre, et les marins qui le connaissaient déjà avaient maintes fois évoqué son aura de mystère. Une nuit, sur le pont, juché sur sa jambe en os de baleine, le capitaine Achab était enfin apparu. Warren avait raison, le vrai héros, c'était lui, cet illuminé prêt à donner les ordres les plus extravagants pour assouvir une vengeance personnelle, obsédé jusqu'à l'aveuglement.

Après avoir mouillé au large de Buenos Aires, le *Pequod* filait maintenant vers l'océan Indien. Il avait croisé d'autres navires, chassé d'autres cachalots, mais jamais le bon.

Jour après jour, chapitre après chapitre, Fred avait passé ces cinq cents pages comme on franchit le cap Horn. Cinq cents pages pour un homme qui n'avait jamais ouvert un livre, c'était disparaître en haute mer, perdre le nord, tourner en rond, traverser des tempêtes, se noyer presque. Quand l'embarcation prenait l'eau, Fred s'accrochait au bastingage mais maintenait le cap, en attendant qu'un vent du large surgisse pour gonfler les voiles. Récompensé pour sa ténacité, il devinait au loin, un rivage.

Depuis ses premières tentatives infructueuses, Fred avait porté en permanence à son flanc le poids du volume. À la longue, les pages avaient donné du sens, de l'exaltation, de la connaissance, et déjà des souvenirs — c'était bien le moins qu'il pouvait espérer avec un gars comme Melville à la barre. Durant ces quelques jours, il s'était plu à imaginer qu'au fond de sa poche il y avait les quatre océans, un cachalot blanc, et un capitaine à la détermination farouche.

Ah, s'il avait eu cette révélation à l'époque où il partait en mission ! Lire ! Oublier les tristes contextes et s'évader, partir. Repousser à cheval les limites du grand Ouest pendant qu'on se les gèle dans un squat du Bronx. Fréquenter la haute société bostonienne avant de régler son compte à un gang de Latinos. Parcourir l'Europe avec une lady à son bras pendant qu'un crétin de collègue ronfle sur la banquette arrière.

Ce soir, la page éclairée par un filet de lumière mêlé de mauvaise ombre, Fred reprenait sa lecture à la page 565, au moment où le *Pequod* croisait un autre navire, le *Samuel Enderby*, dont le capitaine lui aussi avait été victime de la sauvagerie de Moby Dick. Il donnait à Achab la direction de l'est, et le *Pequod* reprenait la route vers sa proie. Fred se laissa happer par le tangage de sa lecture et retrouva l'équipage comme s'il en faisait partie. Plus d'une fois, il se sentit soulevé de terre par des lames de fond qui affolaient les hommes sur le pont. Affalé dans ce grenier nocturne, il prit son quart comme les autres. En croisant dans les eaux japonaises, il murmura la mélodie imaginaire d'un chant de marin dont les paroles étaient retranscrites. Son vocabulaire s'enrichissait d'un mot nouveau par page et Fred passait de la grand'hune au gaillard d'arrière sans confondre les mâts ni les voiles — ils les aurait hissées lui-même si le capitaine Achab le lui avait demandé. Son périple dura jusqu'à ce que les hommes de vigie, à la page 694, aperçoivent : « Une bosse comme une colline de neige ! C'est Moby Dick ! »

Après une interminable attente, le duel allait avoir lieu. Fred allait voir de ses yeux le diable tant de fois décrit par le délire d'Achab.

Mais une rumeur lointaine, celle-là bien terrestre, une avancée pesante et graduelle, comme le grondement d'une armée qui fait vibrer le sol de son pas cassé, arracha Fred à sa vague. Une terrible attraction tellurique le laissait orphelin de son bain originel. C'était quoi, ce choc ? Ah oui, c'était le réel. Une cage d'escalier en contrebas, un filet de lumière jaune, Superbowl, Montélimar, pizzaïolo, loyers impayés, tequila, un bloc de réel. Ce tonnerre, c'était quoi ? Des hommes. Oui, des hommes de la vie réelle, pas des marins, des Achab, des Ismaël, des Queequeg ou des Starbuck, juste des types lourds de leur poids terrestre, de la viande sur pattes, et saoule de surcroît, des êtres comme il y en a plusieurs milliards, le modèle classique et si parfaitement dépourvu de mystère.

Pour avoir entamé tant de parties de poker à cette même heure, Fred connaissait comme personne la routine des joueurs : ils commenceraient par une bière fraîche pour se rincer l'intérieur, ils allumeraient enfin leurs cigares sans qu'on les regarde de travers, et s'installeraient à leur place habituelle autour de la table. L'un d'eux battrait les cartes en fixant une mise de départ, un deuxième l'augmenterait virilement de cinquante, un autre dirait *On limite la partie à midi*, et le dernier conclurait par *On joue ou on cause ?* Fred descendit son demi-étage avant que le dernier ne soit entré dans l'appartement, lui emboîta le pas et l'encouragea d'une petite tape dans la nuque pour fermer la marche. Avant même qu'ils ne réagissent, il avait déjà tourné le verrou intérieur, et les quatre types furent tout surpris d'être cinq.

Dans l'état où il était de son héroïsme contrarié, Fred n'aurait pu se calmer avec une seule misérable victime. Il bénit le ciel de se voir entouré par quatre hommes de sa corpulence, quatre belliqueux prêts à brandir leurs grosses pattes, quatre imbéciles rassurés à l'idée d'être plusieurs. L'un d'eux émit un grognement et fit un pas vers l'intrus. Fred lui assena une gifle qui le fit tomber à terre, puis il distribua quelques coups de poing dans des arcades et des mâchoires, des coups de pied dans des reins et des entrejambes, cassa divers objets en les fracassant sur les crânes et les dos qui s'offraient à lui, puis, dès qu'ils furent tous à terre, renversa sur eux les meubles alentour. Pour couronner le tout, il les pria de faire moins de bruit, histoire de laisser dormir les voisins sur le point de se lever. Les quatre se demandaient maintenant dans quel cauchemar ils étaient embringués et comment avait surgi pareil monstre en ce petit matin semblable à tous les autres.

Fred se sentait mieux mais regrettait déjà leur manque de résistance ; faire mordre la poussière à ses contemporains était le seul exercice qui le relaxait vraiment. Depuis que l'homme vivait en tribu, on n'avait rien inventé de mieux. Qu'est-ce que proposaient d'équivalent les techniques zen ou les récentes inventions pour cadres stressés, comme le paint-ball ? Depuis qu'il avait le statut de repenti, Fred contenait son agressivité comme il pouvait, comme tout le monde, et rares étaient les occasions de s'en débarrasser dans une bonne bagarre. Le problème était que personne ne haussait le ton en sa présence, et rien ne dégénérait jamais en cassage de gueules. Comble de l'ironie, Fred était toujours flanqué d'un garde du corps armé, ceinture noire de tout, entraîné comme un béret vert, ce qui réduisait ses chances de coller quelques gifles à la sauvette. C'était bien là le plus cruel des paradoxes : l'ange gardien le plus efficace au monde veillait sur le seul homme au monde à n'en avoir aucun besoin.

L'un des types se mit à genoux pour tâtonner vers le plan de travail de la cuisine à la recherche d'un objet contondant. Fred lui empoigna une touffe de cheveux pour lui fracasser la tête contre l'angle d'un tiroir. Il regretta son geste, de peur d'avoir assommé le maître de céans, et demanda aux trois autres restés conscients :

— Lequel d'entre vous ne paye pas son loyer ?

Deux d'entre eux, en sang, vrillés de douleur, tournèrent le regard vers le troisième, et Jacques Narboni finit par lever la main, à la grande circonspection des copains, qui lui demandèrent :

— ... Tu payes pas ton loyer, Jacquot ?

— Il a même un arriéré de plusieurs mois, coupa Fred. Il va falloir vider vos poches.

Dépassés par l'absurdité de la situation, les hommes à terre restaient figés, incapables de faire un geste, sinon d'essuyer avec la manche le sang qui leur coulait du visage. Comme ils tardaient, tout ébahis, à diriger la main vers leur portefeuille :

— Ne me dites pas que vous jouez au poker avec

un chéquier. Je veux tout votre liquide, là, sur la table, et celui qui oublie un seul billet respirera par la bouche jusqu'à la fin de ses jours.

Fred renversa un broc d'eau sur la tête du type évanoui pour qu'il participe à la collecte. Les coupures, bien ordonnées en tas, égalaient son *Moby Dick* en épaisseur.

— Bon, toi là, Jacquot, je vais te dire ce qui va t'arriver si un, tu ne retires pas ta plainte contre mon ami le pizzaïolo, si deux, tu ne déménages pas dans la matinée, si trois, tu parles de notre rencontre à la police, et si quatre, mon ami le pizzaïolo est victime de représailles.

Joignant le geste à la parole, Fred le fit hurler de douleur en lui tirant l'oreille d'un coup sec pour la porter à sa bouche. Sans en faire profiter les trois autres, il lui décrivit à voix basse ce qu'il lui ferait subir si un seul de ces quatre points n'était pas respecté. Il y mit tant de précision, et avec tant de détails réalistes à base d'organes vitaux endommagés dans un ordre bien précis, et avec un tel effet de réel, inspiré par ce qu'il venait d'apprendre du dépeçage d'une baleine, qu'une ombre verte passa sur le visage de l'homme qui, sitôt qu'on lui lâcha l'oreille, se pencha contre l'évier pour vomir tout l'alcool ingéré dans la nuit.

En quittant les lieux, Fred jeta un dernier regard vers les quatre misérables, battus et cassés, qui allaient différer leur partie de poker. Sans doute était-ce l'état dans lequel Moby Dick laissait l'équipage du *Pequod* après leur grand face-à-face. Il allait, d'ici peu, en avoir le cœur net.

*

À huit heures, Fred fut le premier à passer la porte de la poste de Mazenc. Il choisit parmi plusieurs modèles le carton adéquat pour envoyer à Pierre Foulon son paquet de billets, et garda juste une petite coupure pour payer un affranchissement en tarif rapide.

Peter Bowles dormait toujours, recroquevillé dans son fauteuil. L'homme qui, de par sa fonction, avait le sommeil le plus léger qui soit, rampait maintenant dans des abysses de ténèbres à la recherche d'une sortie qu'il ne trouvait pas. Fred agrippa un plaid et le déplia sur lui, puis se versa une bonne rasade de bourbon pour repousser la fatigue encore un moment. Il ralluma la télévision, chercha le canal Eurosport pour connaître le résultat du match : les Giants avaient gagné 34 à 15 grâce à une action du jeune Grossmann qui avait marqué sur une passe exceptionnelle dans les trente yards.

Après avoir coupé le son, Fred s'installa dans la même position que la veille. Depuis que les imbéciles avaient interrompu sa lecture, il lui tardait de revenir à ce moment crucial de la page 694, quand Moby Dick pointait à l'horizon.

Achab, lui, avait attendu ce moment sa vie durant. On pouvait même dire que cette rencontre avec la bête — pour lui le mal absolu — était le point d'orgue de toute une existence.

Après une chasse en trois assauts distincts, Achab se retrouvait attaché au monstre marin et disparaissait avec lui dans les eaux, laissant derrière eux un navire en miettes et un équipage dévasté. Seul Ismaël, juché sur un radeau de fortune, survivait au voyage.

Fred reposa son livre et ferma un instant les yeux. Cette fin lui paraissait superbement juste et il n'en imaginait pas d'autre. Elle était sans doute porteuse de sens et touchait à un point essentiel de la condition humaine, mais il n'avait pas la force, pour le moment, d'y réfléchir. Ce dont il était sûr, c'était que ce roman parlait de lui à chaque âge de sa vie.

Il avait été le jeune Ismaël qui s'embarquait pour une aventure au risque de n'en jamais revenir. Il allait obéir à d'autres lois que celles des autres hommes. Il allait admirer ses chefs pour, le jour venu, les remettre en question. Que d'affection pour le jeune Ismaël.

Quelques années plus tard, Fred avait été Achab. Seul maître à bord, tantôt juste avec son équipage, tantôt cruel. Il avait été celui dont on attendait les décisions avec angoisse ou délivrance. Il avait été la détermination, la force, parfois la folie. Il avait eu la peau la plus dure et la vision la plus lointaine. Il avait été un meneur d'hommes.

Mais, et c'était bien le plus incroyable, dans la troisième partie de sa vie, il était devenu Moby Dick en personne. Par-delà l'Atlantique, Fred avait inspiré une haine inouïe. Depuis sa trahison, il avait été traqué, tel le monstre, et les plus aguerris des harponneurs s'étaient lancés à sa poursuite.

Après cette nuit trop agitée, il s'étira longuement, posa le roman sur la table et s'assoupit enfin.

*

Sur le coup de treize heures, Peter se dressa d'un bond. Tour à tour il regarda l'heure, le téléviseur toujours allumé, son hôte affalé dans le canapé, et la bouteille de tequila vide. Fred ouvrit l'œil quelques secondes plus tard.

— J'ai une bonne et une mauvaise nouvelle, Bowles. La mauvaise c'est que vous ne tenez pas l'alcool, la bonne c'est que les Giants ont gagné.

Bowles se déplaça comme un zombie vers un miroir et vit son visage en friche, crevassé par le sommeil.

— ... Que s'est-il passé, Fred ?

— Que voulez-vous qu'il se soit passé ? Vous n'avez plus l'habitude de vous siffler une bouteille entière de tequila.

— Ça n'a pas pu m'arriver... Pas à moi...

— Vous ne vous rappelez vraiment rien ? Au troisième verre, nous sommes presque devenus amis, surtout quand Mulen a marqué. Vous vous souvenez au moins de ce superbe *touch down* ? Non ? Ensuite, vous m'avez raconté un interminable souvenir de collège, puis vous avez voulu appeler des ex-petites copines — j'ai réussi à vous en dissuader — et vous vous êtes endormi d'un coup, sans sommation.

— Il faut que j'aille prendre une douche... Vous n'avez pas l'intention de bouger tout de suite ?

— Non, prenez votre temps, je ne sortirai pas de la journée.

— Fred, je suis embarrassé...

— Ne vous inquiétez pas, Quint ne saura jamais rien de cette soirée. D'ailleurs, je ne suis même pas sûr qu'il apprécie le football.

Bowles fit un *merci* honteux, et quitta la pièce. Fred s'étira longuement, prêt à s'assoupir de nouveau, mais dans son lit cette fois. Il éprouvait une sensation de quiétude qui appelait un surcroît de sommeil. Sur la table basse, il saisit son *Moby Dick* et le retourna dans tous les sens, masse désormais vide dont il devait se débarrasser comme, jadis, il l'aurait fait d'un cadavre. Il y avait des endroits pour ça. Des cimetières à bouquins. Il grimpa jusqu'à la bibliothèque du premier étage, et la cérémonie dura juste le temps de dégager une place libre sur l'étagère pour y loger son exemplaire. Persuadé qu'il le voyait pour la dernière fois, il passa le doigt sur la tranche, eut une dernière pensée pour Achab, et remercia Herman Melville de l'avoir aidé à franchir le cap de cette nuit-là. Une telle intimité s'était créée entre ce roman et lui que Fred n'éprouvait même plus le besoin de s'en vanter. Il n'était pas sûr d'avoir lu un chef-d'œuvre mais il était venu à bout de *Moby Dick*, et jamais il n'aurait imaginé qu'à son âge, après avoir vécu tant de vies, quelque chose pouvait le rendre plus fort.

*

Pressé par l'ultimatum de Lena, Warren fut bien forcé de joindre le capitaine Tom Quint. Aucune décision importante n'était prise sans celui qui les accompagnait dans le programme Witsec depuis le premier jour. Grâce à lui, Maggie, Belle et Warren étaient devenus d'honnêtes citoyens américains en passe d'obtenir leur nationalité française si leur intégration se faisait sans heurt et s'ils savaient se fondre dans la masse. Quand Belle s'était installée à Paris, Tom était venu visiter son studio avec elle, puis il était venu déjeuner plusieurs fois en face de sa faculté pour connaître son nouvel univers. Quand Maggie avait ouvert La Parmesane, il l'avait aidée dans certaines démarches administratives et avait été présent le jour de l'ouverture. Quint pouvait être fier de lui : hormis l'imprévisible Fred, les Manzoni s'étaient enfin stabilisés et prouvaient ainsi l'efficacité du programme de protection des témoins.

— Que me vaut ce plaisir, Warren ? Je crois que nous nous voyons bientôt, je passe le week-end prochain à Mazenc pour m'entretenir avec votre père. Vous y serez, non ?

— C'est prévu. Mais je n'y serai pas seul.

— Auriez-vous une bonne nouvelle à m'annoncer ?

— Vous vous souvenez d'une Lena que j'avais rencontrée au lycée ?

— Votre « petite fiancée » comme vous l'appeliez ?

Sans oublier une étape, Warren raconta l'histoire qui le liait désormais à cette petite fiancée.

— Je ne sais pas pourquoi, j'ai tout de suite senti que c'était sérieux avec cette jeune fille. Je suis heureux pour vous, Warren.

— Vous ne me dites pas que tout ça est précipité ? Que je m'engage trop vite ? Avec la toute première ? Que je vais être déçu ? Que je vais regretter ? Que j'ai tout le temps devant moi ?

— Je ne me le permettrais pas. J'aurais très mal pris qu'on me mette en garde quand je me suis entiché de ma femme, j'étais à peine plus vieux que vous, et la suite m'a donné raison. J'ai toujours eu confiance en vous et en votre sœur, j'ai assisté à votre progression d'année en année, et je suis bien placé pour savoir que, par la force des choses, vous avez bien plus d'expérience que la moyenne des jeunes gens. Je respecte votre engagement, Warren.

Des mots qui allaient droit au cœur du jeune homme amoureux qui, plus que jamais, avait besoin de la confiance d'un aîné. Sur le ton de la confidence, Warren lui expliqua son dilemme, que Tom comprit sans avoir besoin de détails : s'il ne présentait pas Lena à sa famille, il la perdait. Mais comment présenter un père imprésentable ?

— Inclure un nouveau membre dans une famille est une joie, mais la vôtre n'est pas une famille comme les autres. Si, comme je vous le souhaite, Lena devient votre femme et la mère de vos enfants, il est très risqué, dans un premier temps, de la mettre dans la confidence du programme Witsec.

— À vrai dire, le mieux serait qu'elle ne le soit jamais.

— Serez-vous capable de ne jamais partager ce secret avec la femme que vous aimez ?

— Je crains que notre couple ne se remette pas de cette déflagration.

Warren n'avait pas besoin d'en rajouter. Tom connaissait ce gosse par cœur, il l'avait vu évoluer, puis chuter et se remettre sur pied comme un vrai petit soldat, sans jamais se plaindre. Un gosse qui avait vécu la douleur du bannissement, un gosse qui avait été tenté par les valeurs et la carrière de son père mais qui avait compris toute l'horreur que représentait une vie entière au sein d'une organisation criminelle. Un gosse qui avait nié la tradition ancestrale de *l'Onorata società* pour mener sa vie d'homme libre.

— Je vais vous dire une chose terrible : l'idéal aurait été de le faire passer pour mort. Je me voyais bien jouer le rôle de l'orphelin, tellement plus facile que celui du fils du monstre. Mais avant même que nous fassions connaissance, Lena savait que mon père était américain et qu'il écrivait des livres. Elle en a même lu un...

— *Du sang et des dollars* ?

— Non, *L'empire de la nuit*. Elle ne l'a pas terminé, elle m'a juste dit : « Mais où ton père va-t-il chercher toutes ces horreurs ? »

Tom rêva un instant au soulagement que serait, pour lui aussi, la mort de Fred. Plus rien à redouter de son ennemi de toujours, fin du dispositif de surveillance, et les membres de LCN continueraient à se déchirer entre eux en imaginant Fred bien vivant, en train de se la couler douce — le couronnement du programme Witsec. Cela voulait dire aussi, pour Tom, des retours plus fréquents aux États-Unis, et la satisfaction d'avoir survécu à ce salopard qui ne l'avait pas épargné depuis douze ans.

— Comment allons-nous procéder ? Tout gosse, je vous voyais déjà régler les problèmes que mon père posait.

— Cette fois, j'ai besoin d'un temps de réflexion.

— Ne me laissez pas tomber.

— L'ai-je jamais fait ?

*

Maggie ne se forçait plus à rassurer ses troupes par une bonne humeur toute feinte. Chaque étape de sa journée lui demandait de puiser dans des ressources qu'elle n'avait plus, comme il lui était de plus en plus pénible de dissimuler la gravité des problèmes de La Parmesane. Après la désertion de ses précieux fournisseurs, elle en avait trouvé de nouveaux, moins bons et trop chers pour ses faibles moyens. Personne ne s'était rendu compte que la qualité avait à peine baissé, sinon Clara, seule dans la confidence. Avec le temps, elle aurait pu surmonter ce coup bas si, comme elle s'y attendait, d'autres n'étaient venus la frapper.

Francis Bretet vint la voir à la boutique et lui proposa une *solution*, il osa prononcer le mot : *Il y a sans doute une solution pour vous en sortir, madame Wayne.* Celle qu'il proposa était le rachat pur et simple après une reddition sans conditions et, cette fois, sans le moindre avantage.

Peu de temps après son refus, une dénonciation anonyme provoqua la visite des services d'hygiène. Deux agents de contrôle passèrent au crible tout ce qui pouvait l'être, la température des produits, les risques de rupture de la chaîne du froid, ils procédèrent à des prélèvements pour les analyser en labo, ils vérifièrent les huiles de friture usagées, les congélations, les conditions d'emballage, ils fouillèrent l'arrière-boutique, les frigos, la cave, et inspectèrent les éviers, lavabos et W-C du personnel. Ils constatèrent l'absence de rongeurs et d'insectes, et ne relevèrent aucune infraction, aucun produit corrompu ou non conforme à la réglementation, ou présentant un danger pour les consommateurs. Selon la Direction des affaires sanitaires et sociales, La Parmesane était aux normes, ce que Maggie savait déjà.

Quelques jours plus tard, elle eut la visite de l'inspection du travail, suite à des *informations informelles* de violation de la législation. Les contrôleurs interrogèrent les salariés et consultèrent les contrats de travail et les fiches de paie. Ils firent le tour des locaux, vérifièrent la date des extincteurs, le système d'aération, la sécurité. Sur ce plan-là aussi, La Parmesane était irréprochable.

Maggie ne parut pas étonnée quand, peu de temps après, elle eut droit à un contrôle fiscal. On vérifia la totalité de la comptabilité, les déclarations de TVA et de taxe professionnelle, les relevés de compte bancaire, le bail commercial, les contrats avec les fournisseurs, l'origine des frais financiers, les emprunts, les découverts, les crédits, le livre d'inventaire, les documents annexes de recettes et de dépenses et les notes de frais. La comptabilité fut considérée comme sincère et régulière et Maggie reçut un avis d'absence de redressement.

À tous les contrôleurs qui défilèrent durant cette période perturbée, elle fit goûter ses *melanzane alla parmiggiana*, et n'eut que des compliments.

Même si elle les avait surmontées, toutes ces nuisances lui paraissaient bien injustes et lui avaient pris tout le temps dont elle aurait eu besoin pour régler d'autres problèmes. Elles émoussaient sa confiance en elle et la rendaient irritable. Un soir, au téléphone, elle refusa de prendre la commande d'un client qui appelait tous les jours ; dans un accès de paranoïa, elle le soupçonna d'opérer une razzia sur son stock, juste avant le rush, afin de tuer l'offre auprès de sa clientèle. Le type tomba des nues devant une telle accusation — il était juste accro aux aubergines à la parmesane et en abusait sans doute, mais il ne travaillait pas pour la concurrence. Ça ne calma pas l'agressivité de Maggie : *Si vous dites vrai, vous êtes en train de vous rendre malade.*

Nos produits sont de tout premier ordre mais un estomac ne peut pas supporter cette quantité de fromages et de sauce tomate tous les jours. Comment ça, ça ne me regarde pas ? Si, ça me regarde, ma cuisine ne rendra personne malade. Ce soir-là, elle resta un bon moment dans la pénombre, assise sur le banc faisant face à l'usine à bouffe de Francis Bretet, qui tournait à plein régime. À ses idées sombres se mêlèrent des images d'une violence inouïe. Maggie savait qu'il était inutile de les refouler et attendit qu'elles passent.

*

À peine venaient-ils de faire l'amour, avec la rage des amants séparés par une éternité de trois jours, que François Largillière alluma le projecteur au-dessus de son lit. Comme d'autres s'endormaient ou fumaient une cigarette, lui n'aimait rien tant, entre deux ébats, que de faire défiler des images sans forcément leur prêter attention. Belle se demanda à nouveau pourquoi l'homme qu'elle aimait ne parvenait pas à prolonger leur frénésie par une tendre étreinte. De surcroît, Largillière ne goûtait que les films d'action qui vidaient l'instant de toute son intimité. Il aimait le fantastique intello, le gore raffiné, la science-fiction pourvu qu'elle soit un peu sanglante et, surtout, les films de gangsters qui savent mêler le cruel et l'émouvant. Genres pour lesquels Belle n'avait aucune attirance, mais elle finissait toujours par se blottir contre lui et s'assoupir, avant qu'ils ne s'enlacent à nouveau, ou que Largillière ne lui propose une idée extravagante pour prolonger la nuit.

— Belle ? Est-ce que vous avez vu *Le parrain* ?

— *Le parrain* ?

— Oui, de Francis Ford Coppola.

François enclencha le DVD. Il était de la pire race des cinéphiles, ceux qui n'hésitent pas à commenter l'action, à traduire les enjeux psychologiques, ou à précéder d'une courte seconde un dialogue. Persuadé que Belle n'avait encore vu aucun des films qu'il plaçait au plus haut de son panthéon, il se faisait un devoir de l'initier au film noir en partant du principe que les femmes y étaient bien moins sensibles que les hommes.

— Oui, je sais ce que vous allez dire, ce sont des histoires de truands qui s'entre-tuent, mais ça va bien au-delà, si vous saviez !

Des destins terribles et sublimes, des luttes fratricides, de l'honneur et du sang, des larmes et des morts, que d'émotions ! Métaphysique du crime, testostérone et art lyrique, hymne à la vengeance, du grandiose ! Et la scène où une famille rivale veut tuer Vito Corleone à l'hôpital, et la retraite en Sicile avec la mort de la promise, et la Saint-Barthélemy du crime orchestrée par Michael, et surtout, les dernières images du film, la mort du père sous les yeux de son petit-fils. Quel déchirement ! Belle assista à ce panégyrique avec la patience d'une femme amoureuse et s'amusa de voir François se pâmer pour une réplique *culte* ou une scène *mythique* — tout devenait emphatique quand il s'agissait du *Parrain*. Son exaltation ne l'avait jamais quitté depuis l'adolescence, elle trahissait sa profonde admiration pour les gangsters tels que le film les dépeignait. Il s'agissait là d'une identification à son point ultime, le rêve doré de la plupart des hommes, cette virilité-là était rayonnante : fallait-il avoir des couilles, mais aussi du cœur, pour se faire une place au sein d'un clan mafieux.

C'était pour Belle le comble de l'ironie. François Largillière était le parfait contraire d'un affranchi. Il vivait reclus, fuyait les petits drames ordinaires de ses contemporains, rasait les murs quand un rendez-vous le poussait hors de son quartier. Il n'avait déménagé que deux fois dans sa vie et n'avait jamais mis les pieds dans cinq des vingt arrondissements de Paris.

— Écoutez, là ! Quand il dit : *go to the mattresses*, littéralement ça veut dire *aller aux matelas*, c'est comme une déclaration de guerre. Ça vient d'une expression italienne traditionnelle, quand les soldats se barricadaient dans des maisons désertées par leurs habitants, et protégeaient les portes et les fenêtres avec des matelas.

François se trompait mais Belle s'abstint de le reprendre ; l'expression concernait justement les habitants en fuite qui, dans les villes avoisinantes, demandaient à être hébergés et louaient des matelas posés à même le sol.

— Vous voyez cet acteur, là, Robert Duvall, c'est le seul du clan Corleone à ne pas être sicilien, il est irlandais, mais Vito le considère comme un de ses fils. Il joue le rôle du *consigliere*, le conseiller du clan.

Belle ouvrit grands les yeux pour feindre l'étonnement et posa une question naïve pour encourager François dans son cours magistral. Il appelait tous les personnages de mafieux par leur prénom, il parlait de Sonny, de Vito, de Tom, et surtout de Michael, le fils prodigue, l'héritier de l'empire, le héros, joué par Al Pacino, la légende. Il parlait de Michael comme d'un proche, il le comprenait si bien, ses drames intérieurs, ses affres, et pour finir, ses décisions, parfois sanglantes, mais soutenues par une éthique et un sens de l'honneur exemplaires. Ah, comment communiquer tant d'enthousiasme à Belle !

Et comment la douce et tendre Belle, cette madone d'innocence et de pureté, pouvait-elle gâcher le plaisir de son homme ? Le faire tomber de l'échelle où il était perché, tout là-haut, au paradis des mauvais garçons ? Comment avouer qu'elle avait connu ce film avant sa naissance, dans le ventre de sa mère ? Il avait fait partie de son héritage, posé dans son berceau comme un hochet et un nounours. Combien de fois le bébé Belle avait-elle grimpé sur les genoux de son papa qui revoyait sans se lasser ce film à la musique si triste ? Une musique qui lui avait servi de berceuse, elle la chantonnait en même temps que *Jingle Bells*, un air que l'on apprend avant même de savoir parler et dont on ne se débarrasse jamais. Comment pouvait-elle raconter à François que son propre parrain, celui qui l'avait portée sur les fonts baptismaux, s'appelait Anthony De Biase, et qu'il était le *consigliere* du clan Manzoni ? Anthony, l'homme sage qui, sur une simple consultation, pouvait déclencher ou faire cesser une guerre. Elle aurait pu lui citer quantité de personnages, inconnus du public mais véritables légendes de LCN, qui avaient déposé un baiser sur son front. Elle aurait pu lui dire combien de mains qui avaient donné la mort l'avaient bercée, combien de tueurs sans pitié l'avaient sacrée « la plus belle créature du monde », combien de caprices on lui avait passés parce qu'elle était la fille du boss. Les figures que son François admirait aujourd'hui étaient les fantômes de la vie de Belle, qui lui avaient offert une enfance de princesse. Quelle petite fille devenue grande avait droit à des souvenirs de cette force ?

— Attention ! Vito va lancer sa réplique culte : *Je vais lui faire une proposition qu'il ne pourra pas refuser.*

Comment dire à François, sans le décevoir, que tous les personnages qu'il vénérait faisaient désormais partie d'un folklore, que les Corleone n'existaient plus sous cette forme, et que déjà Gianni Manzoni, son propre père, ne jouait plus avec les mêmes règles.

Le film se termina enfin et, tard dans la nuit, ils s'enlacèrent, apaisés, dans le silence d'une harmonie pure. Jusqu'à ce que François Largillière ajoute, avant de sombrer dans le sommeil :

147

— Le pire c'est que je vais reprocher à toutes celles qui vont vous succéder de n'être pas vous.

*

Tout appel téléphonique pour les Wayne transitait par le standard de Peter Bowles. S'il était capable d'identifier le correspondant, il faisait suivre sur le poste des Wayne, idem pour les coups de fil vers l'extérieur. Fred savait contourner le dispositif pour passer un coup de fil discret lors de ses rares escapades, mais le problème n'était pas là : il n'avait plus de coups de fil discrets à passer à quiconque.

Vers les dix heures du matin, alors qu'il s'apprêtait à entrer dans son bureau, une tasse de thé à la main, il vit s'afficher le nom de son éditeur sur l'écran digital. Renaud Delbosc n'appelait que pour de bonnes raisons, et jamais Fred ne se sentait plus écrivain qu'en bavardant avec lui.

— Bonjour Laszlo, c'est Renaud.

— Renaud ! Donnez-moi des nouvelles de moi avant de me donner des nouvelles de vous.

— Vous allez être traduit en japonais.

— En japonais ?

— J'ai rencontré à la foire du livre de Francfort un M. Nakamura, sa maison ressemble un peu à la mienne, par la taille et aussi par l'esprit. Il publie des romans policiers étrangers, pas plus de deux ou trois par an, rien que des coups de cœur. Il pense que les Japonais vont raffoler de vos histoires extra-vagantes de mafieux américains.

Renaud Delbosc avait créé sa petite maison d'édi-tion après avoir longtemps travaillé pour un gros groupe éditorial. Deux ou trois auteurs de renom l'avaient suivi dans son entreprise et lui avaient donné une crédibilité dans le milieu. Son éclectisme avait, à la longue, étoffé un catalogue où se côtoyaient le roman exotique et l'essai élitiste, le thriller qui tue et la petite perle du bout du monde. La politique éditoriale de Renaud Delbosc tenait en un seul point : plaire à Renaud Delbosc.

— Si ma mémoire est bonne, ça nous fait trois traductions pour *L'empire de la nuit*. Et en France, nous allons passer les dix mille exemplaires, ce qui, de nos jours, est tout à fait estimable. J'ai connu des auteurs heureux pour moins que ça, Laszlo.

Fred sentait que son éditeur avait pris cette tra-duction pour prétexte et appelait en réalité pour se renseigner sur l'avancement du troisième roman. Il recula un moment l'échéance en lui demandant le détail des ventes du premier.

— *Du sang et des dollars* approche les quinze mille et va être traduit en espagnol. Ils sont en train de lire *L'empire de la nuit* et ils voulaient savoir si vous étiez sur un troisième.

— J'y travaille, j'y travaille...

Il y travaillait effectivement mais ce manus-crit, qui ne portait pas encore de titre, stagnait à la page 48, et Fred avait beau lire et relire le début, rien ne lui permettait de supposer qu'un jour il y aurait une page 49. Depuis qu'il s'était attaqué au troisième volet de ses Mémoires, Fred peinait à retrouver la même évidence, la même urgence que pour son tout premier. Il avait tellement prétendu être écrivain, il l'avait clamé si fort à ceux qui voulaient l'entendre que même ceux qui ne le voulaient pas se le tenaient pour dit. Il s'était demandé si les autres écrivains avaient, comme lui, stocké assez de souvenirs pour les transcrire leur vie durant, ou si leur seule imagination suffisait. Fred se souvenait avec nostalgie du jour où, quelques années plus tôt, il avait annoncé à Tom Quint qu'il avait terminé son premier roman.

— Un roman ! L'oisiveté vous est montée à la tête, Fred.

Tom Quint, tout comme les membres de la famille Manzoni, avait mal vécu cette vocation tardive. Mais il avait bien fallu se rendre à l'évidence le jour où l'analphabète avait relié 286 feuillets en un seul bloc, noir de lignes et presque sans ponctuation. *Du sang et des dollars* existait désormais et contenait son énergie maléfique dans une boîte de Pandore que personne n'avait envie de voir s'ouvrir.

Pour d'évidentes raisons, Tom avait été le premier lecteur de cette autobiographie noire qui l'avait épouvanté par une accumulation de détails, de noms et de faits réels.

— Vous consignez là vingt ans d'histoire de LCN vue de l'intérieur. Non seulement vous nommez en toutes lettres vos anciens collègues, mais vous ne nous épargnez aucun détail sur leur pedigree ni sur la façon dont chacun se débarrasse d'un cadavre.

— Qu'avez-vous pensé du passage où je raconte comment Dominick Mione et moi avons réduit en miettes le supermarché Moffat, à l'angle de la 55e ? Toute la description dans la chambre froide ?

— Je n'ai pas été sensible à tant de poésie.

— Ne me dites pas que vous n'avez rien appris sur les méthodes de LCN en matière de lutte contre la concurrence ? Et tout ce passage sur les paris truqués du cynodrome, et ce suspense sur la course de Lampo, mon lévrier ? Et la bagarre qui a suivi, avec cette bande de Chinois qui voulaient nous découper à la machette ?

— Ils nous auraient privés d'un grand auteur mais ils m'auraient débarrassé de vous. De deux maux il faut choisir le moindre, comme disent les Français.

— Vous êtes bien sévère. Dites plutôt que, tout comme Maggie, l'idée même que j'aie osé écrire vous insupporte. Vous auriez préféré que je croupisse le reste de mes jours dans le remords, rongé par une maladie qui me condamne à errer sans trouver le repentir.

Au lieu de ça, Fred Wayne avait exhumé Giovanni Manzoni pour en faire une sorte de héros moderne et sans scrupules, voleur par tradition et tueur par devoir.

— Que vous vous donniez le beau rôle, et que vous fassiez de votre commerce crapuleux une sorte de récit picaresque ne m'étonne pas plus que ça.

Après tout, on peut aussi lire ce manuscrit comme un document sur la sauvagerie en milieu urbain, ou comme un traité de productivité à l'usage des voyous, voire comme un panthéon érigé à votre propre bêtise. Ce qui est honteux n'est pas tant ce que vous décrivez mais plutôt ce que vous ne décrivez pas. Vous avez trié dans vos atrocités, parce que, malgré tout, vous connaissez la frontière entre l'avouable et l'inavouable, entre le pittoresque et l'immonde. Vous taisez vos actes de pure barbarie pour ne pas entacher votre personnage de gouape au grand cœur.

— Vous croyez que je peux faire tenir ma vie en un seul volume ? J'ai de quoi en remplir quelques-uns, et je risque de vous surprendre.

— Ce que j'ai trouvé tout aussi lâche, c'est ce que vous n'évoquez pas pour vous éviter les foudres de Maggie. Tout ce qu'elle suppose mais qu'elle préfère ne pas savoir, votre chambre à l'année chez Madame Nell, sans parler des soirées romaines avec vos sbires.

— Dans ces soirées romaines, comme vous les appelez, il n'était pas rare de rencontrer des flics et des politiques, et parfois les femmes de ceux-ci. En revanche, j'avoue n'avoir jamais croisé un seul agent fédéral. Vous-même, Tom, je suis bien certain que vous n'avez jamais mis les pieds dans un bordel.

— Les descentes et les perquisitions me suffisaient. Et je laissais aux jeunes recrues du Bureau le soin d'installer les écoutes et les caméras de surveillance, ou même de persuader certaines filles de faire partie de nos informateurs. Nous avons plus d'enregistrements de vos frasques qu'il n'y a de DVD au rayon porno de votre vidéoclub.

Tom avait raison sur un point : par égard pour Maggie, mais aussi par peur de représailles, Fred s'était très peu attardé sur sa vie de débauche. Comme il avait laissé de côté toute la période où il avait usé et abusé de drogues qu'il aurait interdites à ses enfants. Pourtant, l'essentiel de son récit ne concernait pas ses vices privés mais bien l'exercice quotidien du pouvoir au sein de LCN. Sa vie de traître caché prenait un autre sens, et sa carrière dans la mafia n'était plus le lieu de la nostalgie mais une matière première qu'il avait engrangée pour la restituer aux générations à venir — Melville et Hemingway avaient-ils procédé autrement ?

Fred avait accouché d'une œuvre, et l'idée de la publier allait vite le tarauder. Sur ce point, Tom avait dû faire preuve de diplomatie afin que la boîte de Pandore ne lui explose pas au visage — Fred était capable de prendre tout le monde à revers en envoyant son brûlot à tout ce que l'Europe et les États-Unis comptaient d'éditeurs, ou même à la presse, quitte à bazarder le programme Witsec.

Le capitaine Quint en avait référé à ses chefs de Washington qui, après un vent de panique, lurent l'ouvrage. Curieusement, le fait qu'un Manzoni raconte ses souvenirs de truand ne les inquiétait pas vraiment ; ils avaient surtout craint d'y voir figurer les noms de certains politiques qui, naguère, avaient

153

directement ou indirectement côtoyé la planète LCN. Rassurés sur ce point, ils laissèrent les mains libres à Tom qui se retrouva encombré d'un libelle de 286 feuillets écrit par son plus redoutable ennemi. S'engagea alors un bras de fer qui dura plusieurs mois. Fred consentit à retravailler les passages sur les dossiers toujours d'actualité, maquilla tout ce qui aurait pu l'identifier, jusqu'aux descriptions physiques des individus — même ceux qu'il avait, au sens propre, taillés en pièces. Il changea les noms et les lieux, transposa certains événements dans des villes où il n'avait jamais mis les pieds, modifia les contextes et rendit méconnaissables les épisodes les plus fameux. Après que le G-man eut exigé ces coupures et corrections, l'ouvrage passa de 286 à 321 feuillets.

— Soyons pragmatiques, Tom. Si je publie mon roman, je coûterai moins cher au gouvernement américain.

— Parce que non seulement vous pensez que votre littérature est publiable, mais qu'elle va vous rapporter de l'argent ?

— Un coup à tenter, rien que pour vous contredire. Si personne ne veut de mon bouquin, je vous jure que j'abandonne mes prétentions littéraires et que je deviens le bon petit repenti qui se terre dans le remords.

— Pour qu'une telle chose soit possible, il faudrait que vous publiiez sous pseudonyme.

— Laszlo Pryor.

— ... Pardon ?

— C'est mon pseudonyme. Vous ne trouvez pas que ça ressemble à un nom d'écrivain ?

— Pourquoi Laszlo Pryor ? Il y a une signification particulière ?

— Laszlo parce que ça donne un côté slave et mystérieux. Je ne sais pas pourquoi mais j'ai toujours l'impression que les écrivains crédibles sont slaves et mystérieux. Et Pryor parce que je suis fan du film *Comment claquer un million de dollars par jour* avec Richard Pryor.

Rien de cela n'était vrai, un Laszlo Pryor existait bel et bien et travaillait comme homme de peine dans un bar de Newark, le Bee-Bee. Fred avait utilisé son nom parce qu'il en aimait la sonorité, mais aussi parce qu'il avait toujours entretenu un rapport particulier avec ce drôle de type. Laszlo Pryor et Giovanni Manzoni étaient comme les faces sombre et lumineuse d'une même pièce, et ce pour des raisons que Fred n'avait pas envie d'évoquer devant Tom.

— Interdiction de rencontrer votre éditeur ou même de donner la moindre interview.

— Ça me va, Tom.

— De toute façon, je suis tranquille, personne ne voudra de votre diarrhée de graphomane analphabète. Comment voulez-vous qu'un éditeur mise de l'argent sur vous ? Quel bûcheron oserait même déboiser un carré de forêt pour fabriquer la pâte à papier nécessaire à la publication de pareilles inepties ?

— Sachez que si ce petit miracle avait lieu, vous

n'auriez plus jamais à vous plaindre de moi, je serais un repenti exemplaire, un repenti heureux, dans la force de l'âge et à l'apogée de sa carrière de repenti.

Via ses sources, Tom se fit établir un topo sur le milieu de l'édition en France. Puis, presque par gageure, et pour décourager ce prétentieux de Fred, ils se mirent d'accord sur une courte liste d'éditeurs possibles. Tom servirait d'interface à toute l'opération, il aurait le statut de mandant pour le compte d'un auteur désirant garder l'anonymat. Un seul éditeur, Renaud Delbosc, se manifesta de longs mois après avoir reçu le manuscrit de *Blood and dollars, by Laszlo Pryor*.

Renaud Delbosc expliqua à Tom ce qu'il avait sincèrement ressenti à la lecture du texte. Il trouvait le style *sommaire et chaotique*, le livre impubliable en l'état mais seulement après une réécriture en profondeur et un minutieux travail de traduction. En revanche, il avait été troublé par la haute précision dans la description des scènes d'action, qui créaient une étonnante *violence graphique*, presque désincarnée, hors limite, et sans le plus petit accent de réel.

— On ne croit pas une seconde à la scène où le héros et sa bande de malfrats vont vider un squat du Bronx occupé par un gang de Portoricains, ou encore ce passage hallucinant où Victor Gilli compresse une Buick dans une casse auto avec, à l'intérieur, quatre types qu'il soupçonne de l'avoir balancé au FBI.

Victor Gilli s'appelait en réalité Vincent Di Gregorio, il ne s'agissait pas d'une Buick mais d'une Chevrolet Silverado, mais les quatre types s'étaient bel et bien retrouvés compressés dans un bloc de métal de moins d'un mètre cube, et ce pour avoir donné des informations confidentielles sur le clan Gilli, non pas au FBI, mais à Don Polsinelli, un *capo* rival. Retranscrit dans les Mémoires de Fred, cet épisode ressemblait à une sorte de performance d'artiste, éphémère moment d'osmose entre chair et métal, avec, au final, sortant de la presse, une sculpture contemporaine qui symbolisait l'ultime sépulture de la vanité humaine.

— On n'y croit pas une seconde, répéta Delbosc, mais quelle imagination, quelle sophistication, quel sens aigu du détail monstrueux, quelle cruelle abondance ! Je ne sais pas qui se cache derrière le nom de Laszlo Pryor, et, somme toute, je ne suis pas sûr de vouloir faire sa connaissance, mais je veux le publier. Je peux lui proposer un contrat sans à-valoir pour une publication dans ma collection de poche, pour un petit tirage de trois mille exemplaires, sans publicité. On laisse faire le bouche-à-oreille et on voit comment ça réagit.

Du sang et des dollars sortit l'année de l'installation des Wayne à Mazenc. Tom, le mandant, signait les contrats, recevait les coups de téléphone et les très rares coupures de presse sur le livre, qui fut réimprimé deux fois pour atteindre les huit mille exemplaires vendus la première année — un score honnête qui permettait à une maison d'édition indépendante de le rester, et, pourquoi pas, de sortir un prochain Laszlo Pryor.

Toutefois, avant que le manuscrit ne lui paraisse publiable, Renaud Delbosc avait fourni un travail d'orfèvre. Il avait réussi à obtenir de Fred certains allègements non pour des raisons de censure mais pour le bon équilibre du texte. Tom, qui n'avait ni le temps ni l'envie de s'occuper de ces finasseries, fut bien contraint de les laisser travailler en direct. Il se mit d'accord avec Fred sur le personnage de Laszlo Pryor : un haut fonctionnaire américain ayant pris sa retraite en Provence, et qui, plus pour tuer le temps que pour se lancer dans une carrière tardive, s'était mis à écrire. On avait connu plus tordu.

— Ce M. Nakamura adorerait vous rencontrer, comme nous tous. Je lui ai parlé de nos conventions d'anonymat et il s'est engagé à les respecter.

Fred songeait déjà à son public nippon. Avec un peu de chance, quelques yakuzas, les redoutables barons de la mafia japonaise, se pencheraient sur sa prose, et qui sait, en tireraient peut-être des leçons. Un jour, se disait-il, il faudrait que quelqu'un fonde, par un document écrit, l'Internationale des voyous, le grand livre œcuménique de toutes les mafias du monde.

Mais Fred se sentait trop vieux pour en jeter les bases. Il préféra retourner vers son troisième opus qui risquait bien d'être le dernier.

4

Après être passé dans le repaire de Bowles pour un débriefing en règle, Tom remonta l'allée sans nom jusqu'à la porte d'entrée, toujours ouverte, des Wayne. Attiré par une odeur de viande et d'herbes qui crépitaient à feu doux, il s'arrêta un instant dans la cuisine, et fut tenté de soulever un couvercle pour voir ce qui se mijotait.

— N'y pensez même pas ! cria Fred en surgissant du cellier, les bras chargés de bouteilles. C'est une surprise pour le dîner.

Ils se regardèrent droit dans les yeux, échangèrent une ferme poignée de main qui les renseigna bien mieux qu'un sourire sur l'humeur de l'autre, et jouèrent au rituel des retrouvailles comme les deux bons amis qu'ils n'étaient pas. Fred proposa à Tom de le suivre dans le jardin où les attendaient un thé et des biscuits.

— J'ai pensé que c'était un peu tôt pour un de ces excellents vins blancs qu'on trouve dans le coin. Je nous ai installés dehors, ça commence tout juste à être agréable.

Sous le frais soleil d'avril, Tom longea la coursive dont la voûte en pierre blanche, vieille de trois siècles, était restée intacte. Il aboutit dans le jardin, s'assit à la table en teck patiné par la pluie et le froid, et admira la partie arrière de la maison avec les yeux de Karen, sa femme, dont le rêve était de vivre dans un pareil endroit. Il s'attarda sur le clocher, vestige de l'ancien cloître, sa pierre recouverte de lierre, les volets bleus des chambres sur trois étages, la piscine, légèrement en hauteur pour rester discrète, et la grande pièce de plain-pied où l'on pouvait recevoir le village entier. Karen aurait mérité tout ça.

— Vous avez fait des travaux depuis la dernière fois ?

Fred lui désigna la cuisine du bas, « pratique surtout l'été pour éviter d'incessants allers-retours à l'étage ».

— Du citron avec le thé ?

— Nature, ça ira.

L'agent spécial Thomas Quintiliani n'avait pas à rougir de ses appointements qui lui avaient permis d'envoyer ses fils à l'université et d'acheter une maison dans un quartier résidentiel de Tallahassee, Floride. Karen y menait une vie saine et tranquille, entre son potager et ses voisins, retraités pour la plupart. Malgré tout, elle ne cachait pas sa nostalgie du Vieux Continent, qu'elle avait connu durant ses études d'architecture, et désespérait de jamais y retourner. Aujourd'hui, c'était l'ex-gangster qui habitait en Provence, dans un lieu chargé d'histoire, au confort moderne, à trois heures de train de Paris et du reste de sa famille, quand lui, Tom, ne voyait les siens que trois fois par an.

— Est-ce que je me trompe, Fred, ou vous vous civilisez ? Les vins fins, le thé, la vieille pierre. Il paraît même que vous avez lu un livre.

— Ce serait dommage de boire des saloperies dans le pays du vin, non ? Le thé, j'en ai toujours bu, mais maintenant c'est du thé vert japonais parce que c'est bon pour la prostate, paraît-il. Sinon oui, j'ai lu *Moby Dick* comme tout le monde, je ne pense pas que ça mérite un rapport à Washington.

— Vous n'êtes plus tout à fait le même depuis que vous êtes ici. Vous vous êtes posé.

Ils se lancèrent dans un débat sédentarité/mobilité, chacun regrettant ce qu'il vivait le moins, et ne dirent que des choses convenues sur le rythme de la vie, le destin, et la vieillesse qui point. Il y avait là un plaisir indéfinissable à retrouver, tout comme un vieil ami, un vieil ennemi, à éprouver de la curiosité pour ce qu'il devenait, dans l'attente du récit de ses faux pas et de ses tristes confidences. Mais l'heure n'était pas encore à la révélation et, même si les colts étaient chargés, prêts à être dégainés, même si les couteaux étaient aiguisés et menaçaient de se planter au premier mot de travers, même si l'on gardait en réserve une roquette assez forte pour atomiser un village de Provence, Tom et Fred sirotèrent leur tasse de Sencha en égrenant des banalités dans la tiédeur de cette fin d'après-midi de printemps.

Le capitaine du FBI aperçut Bowles, son subalterne, s'étirer longuement à la fenêtre comme s'il venait de se réveiller.

— Il a dû piquer un petit roupillon depuis que vous avez pris le relais, dit Fred. Cet homme ne dort pas de la nuit, il me croit capable de petites escapades nocturnes comme je faisais en Normandie.

— Comment se déroule la cohabitation ?

— Il est discret, taciturne, un peu trop « anglais » pour moi. À tout prendre, j'aurais préféré un Rital à la Caputo ou Di Cicco. Je redoute déjà notre excursion parisienne de demain. Essayez de passer huit heures tout seul avec Bowles dans une voiture et vous ferez l'expérience de la solitude extrême.

Une fois l'an, et sous contrôle du programme Witsec, Fred avait l'obligation de se présenter à l'ambassade des États-Unis pour renouveler le seul document qui justifiait de son identité auprès de l'administration française : son passeport. A priori le document en question ne lui servait pas à voyager, mais Tom prévoyait toujours le cas d'un départ précipité. À chacune de ses visites, on prenait ses empreintes et sa photo, et en cas de changement de nom — en moyenne tous les trois ans — on lui demandait de restituer l'ancien passeport. Compte tenu de son statut de résident à titre exceptionnel, on lui aménageait un rendez-vous spécial, en général le dimanche, tôt le matin, afin qu'il croise le moins possible de ressortissants américains. Fred fournissait tous les renseignements nécessaires, sauf son adresse, que seuls Tom, Bowles, et le grand patron du Bureau à Washington connaissaient.

Autant que faire se peut, Tom préférait éviter les transports en commun et cet aller-retour à Paris se faisait donc en voiture. Fred et Peter allaient prendre la route le samedi en fin d'après-midi, arriver à l'hôtel vers minuit, se présenter à l'ambassade dès six heures, pour un retour à Mazenc le dimanche soir. Cette année, pour des raisons que Fred n'avait surtout pas à connaître, Tom Quint avait réussi à faire coïncider dans le même week-end leur mystérieux tête-à-tête et, le lendemain, cet aller-retour à l'ambassade.

— Bowles est un très bon élément qui a désormais besoin de retourner sur le terrain. D'ici la fin de l'année, je vous affecterai un petit jeune tout frais sorti de Quantico.

— Et une femme ? Pourquoi pas une femme ? Parmi les quinze mille agents du FBI, vous allez bien m'en dégoter une. Je ne saurai rien lui cacher, et pour peu qu'elle soit gironde, elle aura le droit de se baigner dans la piscine.

— Ne commencez pas à dire des bêtises avant même d'avoir ouvert cette bouteille de blanc. En attendant, allez plutôt nous remplir la théière d'eau chaude dans cette cuisine du bas.

*

À vingt heures, Tom eut enfin le droit de soulever le couvercle du faitout qui mijotait depuis l'après-midi, et tomba nez à nez avec une forme oblongue à la chair brune et ridée qui parvenait à être appétissante.

— Je sais que les Italiens ont un nom pour cette chose, Fred.

— *Polpetone* ! Ne me dites pas que votre mère n'en a jamais fait.

— Ma mère vient d'une famille de pêcheurs calabrais, elle n'a jamais su cuisiner la viande.

Fred coupa le feu, piqua dans la paupiette géante pour la poser sur un billot et la découpa en tranches. La farce formait, bien au centre, un beau médaillon jaune persillé dont il semblait satisfait.

— Ça n'a l'air de rien comme ça, mais ça demande un petit tour de main.

Malgré le délicat fumet de ce qu'ils allaient déguster, Tom regrettait de ne pas dîner dans le premier restaurant venu, en terrain neutre, débarrassé de toute idée d'hospitalité. Par le passé, les deux hommes s'étaient côtoyés dans les contextes les plus extrêmes ; il y avait eu la violence des premiers temps, la traque, l'arrestation de Fred. Ils avaient connu les parloirs de prison et l'assignation à résidence dans les planques du FBI, une proximité de vingt-quatre heures sur vingt-quatre, dans la haine mutuelle et le mauvais café. Puis ils avaient enchaîné les vols intérieurs pour déjouer les traquenards de LCN, et après le Procès des cinq familles, sous haute surveillance et pression maximale, ils avaient fait ensemble le grand bond par-delà l'Atlantique et découvert un nouveau continent. Ils avaient connu Paris, puis la campagne française, et Tom maintenait toujours sa garde rapprochée en veillant sur Fred comme sur un chef d'État. Douze ans plus tard, cet accueil, cette fausse convivialité, le fait même que Fred se soit mis devant les fourneaux gênait Tom. Ils allaient vivre un moment difficile, qui certes honorait leur pacte secret, mais qui jamais ne s'était déroulé en douceur.

— Ne cherchez pas à vous rendre utile, Tom, et dites-moi plutôt ce que vous pensez de ce petit viognier.

Tom tendit son verre de blanc vers la lumière. Il ne buvait jamais avant dix-neuf heures, et rarement plus de deux verres de vin durant le dîner. Il avait proscrit l'alcool fort, même en cocktail, et la bière, même par temps chaud. Il ne dérogeait plus à cette discipline qui, à la longue, lui avait fait perdre le goût de l'ivresse. La seule drogue de Tom était le contrôle.

— Du viognier, vous dites ? Il y a cinq ans de cela, vous n'auriez même pas pu prononcer ce mot.

— Cette putain de langue française a fini par me grignoter comme une gangrène. Il m'arrive parfois d'utiliser des mots dont je ne connais même pas le sens, simplement parce que je les ai entendus à la télé ou dans la rue. Mes enfants me parlent français et je ne vois plus assez Maggie pour qu'on s'engueule dans notre foutue langue de Newark. Je n'ai plus personne à insulter, pas même Bowles, qui prend tout de travers, et quand on a perdu l'insulte, dans une langue, qu'est-ce qui reste ? Il y a pire encore : l'autre fois, en me brûlant, j'ai dit *aïe !* au lieu de *ouch !* C'est un point de non-retour, non ?

À table, ils entamèrent directement le plat principal et ses *contorni*, poivrons à l'ail, épinards à la poêle, et brocolis. Tom, dont l'ordinaire était le plateau d'avion et le room service, retrouva avec bonheur le goût du fait maison. Où étaient les petits plats de Karen et son don pour le mélange des saveurs ? Quand ils avaient vécu à La Nouvelle-Orléans, elle avait percé les secrets de la cuisine cajun. À Tallahassee, elle maîtrisait sur le bout de la fourchette la cuisine du Sud profond. Elle avait même su voler les recettes de poisson de Mme Quintiliani mère. Mais, depuis que Tom vivait en Europe et que les enfants avaient quitté la maison, elle se contentait de découper une tomate sur un coin d'assiette et de la picorer, seule sous la véranda en bois blanc.

Fred et Tom bavardèrent un bon moment en évitant les conversations piégées. Pourtant elles l'étaient toutes. La pièce de viande à peine terminée, Fred s'indigna de la politique extérieure des États-Unis, surtout quand il voyait « nos gars » partir faire la guerre on ne sait où. Qu'il fût d'accord ou non, Tom lui fit remarquer qu'il était déchu de ses droits civiques et que parler de politique américaine lui était moralement interdit.

— Ça ne me donne même plus le droit d'avoir un avis ?

— Vous, un avis ? Je ne sais plus qui a dit : « Les avis, c'est comme les trous du cul, tout le monde en a un. » Gardez votre avis pour vous, Manzoni, surtout quand il s'agit de patriotisme, vous qui vous êtes servi de la bannière étoilée pour lustrer vos chaussures Gucci.

Tom regrettait à nouveau de ne pas être en terrain neutre. Remettre à sa place un homme qui vous invite à sa table n'était pas dans ses habitudes, mais ça ne changeait rien au fond, certaines phrases n'avaient pas à être prononcées en sa présence. En tant qu'ex-mafieux, Fred était sans doute le moins bien placé pour parler de politique internationale ; jusqu'en 2001, les deux tiers des effectifs du FBI étaient affectés à la lutte contre le crime organisé, et un tiers contre le terrorisme. Depuis, on avait inversé la proportion.

Surpris par tant de fermeté, Fred resta un instant bouche bée. Par son silence, il admettait n'avoir pas voix au chapitre. De fait, il n'était patriote que quand ça l'arrangeait et, s'il avait jamais pesté contre telle ou telle guerre, c'était en jouant aux cartes avec sa bande, dans une arrière-salle de bar, près d'une télé allumée : « Font chier avec leur putain d'occupation armée, fous-nous les cours de la Bourse sur Bloomberg TV ! » Si, dans sa vie, il avait eu lui-même à prendre les armes, c'était pour défendre son territoire de racket et de corruption, pas son pays. Seuls les conflits au sein de LCN lui tenaient à cœur. Fred ne les trouvait pas moins meurtriers, et les larmes de leurs femmes pas moins amères que celles des veuves de guerre.

— Après tout, vous avez raison, Tom. Je ne suis pas le mieux placé.

Fred n'avait jamais cru à la politique parce qu'il n'avait jamais cru à l'avenir. Un *wiseguy* pensait la vie à court terme, un jour après l'autre, parce que chaque jour en vie était une petite victoire qu'il fêtait, le soir venu, chez Beccegato ou chez Bee-Bee. Un *wiseguy* qui mourait dans son lit était soit un génie, soit un raté. En témoignant contre LCN, Fred avait cessé d'être un *wiseguy*, non pas parce qu'il avait trahi, mais parce qu'il s'était donné un avenir, comme un contribuable, un cave, un homme de la rue.

Plutôt que de s'en expliquer, il préféra porter un coup bas dont il avait testé maintes fois l'efficacité.

— J'ai cessé de croire à la politique quand la politique a commencé à croire en moi. Ah Tom, vous ne connaîtrez jamais ce grand bonheur de voir un gouverneur vous racheter à prix d'or cette photo où, naguère, il vous a serré la main dans un grand restaurant. Même J. Edgar Hoover, votre Saint Patron, a partagé des *linguini* avec des *capi* de légende.

— Autrefois, je serais tombé dans le piège, mais ce soir votre couplet sur le thème *des politiques m'ont mangé dans la main* ne va pas m'empêcher de digérer votre excellente cuisine. Ce qui m'a toujours stupéfié, chez vous autres de LCN, c'est la fascination du *wiseguy* pour les *wiseguys*. Tous les autres voyous pleurent de n'avoir pas eu droit à une vie normale, avec des parents banals et un parcours classique, ils se plaignent de n'avoir pas eu de chance et d'avoir pris le mauvais pli et glissé sur la mauvaise pente. Les mafieux, eux, bénissent le ciel d'être ce qu'ils sont, ils pensent avoir été touchés par la grâce et que des bonnes fées — Capone, Nitti, Luciano — se sont penchées sur leur berceau à la naissance. Même dans le box des accusés, je n'en ai jamais entendu un seul remettre en question le bien-fondé de sa carrière dans *l'Onorata società*. Même dans la pire des prisons, un affranchi ressemble à un bienheureux qui digère sa ventrée de spaghettis sur fond de Sinatra. Et le jour de votre dernier soupir, vous remerciez Dieu de vous avoir épargné cette horreur qu'aurait été une vie d'honnête homme.

— Une vie d'honnête homme ? Tout gosse, je savais déjà que je n'avais aucun talent pour ça. À sept ou huit ans, quand je me posais des questions sur la vie, les gens, l'avenir, vous savez ce que je faisais ? Je grimpais sur les hauteurs de Kearny Park pour avoir une vue d'ensemble de Newark. J'en dis-cernais chaque bloc, chaque lumière. J'imaginais le fourmillement d'humanité qui se répandait partout dans la ville, l'infinité des situations, l'incroyable complexité des psychologies croisées, et je me deman-dais par quel miracle ce joyeux bordel pouvait fonc-tionner. Je me sentais minuscule, et bien incapable de trouver ma place dans ce monde qui grouillait à mes pieds. Je voulais savoir où était ma route, quel destin m'attendait à quel coin de rue, quelle bifurca-tion prendre. Tous les mômes se le demandent le temps venu, même vous, Tom.

— Vous ne pensez pas si bien dire. Moi, c'était en haut du Chrysler Building.

— La différence entre nous, c'est que là où vous

voyiez passer un honnête homme qui partait au travail, moi je voyais un pauvre type qui traversait une vallée de larmes. Là où vous voyiez un brave grand-père, moi je voyais un vieillard aigri par ses ratages. Là où il y avait des couples d'amoureux, je voyais déjà des jaloux et des cocus. Derrière chaque curé, je voyais un inquisiteur, derrière chaque prof un donneur de leçons, et derrière chaque flic un flic. Et aujourd'hui, ni vous ni moi n'avons changé : pour vous, un type est a priori bon jusqu'à ce qu'il se révèle mauvais. Pour moi, il est mauvais par nature, jusqu'à ce qu'il me surprenne par un geste envers son prochain.

— Quand vous prononcez les mots *honnête homme*, on a l'impression qu'il s'agit d'une insulte. En ce qui concerne les *wiseguys*, ça n'est pas tant le mot honnête qui pose problème, c'est le mot homme. Vous n'avez jamais pris le temps de devenir des hommes. Votre QI moyen est celui d'un gosse de douze ans, et tout le reste suit : le sens moral et le respect pour autre que soi. Vous représentez la quintessence de l'enfant, obsédé par la satisfaction de ses envies et sans la plus petite notion de culpabilité. Tout individu qui a le malheur de s'interposer entre vous et le coffre à jouets est voué à une mort immédiate. Votre cruauté aussi est celle de l'enfant qui arrache les ailes du papillon pour voir comment ça fait. Parfois il vous arrive de pleurer, vous, les durs à cuire, comme des gosses démunis devant une décision arbitraire. Et quand vos chefs vous remercient, vous êtes gonflés d'orgueil comme de braves petits flattés par des adultes. Vous n'êtes pas, Fred, à proprement parler, ce que j'appelle un homme.

— Je m'en sors bien, sourit-il, d'habitude vous me comparez plutôt à un animal. J'en suis tout ému. Un peu de salade de fruits ?

— Faite maison ?

— Évidemment. Si je ne vous connaissais pas, je penserais que vous cherchez à me vexer...

Il se leva et débarrassa la table, aidé de Tom qui attendait la seule vraie conversation que Fred ne cessait de repousser.

— Un jour vous reconnaîtrez que c'est à moi que vous devez les plus beaux moments de votre carrière, Tom, et ce jour-là, vous me remercierez.

— Je vous remercie déjà, vous resterez sans doute ma plus belle victoire. Depuis que vous avez témoigné, la Cosa Nostra que nous avons connue est une ruine prête à s'effondrer.

Tom Quint avait été un des artisans de cette débâcle, et sa ténacité en avait été récompensée — on l'avait invité avec Karen à la Maison-Blanche, où il s'était entretenu en tête à tête avec le président dans le bureau ovale.

Fred allait avoir besoin d'un alcool fort et proposa une goutte de grappa, face à la plaine plongée dans les ténèbres, avec, au loin, les dernières lumières d'un village qui s'endort.

— Vous savez bien que je ne bois pas ce genre de choses, mais si vous avez une bonne infusion, je vous accompagne volontiers.

— Venez farfouiller dans les placards du haut, Maggie a tout ce qu'il faut mais je n'y connais rien.

Quelques minutes plus tard, ils contemplaient la nuit provençale, qui son petit verre frais à la main, qui sa tasse de verveine mentholée, et ils se turent un instant comme de vieux complices à qui la compagnie silencieuse de l'autre suffit. Profitant de la quiétude de l'instant, et afin d'encourager Fred à prendre enfin la parole, Tom lui tourna un petit hommage à sa façon, sans la moindre arrière-pensée.

— Je vous envie sincèrement de pouvoir profiter de ce spectacle, de cette paix. Parfois, quand je suis dans un aéroport, en vidéoconférence avec un fâcheux, et que j'entends que le vol est retardé, il m'arrive de penser à vous. Je vous imagine ici, le nez au vent, ou devant un bon feu de cheminée, et je me dis qu'un jour ou l'autre il faudra que je me pose des questions.

Contre toute attente, Fred prit très mal ce qu'il venait d'entendre. Tom se présentait comme un individu débordant d'activité, en charge de hautes responsabilités, pendant que lui, Fred, n'avait plus rien d'autre à faire qu'à déplier son plaid comme le retraité qu'il était devenu. Depuis le début de leur entretien, il avait fait plusieurs allusions à son travail d'écriture mais Tom n'en avait relevé aucune. Et le fait qu'il persiste à nier son statut d'auteur l'exaspérait plus que tout.

— La prochaine fois que vous essaierez de m'imaginer, faites entrer dans le tableau une machine à écrire. Elle n'est jamais très loin et, quand je la quitte un moment, c'est pour revenir vers elle avec les idées claires. Je pense toutefois que je ne travaillerais pas autant si je ne vivais pas ici. Je dois à ce lieu une qualité de concentration exceptionnelle. Je ne me laisse pas perturber par l'extérieur, j'ai l'impression d'aller à l'essentiel, et le reste n'est qu'une question de patience.

Tom faillit s'en mordre les doigts. Ils avaient évité le sujet plusieurs heures durant, pourquoi fallait-il qu'il leur tombe dessus juste au moment où ce salopard allait cracher le morceau ! Et comment pouvait-il se gargariser de mots comme « travail », « concentration » et « patience » pour qualifier ses dérisoires accès de graphomanie ? Tom avait beau vivre dans un monde où l'on vend des objets sans fonction, du gras sous vide et des services qui ne comblent aucun besoin, il ne comprenait toujours pas comment les écrits de Fred avaient su convaincre un éditeur. Les livres avaient bel et bien été fabriqués, deux volumes de 250 pages chacun, à la couverture rigide, au prix de 12 €, disponibles en librairie et sur Internet, on pouvait les toucher, les ouvrir, les mettre au feu, ça ne changerait rien à une telle absurdité, ils existaient.

— Ici, j'ai fait le deuil de quelques certitudes, ajouta Fred. Je pensais que le chaos était nécessaire à toute forme de création, il n'en est rien.

Tom sentit monter en lui cette fureur que seul Fred savait provoquer, une réaction à un mélange de bêtise et d'arrogance qui, comble d'ignominie, se prenait pour un art majeur.

— Dites, Tom, vous avez lu *L'empire de la nuit* ? Vous ne trouvez pas que j'ai fait des progrès depuis *Du sang et des dollars* ?

Des yeux, Tom le supplia de ne pas insister.

— Vous pouvez tout me dire, ne m'épargnez pas.

— Vous savez très bien que j'ai lu *L'empire de la nuit*, je suis même, par la force des choses, votre premier lecteur. Ne me demandez pas ce que j'en ai pensé.

— Si, je vous le demande.

— ...

— ...

— Je crois que les Français ont une expression pour ça : c'est à chier. Je ne sais pas trop ce qu'est la littérature, mais je sais que ce que vous faites n'en est pas. Après ma propre lecture, et avant de livrer votre prose en pâture à des innocents, j'ai réuni à Washington une équipe de quatre agents pour passer au crible votre manuscrit, le retourner dans tous les sens pour tenter d'y déceler des codes, des messages cachés, des noms réels, des circonstances un peu trop précises, etc. Il fallait les voir, dans une salle de brainstorming, tous les quatre affalés dans des fauteuils, en train de lire à haute voix des passages de votre roman. Ils se tapaient le cul par terre en disant : « Hé les gars, j'en tiens une bonne là ! » et la citation qui suivait les plongeait dans un état d'hystérie qui attirait tous les employés des bureaux mitoyens. Quand ils en parlent aujourd'hui, ils ont encore une petite larme qui perle au coin de l'œil.

Fred resta un moment les bras ballants, le verre à la main, incapable de trouver le mot qui lui aurait redonné un peu de dignité.

— J'ai essayé de comprendre le mystère de cette publication, poursuivit Tom. Si tant de gens écrivent et cherchent à se faire publier, pourquoi vous, qui pensez qu'une métaphore est un animal à tentacules, y êtes-vous parvenu ? J'ai relu *Du sang et des dollars* une fois traduit en français et publié — acheté à l'aéroport de Nice, et terminé avant l'atterrissage à Catane. J'ai eu l'étrange impression de n'avoir pas le même texte en main. Un petit miracle avait eu lieu. Votre éditeur, moins bête que je ne l'imaginais, avait mis à profit l'immense talent de votre traducteur, qui avait su patauger avec des bottes d'égoutier dans ce bourbier de mots et donner une forme présentable à ce fatras de phrases tordues qui cherchaient péniblement à traduire une violence animale. En outre, il avait débarrassé le texte d'un lyrisme tout à fait approximatif pour ne garder que des phrases toutes simples qui, dans leur apparente naïveté, rendent parfois insoutenables les horreurs qui y sont décrites. En résumé, ce n'est ni le mystérieux Laszlo Pryor, ni Gianni Manzoni, ni Fred Wayne qui a écrit *Du sang et des dollars*, ou *L'empire de la nuit*, c'est Renaud Delbosc, votre éditeur, et un certain Jean-Louis Moinot, votre traducteur. Si ce type se retrouve un jour au chômage, je l'embauche immédiatement au service de décryptage du Bureau.

Fred se tenait debout comme un boxeur sonné

prêt à tomber au premier souffle de vent. Tom n'en avait pas fini et préparait le dernier uppercut.

— Heureusement, cette imposture ne va pas durer. Déjà votre second opus tourne en rond, vous n'avez plus rien à raconter et vos anecdotes tirent à la ligne. La longue liste de vos infamies n'est pas inépuisable et, quand vous aurez expliqué à vos lecteurs les cent et une façons de faire disparaître un cadavre, vous serez à sec. Je suis tranquille sur ce point : il n'y aura pas de troisième titre signé Laszlo Pryor.

Même pétrifié par la rage, Fred n'était pas assez fou pour se risquer à une agression physique sur la personne de Thomas Quintiliani dont le pouvoir de représailles était infini. Ses chefs du Bureau l'auraient couvert et lui auraient donné toute latitude pour prendre la décision qui s'imposait. Sans compter que Tom ne craignait personne au combat de rues et maîtrisait deux ou trois arts martiaux, au point que, dans tous les dojos du monde, on lui devait le titre de *senseï*.

— J'exagère sans doute un peu. Après tout, je ne suis pas critique littéraire.

— Pour un petit-fils de pêcheur calabrais, vous vous débrouillez bien. Dieu sait si vous m'en avez fait voir depuis que nous nous connaissons, mais vous ne m'avez jamais fait autant de mal qu'aujourd'hui.

Le capitaine Quint posa sa tasse contre le banc de pierre grise où avaient dû s'asseoir des centaines de religieuses et regarda, au loin, les étoiles sur la plaine. Il s'en voulait d'avoir pris le risque de compromettre la suite, tant attendue, de leur entretien. Mais Fred, au tapis, avait lui aussi envie d'en finir.

— Vous pouvez sortir votre calepin, Tom.

Et Tom mit la main dans une poche de sa veste.

— C'est Louie Cipriani qui nous avait renseignés sur le détournement de fonds du projet de financement de la cité Bellevue. « L'affaire Pareto » comme on l'a appelée, vous devez vous en souvenir.

Tom nota à toute vitesse sans oublier une syllabe, même s'il ne comprenait pas, pour l'instant, tous les détails que Fred avait choisi de lui donner.

— Louie avait aussi servi d'intermédiaire quand nous nous étions rapprochés de la banque Beckaert, qui avait blanchi 75 % des bénéfices de l'affaire Pareto.

Tom ouvrait grandes ses oreilles : il n'était pas question de demander de répéter. Quand Fred balançait, il fallait tout saisir du premier coup, et par écrit, car il n'aurait jamais accepté de laisser sa voix sur une bande magnétique.

— Le banquier s'appelait Fitzpatrick, je ne me souviens plus de son prénom mais vous allez facilement remonter jusqu'à lui. Il était tellement heureux de faire affaire avec nous que c'était lui, tout banquier qu'il était, qui m'avait demandé de réinvestir ses gains.

L'exceptionnelle longévité de Gianni Manzoni au sein du programme Witsec tenait dans ce pacte. Ce qu'il avait dit au cours de son procès avait réussi à le couvrir pendant plus de dix ans. Sachant qu'un jour ou l'autre l'Oncle Sam allait le lâcher dans la nature, Fred avait trouvé la parade et balançait au compte-gouttes. C'était son assurance-vie.

— Louie et lui passaient leurs vacances ensemble sur le trois-mâts aux couleurs de sa banque. Louie a aussi rabattu le hold-up de la National City-rail pour le gang Polsinelli. Il nous l'avait proposé en premier, nous avons hésité, et nous avons eu tort. En revanche, le braquage du transporteur Farnell, c'était bien nous.

Tom notait toujours, récompensé de son année d'attente.

— Au Bureau, vous avez toujours cru que le quatrième homme était Nathan Harris, et vous l'avez fait tomber à tort, le pauvre. Il va falloir le sortir de San Quentin et lui faire des excuses. Notre quatrième homme était Ziggy De Witt.

— Ziggy De Witt ? Le « skipper » ?

— Il était encore sédentaire, à l'époque. C'est cet abruti qui a buté le chauffeur, personne ne lui avait rien demandé, il n'avait pas les nerfs. C'est après ce coup-là qu'il a mis au point un truc assez savant qui consistait à convertir des diams sud-africains en cocaïne colombienne, et tout ça transitait par les voiliers de types pleins aux as qui ne se sont jamais aperçus de ce qu'ils transportaient, les cons.

— Nous sommes bien d'accord que les deux autres, hormis vous, étaient Anthony Parish et Jeffrey Hunt ?

Fred acquiesça et reprit.

— Tant que j'y pense, je dois vous signaler une autre de vos erreurs : lors de cette rafle lamentable que le Bureau avait organisée au cynodrome de Rhode Island et qui s'était conclue par une hécatombe, les journaux ont parlé de la mort de trois membres de LCN. Vous aviez raison pour les frères Minsk, mais pas pour Bernie Di Murro, qui était un col blanc, il n'a même jamais volé une pomme à l'étalage.

Dans son déballage, Fred ne manquait jamais de glisser une ou deux erreurs judiciaires qui mettaient Tom en fâcheuse position.

— Sa famille pleure encore, et on les soupçonne de tout dès qu'il arrive un truc moche dans leur quartier. Vous ne notez plus, Tom ? Ça ne fait pas vos choux gras ? Vous préférez que je vous raconte d'où viennent 31 % des parts du financement du Pallenberg Stadium ?

— ...

— Oui, vous préférez. Ces 31 % ont été versés par la Roysun Co., une société que j'ai fondée avec Artie Calabrese et Delroy Perez, et dont le siège social se résumait à une boîte aux lettres dans un immeuble en ruine de West Market Street.

Tom en eut des sueurs froides. Dix ans que des agents planchaient sur cette affaire sans avancer d'un pouce.

— J'apportais 10 %, Calabrese 11 %, soit la totalité de ce qu'il avait touché sur son trafic de 4×4, et Delroy s'était fait un plaisir d'apporter les 10 % qui manquaient en forçant ses quatre-vingts revendeurs d'héroïne à retourner dans la rue faire des heures sup. À mon avis, vos collègues de la DEA devraient faire une descente dans la cave du 1184 Tilbury Road, à Newark, c'est là qu'il entreposait la came qui arrivait de Bogota. Vous comprenez bien que dans ce stade on se sentait un peu chez nous. J'y avais ma loge à l'année. Artie, Delroy et moi, on a même porté le badge du président sortant quand il est venu y donner son dernier discours de campagne. Voilà, Tom. Ce sera tout pour cette année.

Le capitaine Quint n'en saurait pas plus. Fred avait très finement dosé la quantité d'informations qu'il livrait pour prolonger sa prise en charge par le programme.

— Rendez-vous dans un an. Si d'ici là vous me traitez comme un ami, je vous promets de vous faire l'historique complet de la filière des Caraïbes, que j'ai vue naître, et qui, paraît-il, prospère d'année en année.

Exceptionnellement, Tom posa une dernière question.

— Vous n'avez rien sur Joey d'Amato ?

— Joey d'Amato ? Le psychopathe ?

— Je suis prêt à monnayer n'importe quelle information sur cette ordure.

— J'ai peu travaillé avec lui, trop givré. Même à nous, il nous foutait la trouille. Il a fait parler de lui récemment ?

— Il est libérable dans trois mois et je n'aime pas le savoir dehors.

Fred comprenait pourquoi. Les *wiseguys* s'étaient

passé le mot dans les cinq quartiers. Joey d'Amato avait pris quinze ans pour hold-up à main armée ; durant son procès, il avait levé la main droite et juré d'avoir la peau de celui qui l'avait mis à l'ombre : le capitaine Thomas Quintiliani en personne.

— Désolé, Tom, je n'ai rien sur lui.

— Tant pis, dit-il en rangeant son calepin, déjà prêt à se mettre au travail.

Fred avait beau imposer le rythme de ses trahisons, cette séance était un véritable arrachement. Il s'y était préparé, avait pris des notes et estimé l'impact de ses révélations. Mais chaque jour qui le rapprochait de ce rendez-vous annuel avec Tom le rendait irritable, d'une humeur sinistre. Non qu'il se préoccupât à ce point du sort d'un Delroy Perez ou d'un Ziggy De Witt, mais se revivre en traître lui retournait les tripes, lui donnait l'impression d'être à la fois l'exécuteur et la victime. La poignée d'hommes qu'il venait de désigner allaient voir leur vie basculer du jour au lendemain, et aucun d'entre eux ne comprendrait quelle malédiction venait de les frapper. Ils en arriveraient vite à la conclusion qu'ils avaient été balancés, mais par qui ? Bien des noms leur viendraient à l'esprit mais en aucun cas celui de Giovanni Manzoni, traître parmi les traîtres mais disparu depuis douze ans. Aucun d'entre eux ne pouvait s'imaginer faire partie d'une stratégie à long terme, et qu'ils seraient suivis par d'autres, tout aussi surpris de se retrouver derrière les barreaux sans rien avoir vu venir. Fred venait d'en tuer quelques-uns, entre deux gorgées de grappa, il n'avait pas appuyé sur la détente mais c'était tout comme. Des hommes allaient tomber. Des hommes à qui Fred n'avait rien à reprocher, bien au contraire. Certains lui avaient tendu la main, l'un d'entre eux lui avait même sauvé la vie en le prévenant d'un piège, et aucun ne lui avait porté préjudice. Fred venait de les jeter en prison pour cinq, dix, vingt ans. Tom en pousserait certains à trahir eux aussi et relâcherait le menu fretin pour attraper de plus gros poissons. Là-bas, outre-Atlantique, il y avait eu un avant et un après Manzoni dans l'histoire de la Cosa Nostra. Fred lui réservait encore quelques coups à la tête, mais frappés par-derrière.

— Il est temps que je prenne congé, dit Tom. J'ai eu une grosse journée et demain, vous avez de la route à faire. Le *polpetone* et le reste étaient excellents.

— Soyez mon hôte jusqu'au bout, installez-vous dans une des chambres du haut. Vous pouvez même prendre une aile entière, avec salle de bains et tout.

Offrir le gîte après le couvert était sa façon de mettre fin au combat la tête haute.

— Ce n'est pas dans le studio de Bowles que vous allez profiter d'un minimum de confort. Vous n'arriverez jamais à dormir, il ronfle.

— Il ronfle ? Comment savez-vous ça, Fred ?

— Heu... J'imagine que Bowles doit ronfler comme tout le monde quand il a bu.

— Bowles boit ?

— ... Faites comme vous le sentez, Tom, et bonne nuit.

Le capitaine quitta la maison sans grand enthousiasme à l'idée de retrouver la promiscuité des nuits de garde. De toute façon, il n'était pas question de dormir mais de communiquer le plus vite possible à de hauts responsables du Bureau les informations qu'il venait de recueillir.

*

La journée avait été éprouvante et celle du lendemain s'annonçait pénible. Fred, au seuil de sa chambre, eut un mouvement de recul en voyant la silhouette de Maggie surgir de la salle de bains.

— C'est toi ?

— J'ai préféré prendre un train du soir, dit-elle, déjà enfouie sous la couette.

En fait, elle venait de claquer la porte de la boutique pour se réfugier auprès de son mari. Cette fois, Francis Bretet avait gagné pour de bon. Par son intermédiaire, le groupe Finefood venait de faire une offre de rachat au marchand de biens qui possédait l'immeuble de la rue Mont-Louis où La Parmesane avait son pas-de-porte. Au lieu de signer le prolongement de son bail, Maggie était sommée de vider les lieux à très court terme. Goliath déployait une logistique digne du Pentagone pour abattre un David moribond. Après avoir mis son commerce en cessation d'activité et promis à son équipe de trouver une solution, Maggie, comme le voulait la règle, avait quitté le navire en dernier. La belle aventure de La Parmesane semblait s'arrêter là.

Son combat contre l'agressivité et la mauvaise foi de ses concurrents l'avait épuisée et fait douter du bien-fondé de son entreprise ; elle regrettait maintenant d'avoir été naïve au point de vouloir défendre sa modeste place dans une jungle économique dont les lois étaient parfois bien plus cruelles que celles qui avaient régi le clan Manzoni. Et, même si elle n'avait aucune inclination pour le statut de victime, même si elle n'admettrait la défaite qu'après avoir tenté tout ce qui était en son pouvoir, elle était dégoûtée par tant de malveillance, prête à rendre les armes.

Elle tendit la main vers son homme pour l'attirer dans le lit et se blottir contre lui. Elle avait besoin de sentir ses bras l'entourer et de poser son front contre son torse. Lui, rassuré par la tendresse de sa femme, ne perçut rien de sa détresse et laissa ses mains glisser vers ses hanches et s'aventurer sur ses fesses. Maggie accepta ses caresses un moment puis sortit en douceur de son étreinte. Mais Fred n'abandonnait pas si facilement et lui fit comprendre par des gestes sans équivoque qu'il cherchait à la voir nue ; la lutte dura plusieurs minutes et se termina par un éclat de rire partagé. Il la connaissait trop bien pour ne pas savoir que, en pareil cas, il fallait lui donner le temps de revenir vers lui. À dire vrai, il était aussi préoccupé et fatigué qu'elle et n'eut pas à se faire violence pour remettre à plus tard leurs ébats. Il prit une longue douche qui lui détendit les muscles et les nerfs et s'allongea près de sa femme pour oublier cette journée devant les images silencieuses et vides de sens d'une émission de télé.

— J'étais avec Quint, en bas.

— Je vous ai vus en fermant les volets.

— Pourquoi n'es-tu pas venue nous dire bonsoir ?

— J'ai senti qu'il fallait vous laisser tous les deux. Je me trompe ?

Ils se souhaitèrent une bonne nuit mais ne surent se laisser gagner par des pensées agréables qui auraient pu se transformer en rêves. Ils se tournèrent et se retournèrent dans le lit, pour parfois se retrouver face à face, les yeux grands ouverts.

— Tu vois, on aurait dû baiser, sourit Fred.

Maggie fut tentée de profiter de leur insomnie pour raconter ses malheurs. À qui d'autre se confier sinon à son compagnon pour le pire et le meilleur ? Leur meilleur avait été bien meilleur que ceux de tous les autres, et leur pire bien pire encore. Leur couple avait traversé des épreuves démesurées, des drames impossibles à surmonter, et pourtant, ils étaient côte à côte, dans ce lit, à partager une nuit de veille. *On me fait des misères, Fred !* Voilà ce qu'elle avait envie de crier à deux heures du matin aux oreilles de son mari. Car quand bien même Fred verrait d'un bon œil le retour de sa femme, il ne supporterait pas qu'on lui manque de respect, qu'on la fasse pleurer, et qu'on détruise ce qu'elle avait bâti de ses mains. Hélas, elle connaissait trop bien la seule réponse de son mari à ce type d'agression : un nettoyage par le vide.

Il commencerait par tailler en pièces Francis Bretet jusqu'à ce qu'il dise où il prenait ses ordres, et le pauvre n'opposerait pas beaucoup de résistance après avoir dégluti ses premières dents. Fred se rendrait alors au siège social et trouverait son chemin tout seul jusqu'au bureau du directeur des ressources humaines. Lequel se demanderait ce que lui voulait cet énergumène, et pourquoi la sécurité — quatre types groggy sur le parking — l'avait laissé entrer. Après avoir été aspergé d'essence, il se sentirait tout à coup très vulnérable et le conduirait lui-même jusqu'au bureau du P-DG qui, la tête fracassée contre un radiateur, avouerait qu'il prenait tous ses ordres des Américains. Peu de temps après, à Denver, à Seattle ou à Pittsburgh, au dernier étage du gratte-ciel de la Finefood Inc., un big boss à la tête de tout un empire économique verrait un fou débouler, le pendre par les pieds à la fenêtre de son bureau, et lui demander : *C'est toi le patron ou il y en a un autre au-dessus ?*

Le pauvre homme, entre deux hurlements, serait bien forcé de dire non, et Fred, prêt à le lâcher du soixantième étage, ajouterait : *Maggie, ma femme, tu es vraiment décidé à lui couler son business ?* Et l'homme, qui jamais n'avait entendu parler ni de Maggie, ni de La Parmesane, et qui jamais n'avait mis les pieds en Europe, supplierait son tortionnaire, implorerait son pardon. Enfin calmé, Fred quitterait le building avec quelques millions de dollars de dédommagements dans un sac-poubelle. C'était ça, la méthode Manzoni.

— J'aurais dû prendre une tisane aussi, au lieu de cette grappa.

— Allez viens, Fred, je vais nous en préparer une.

Un quart d'heure plus tard, ils étaient affalés, en pyjama et peignoir, dans les canapés du grand salon, face à la cheminée vide, une tasse à la main.

— La verveine, c'est censé faire dormir ?

— C'est comme tout, faut y croire.

— Pas si mauvais...

Puis il ajouta, après plusieurs gorgées :

— On ne serait pas en train de vieillir ?

Maggie, attendrie par cette complicité improvisée, fut sur le point de lui annoncer que son escapade parisienne était terminée. La Parmesane resterait un bon souvenir, une victoire d'autant plus précieuse qu'elle était tardive. Elle allait taire les intimidations subies, les pressions auxquelles elle avait cédé, et l'amertume qu'elle garderait longtemps au fond du cœur.

Mais, à l'instant même où elle allait rompre le silence, Fred lui souffla la parole.

— Je sais que tu te fiches bien de tout ça, mais Quint a encore une fois tenté de m'humilier en me parlant de mes bouquins. Il prétend que cette ignominie littéraire va bientôt cesser parce que je n'ai déjà plus rien à dire. Et ce fumier a raison.

Il s'en était fallu d'une seconde. Maggie n'avait pas vu poindre ce cas de figure typique dans la vie d'un couple où il s'agit de déterminer si les contrariétés de l'un sont prioritaires sur celles de l'autre.

Combien de fois avaient-ils vécu ce moment où chacun estime devoir inventorier des petits malheurs bien plus cruels que les broutilles que l'autre prétend subir. Entre Fred et Maggie, cela pouvait donner « voiture à la fourrière » contre « angine », « journée merdique » contre « Untel ne rappelle pas », « fatigue » contre « stress », etc. Elle regrettait de n'avoir pas dégainé la première et se taisait maintenant pour écouter cet égoïste tenter de l'apitoyer sur ses misérables problèmes stylistiques, quand elle-même vivait un drame humain qu'il n'avait pas su détecter.

— Je m'imaginais bien vieillir le stylo à la main, lu dans le monde entier, j'aurais pu tenir comme ça jusqu'à pas d'âge. *L'empire de la nuit* sera peut-être mon dernier bouquin. Je n'ai déjà plus rien à raconter et, de toute façon, je le raconte mal. Personne ne peut me lire dans ma langue d'origine, et ce n'est pas toi qui prétendras le contraire.

Sur ce point, elle ne pouvait que se taire, vexée de constater que les critiques de Quint le meurtrissaient bien plus que les siennes.

— Mon style est à chier et mes souvenirs s'épuisent. Je comprends mieux pourquoi je tourne en rond avec le personnage d'Ernie, je n'ai plus rien à lui faire faire.

— De quel Ernie tu parles ?

— Ernesto Fossataro. Il conduisait la limo le jour de notre mariage.

— Comment pourrais-je l'oublier, il savait à peine la manœuvrer.

— Il arrive en page 46 du bouquin. Je raconte le jour où je l'ai accompagné à l'institut médico-légal pour reconnaître le corps de son frère.

— Ça ne me dit rien.

— Ernie et moi on avait fait tout un pataquès parce que le frère n'avait plus de larynx.

— Pardon ?

— Le légiste nous avait présenté le corps de Paul sans son larynx. Ernie était devenu fou, il avait hurlé qu'il ne quitterait pas les lieux tant qu'on n'aurait pas retrouvé le foutu larynx de son frangin, et les flics étaient venus lui certifier qu'ils avaient retrouvé le corps comme ça, sans larynx.

— Passe-moi les détails.

— Je raconte ça et puis, plus rien, Ernie sort du bouquin. Un personnage que j'ai mis un temps fou à décrire physiquement, tu ne dois plus te rappeler mais c'est pas rien de décrire Ernie physiquement. Je l'avais bien planté dans son décor, et je commençais à m'y attacher, et maintenant je le laisse en plan parce que plus de vécu.

— Et sa mort ? Tu ne peux pas raconter sa mort ?

— Même pas ! Ernie est mort d'une rupture d'anévrisme, à l'hôpital. Je me souviens de notre toute dernière conversation, je ne l'avais pas vu depuis longtemps et je lui demande : « Comment ça va, Ernie ? » Et voilà qu'il me répond : « Pas trop bien, justement, j'ai mal à la tête. » Je me souviens d'avoir pensé : « Pourquoi il me dit ça, ce con ? » C'est vrai quoi, je posais la question juste par politesse, comme on la pose cent fois par jour à tous ceux qu'on croise, et pourquoi lui, il me parle de son mal de tête ? Il voulait me raconter sa cuite de la veille ? Il voulait que j'aille lui chercher de l'aspirine ? Moi, cette semaine-là j'avais les fédéraux au cul, et lui me parlait de son putain de mal de crâne ? Il a même ajouté : « Ma mère et ma sœur sont mortes d'une rupture d'anévrisme, c'est de famille, j'ai peur que ça me tombe dessus. » Je n'ai pas pu lui parler de mon problème avec les feds et mentalement je l'ai envoyé se faire foutre avec son mal de crâne. Moins de quinze jours plus tard on m'annonçait sa mort.

Maggie savait qu'elle n'était pas la seule, face à Fred, à passer en second dans l'ordre des plaignants.

— Au lieu d'écrire des Mémoires qui se prennent pour des romans, essaie l'inverse.

— ... ?

— Toi qui prétends être romancier, essaie de prolonger le destin d'Ernie.

— Faire comme s'il n'était pas mort ?

— Imagine qu'il ait continué sa brillante carrière au sein de l'Organisation et invente-lui toutes les bêtises qu'il aurait pu commettre. C'était quoi, sa spécialité ?

— Racket. Protéger un marché et calmer la concurrence. Lui et son équipe, ils savaient te mettre tout un territoire au carré.

La tasse aux bords des lèvres, Maggie marqua un temps d'arrêt. Des Ernie, elle en avait croisé des dizaines, dans tous les secteurs d'activités, et de bien pires que le racket. Pourtant, ce *calmer la concur-rence* lui fit l'effet d'une révélation. Et déjà son regard avait perdu toute innocence.

— Alors cherche de ce côté-là, dit-elle.

Prolonger le destin d'Ernie ? se répéta Fred. Non plus se souvenir, mais projeter. Fabriquer du neuf plutôt que fourguer un matériel usagé. Ressusciter les morts pour les remettre au boulot. Honorer les disparus en les décrivant au sommet de leur art. Sortir du trou les anciens, condamnés à perpétuité, mais qui avaient encore tant à apporter au crime organisé. Des possibilités infinies pour peu que Fred soit capable de transformer le vécu en matière vive. Passer de l'anecdote poussiéreuse à la péripétie hale-tante. Ne plus dire *j'ai été* mais *tremblez, me revoilà.* C'était peut-être pour ça qu'un Dieu pervers avait un jour mis sur sa route une machine à écrire rouil-lée : réinventer sa société secrète. Non plus exhumer son glorieux passé mais écrire son histoire comme elle aurait dû se jouer. Tout ce qui n'était plus mais qui ne demandait qu'à renaître. Donner une image de l'empire tel qu'il aurait dû être et non plus se lamenter sur ce qui avait provoqué sa décadence. C'était justement parce que des Gianni Manzoni avaient leur part de responsabilité dans cette faillite que Fred Wayne, alias Laszlo Pryor, se devait d'ima-giner le plus bel avenir à la Cosa Nostra !

— Tu vois, Maggie, toute sa vie on boit des trucs qui titrent 40° minimum. À chaque verre on se sent invincible, on parle vite, on voit loin. Et un soir on prend une infusion et brusquement tout devient clair, on a de l'ambition à revendre. Pourquoi ne me l'as-tu pas dit plus tôt ?

Maggie ne l'écoutait pas, des mots comme *territoire, pizza, Ernie, concurrence, Bretet, fiction, racket, destin, méthode* et *Parmesane* s'enchaînaient dans un ordre impossible à décrypter pour le moment. Elle n'eut pas le temps d'y réfléchir, Fred l'entraîna par le bras à travers couloirs et escaliers avec une brusquerie toute feinte. Elle se laissa happer par le mouvement en sachant qu'il se terminerait au beau milieu du lit. Ils se déshabillèrent avec la fougue d'antan, le cœur léger et les sens en feu, pleins d'une énergie inespérée à cette heure de la nuit. Fred se jeta sur elle, lui dévora le corps, et Maggie étreignit l'homme qu'elle aimait comme suspendue au-dessus du vide. Ils furent propulsés dans l'espace, puis chutèrent sur la descente de lit, et trouvèrent de nouveaux angles pour leur bouche, leurs bras et jambes. L'extase les guettait, et les prit en traître, et en même temps.

Maggie versa une larme de reconnaissance envers la vie, qu'elle avait parfois maudite de lui avoir fait rencontrer un Gianni Manzoni. Un homme qui, durant ces secondes-là, représentait son passé et son avenir. Un homme qu'elle trahirait au lever du jour, mais ses premières lueurs étaient encore loin.

*

Dans l'allée sans nom, Peter manœuvrait la voiture devant son chef, qui ne prenait pas la peine de le guider, préoccupé par le bon déroulement d'un week-end planifié à l'heure près. Fred arriva avec un petit sac à dos sur l'épaule.

— Ce pèlerinage à l'ambassade a-t-il encore une raison d'être ? À quoi me sert ce passeport si je suis l'homme le plus sédentaire du monde ?

— Ils aiment bien vous voir une fois l'an, ça leur donne l'impression de contrôler votre situation. Et puis nous ne sommes jamais à l'abri d'un départ précipité, je préfère que vous ayez un passeport en règle. Combien de temps perdu dans les bureaux de douanes, vous avez déjà oublié ?

Il était plus de dix-huit heures et le capitaine Quint pressa Fred de grimper dans la voiture.

— Je vous confie la maison, Tom.

Une recommandation bien innocente que le capitaine Quint aurait préféré ne pas entendre. Fred fit un signe de la main en direction de Maggie, à la fenêtre de leur chambre. Une fois la voiture partie, elle échangea avec Tom le même regard gêné.

Prêt pour ces vingt-quatre heures non-stop avec ce lourdaud de Fred, Peter s'était promis d'éviter les erreurs du passé : ne pas le laisser conduire, ne pas le laisser faire le plein, ne pas l'autoriser à passer des commandes extravagantes au room service de l'hôtel, etc. Il avait dormi douze heures et se sentait d'attaque pour rouler d'une traite jusqu'à Paris. De plus, il avait pris soin d'enregistrer des CD pour éviter les bavardages de son passager.

— Bowles ? J'espère que vous n'allez pas nous

fourguer vos six heures de musique classique. J'ai droit à 50 % de la programmation, non ?

La voiture descendait la colline dans le jour qui déclinait déjà.

— La musique classique me donne la chair de poule, ajouta-t-il. C'est pas pour rien qu'ils en mettent toujours dans les films d'horreur. Tenez, comme dans *Psychose*.

— Ce n'est pas de la musique classique, elle a été écrite spécialement pour le film.

— Dites-moi, Bowles, à partir de combien de temps une musique devient-elle classique ?

Peter poussa un soupir. Le voyage allait être aussi long que le précédent.

*

Pendant que la voiture de l'agent fédéral se dirigeait vers l'autoroute, celle de Warren entrait dans l'enceinte de la gare SNCF de Montélimar. À ses côtés, Lena, tout excitée d'être enfin invitée chez les Wayne, énumérait les mille recommandations de ses parents en vue de ce grand moment. Belle, assise au buffet de la gare, fit signe en direction de la Coccinelle rouge de son frère. Les filles s'embrassèrent et évoquèrent d'emblée le seul souvenir qu'elles avaient en commun, cette fameuse soirée où Belle était apparue au bras de son frère. En voyant sa chérie si heureuse de prendre la route de Mazenc, Warren se dit que la malédiction qui le poursuivait depuis la naissance allait peut-être prendre fin.

— Vous vous ressemblez, tous les deux, dit Lena.

— Belle a tout pris, la beauté et l'agilité d'esprit. Elle ne m'a pas laissé grand-chose.

À l'heure prévue avec Tom, il gara la voiture dans l'allée sans nom. À peine descendue, Lena demanda si le clocher au-dessus de leur tête dépendait de la maison. Pour cacher sa fébrilité, elle s'émerveilla de tout, et suivit Warren jusqu'au salon, où Maggie les attendait.

— Vous êtes encore plus jolie que la description qu'on m'a faite.

Lena ne sut quoi dire et l'embrassa dans un élan spontané qui les amusa toutes les deux.

Belle s'éloigna un instant pour sortir son téléphone mobile et le ranger aussi vite : Largillière n'avait même pas laissé de message pour s'excuser de s'être conduit comme il l'avait fait la veille. Elle s'en voulait d'avoir écouté jusqu'au bout ses élucubrations au lieu de l'envoyer paître. Comment pouvait-il avoir tant d'imagination quand il s'agissait de la décourager ? Du pur Largillière, du grand Largillière, un numéro exceptionnel, des couplets inédits. Il lui avait décrit avec une étonnante précision les deux enfants qu'ils n'auraient jamais, des petits êtres faits de soleil et d'ombre, purs produits de la générosité d'une mère et d'une totale démission du père. Il avait décrit leurs visages, bizarre osmose entre la beauté de Belle et la sournoiserie de François, il avait même fait la liste des complexes qu'ils auraient à soigner plus tard.

— Belle, sers donc un verre à notre invitée.

Il avait appelé l'aîné Luigi, et la petite, Margot. Il avait même brossé une journée type de M. et Mme Largillière et leurs enfants, vingt-quatre heures délirantes qui se terminaient en apothéose avec pompiers et forces de l'ordre. Il prévoyait à Luigi un avenir de mercenaire international pendant que Margot, impuissante à rivaliser avec la beauté de sa mère, connaissait le destin d'une sorcière de Walt Disney. L'ensemble aurait pu être drôle s'il ne délivrait pas un unique message, celui du renoncement, du pessimisme, de l'incapacité d'un homme à rendre une femme heureuse.

— Belle, si tu nous préparais une petite flambée ?

Mais comment ne pas avoir envie de rater sa vie auprès d'un type comme François Largillière ?

Maggie, tout en dressant le couvert, se demandait si elle allait avoir le temps de devenir une belle-mère décente d'ici à ce que l'entrée soit servie. Quand Warren lui avait annoncé qu'il avait rencontré quelqu'un, elle s'était sentie rassurée à l'idée que son fils fût apte à tomber amoureux. Mais il avait pris soin d'ajouter, dans la foulée, qu'il voulait *vivre avec la femme de sa vie*. Pourquoi commettait-il une erreur si prévisible, lui qui avait su toutes les éviter jusqu'à maintenant ?

Avant de s'asseoir à table, Lena se tourna vers le siège vide.

— On n'attend pas M. Wayne ? Il travaille peut-être encore ?

— Ma petite Lena, dit Maggie, M. Wayne est un

écrivain qui fera toujours passer son chapitre avant toutes les lois de l'hospitalité.

Si ce dîner avait été organisé pour qu'elle rencontre sa belle-famille, Lena était impressionnée à l'idée de se retrouver face au grand homme. Les rares fois où il était obligé de l'évoquer, Warren devenait nerveux, parfois sombre, et se débarrassait de la conversation aussi vite que possible. Lena avait essayé de faire des recherches sur Internet sans trouver ni photo ni interview de Laszlo Pryor, à peine une biographie sur le site de son éditeur, qui lui-même avouait ne l'avoir jamais rencontré. Désormais, un véritable mythe s'était créé autour de cet homme qui écrivait des livres bien trop violents pour elle. Le mythe serait devenu tabou si Warren n'avait pas organisé cette soirée.

— Notre cher père ne vit pas vraiment parmi nous, dans le monde réel, dit-il. La plupart du temps, il évolue dans son univers de fiction, bien plus tangible que le nôtre. Quand il nous fait la joie d'apparaître, il s'agit pour lui d'un intermède onirique, il nous regarde comme des êtres virtuels, assez distrayants mais sans réelle présence.

— C'est tout le contraire, dit Belle. Parfois papa est un peu dans sa tête, mais il connaît le monde réel mieux que personne. C'est un champion du réel. Je le vois comme l'individu le moins romanesque du monde.

— Reprenez de la Caesar's salade, ma petite Lena, et ne les écoutez pas. Fred sait que vous êtes là, il est juste intimidé, vous êtes la première belle-fille de sa vie.

Lena ne savait plus si on la taquinait ou si, chez les Wayne, on pratiquait le second degré comme on passe le sel. Ils allaient vite, maniaient avec dextérité une ironie polie et piquaient comme des guêpes. Il lui tardait maintenant de rencontrer le père, sans doute le personnage clé de cette famille et de son fonctionnement si particulier.

Tom Quint arriva enfin, tiré à quatre épingles, le nœud de cravate à peine desserré, et demanda à être excusé pour le retard. Il se dirigea vers Belle et l'embrassa en se penchant derrière son épaule.

— Comment vas-tu, ma chérie ?

— On commençait à s'inquiéter.

Puis il tapota la tête de Warren et lui demanda de lui présenter cette charmante personne assise à ses côtés. Rouge de confusion, Lena se leva, prononça son prénom et tendit la main vers cet homme élégant qui lui souriait de ses yeux clairs. Tom s'installa à la droite de Maggie et empoigna le saladier.

— Ma petite famille a dû vous le dire, quand je suis dans mon bureau, je n'ai plus aucune notion du temps. Je crois que je vais changer mes horaires. J'ai entendu dire que Moravia écrivait chaque matin de six heures à midi et qu'ensuite, avec le sentiment du devoir accompli, il allait vivre sa vie.

Lena, déjà sous le charme, était récompensée de ces mois d'attente. Et Maggie, Belle et Warren, abasourdis par son entrée en scène, trouvèrent ce Fred-là impeccable.

*

Aire du Chien blanc. Après Lyon, Fred insista pour faire une pause et Peter en profita pour prendre de l'essence. Dans le restoroute, Fred jeta un œil aux produits locaux puis se dirigea vers le container réfrigéré des sandwichs. Son goût pour le pain de mie triangulaire ne se manifestait que sur l'autoroute, à raison de deux sandwichs tous les cinq cents kilomètres. Mais trouver le bon parmi l'infinie variété proposée demandait un soin particulier.

— J'espère que vous n'allez pas nous faire perdre vingt minutes comme à votre habitude, dit Peter.

— Déjà que vous m'interdisez de me taper la cloche à Paris, vous n'allez pas me gâcher ce petit plaisir ? Allez, c'est ma tournée, il va bien falloir vous nourrir aussi.

Peter, toujours très soucieux de son alimentation, n'avait pas le loisir d'hésiter ; après avoir lu la liste des ingrédients et des colorants sur l'étiquette, il se rabattit, comme d'habitude, sur le jambon et pain de mie blancs.

Une fois qu'ils eurent repris la route, Fred réussit à garder le silence pendant plus de quatre kilomètres, avec juste une sonate de Mozart qui flottait dans l'habitacle, autant dire un trop court moment de répit pour Peter.

— Une question que je me pose toujours, chez vous autres du Bureau : comment naît la vocation ?

— ... ?

— Nous, les *wiseguys*, on est souvent des enfants

199

de la balle, on ne se pose même pas la question. Comme on dit dans la Marseillaise : *Nous entrerons dans la carrière quand nos aînés n'y seront plus.* Mais vous ?

— ...

— Je ne parle pas du petit flic des rues, qui lui aussi est souvent fils de flic, je parle de vous, les G-men. Devenir agent fédéral n'est jamais dans aucune tradition familiale. Alors ?

— Je ne suis pas sûr d'avoir envie de répondre.

— Il n'y a qu'une seule explication à cette vocation, c'est le cinéma.

— Que voulez-vous dire ?

— Étant gosse vous avez dû voir des films avec des types en costumes stricts, qui portent des Ray-Ban et des oreillettes, et qui disent des phrases comme : *Agent spécial Bowles du FBI, nous reprenons l'enquête, shérif.* Ça vous a fait rêver ou je me trompe ?

— Ce qui est sûr c'est que les films où je voyais des types en costumes rayés et cravates rouges qui disaient des phrases comme : *Coulez-moi ce gars dans le béton* en s'empiffrant de cannellonis, ne m'ont jamais fait rêver.

— Allez, Peter, dites-le-moi. C'est quoi, ce film fondateur ?

Peter exprima son refus de poursuivre d'un geste franc de la main : pas question de se justifier devant un repenti sur les origines de sa vocation ni même d'en faire un sujet de bavardage pour tromper l'ennui. Mais s'il avait eu à répondre à la question avec sincérité, Peter aurait évoqué une mosaïque de petits événements qui l'avaient conduit jusqu'au Bureau. Il aurait parlé de son sens aigu de la loi, et de la loi au-dessus de toutes les autres, la loi fédérale. Il aurait expliqué ce que représentait pour lui la lutte contre le crime, et son envie d'en découdre. Il aurait peut-être avoué cette triste fête d'étudiants, chargée d'alcool, où il avait inhalé, pour faire comme les copains, un mélange de cocaïne et d'héroïne qui l'avait fait vomir toute la nuit. Il aurait peut-être raconté comment deux de ses meilleurs amis étaient morts d'overdose dans les mois qui avaient suivi. Quitte à faire glousser un Manzoni, il aurait fait état, sans pouvoir l'expliquer, de son étrange empathie pour les victimes en général, et de son désir profond de leur rendre justice. Il lui aurait expliqué comment le FBI l'avait attiré avec ses méthodes de pointe, son implacable précision, sa patience tenace, qui faisaient sa suprématie sur toutes les autres formes de répression du crime.

Mais Peter n'aurait en aucun cas évoqué, pour les avoir oubliées, des images en noir et blanc. Un petit écran, une chaîne qui ne rediffusait que des vieilleries, les années soixante en boucle, une esthétique d'une autre époque, et cette série qui gardait toute sa magie et résistait aux intrigues modernes bourrées d'hémoglobine et d'effets spéciaux. Fred avait raison sur ce point, des images avaient impressionné le jeune Peter bien avant tout le reste, bien avant les concepts de bien et de mal, bien avant l'idée même de morale ou de travail.

Le héros qui avait émerveillé l'enfance de Peter s'appelait Eliot Ness. En 1930, il avait fondé une brigade spéciale pour lutter contre Al Capone et tenté de faire respecter la prohibition à Chicago. Peter gardait au fond de lui-même le visage de Robert Stack qui jouait le personnage dans la série *Les incorruptibles*, un grand type impassible et peu loquace, qui préférait agir, et qui finissait par envoyer Capone à Alcatraz. Ce que le personnage avait de fascinant était justement sa façon de résister à la corruption, de ne jamais se laisser intimider par toute forme de pression, de rester inoxydable en toutes circonstances, surtout face à une mort tant de fois promise. Et Peter ne s'en souvenait plus.

*

— Daddy, il faut que tu saches que Lena n'aime pas la violence de tes livres.

Lena regarda Warren d'un œil noir. Il se fit un plaisir d'en rajouter.

— Elle part du principe que le monde est déjà si violent qu'il n'est nul besoin d'en rajouter. Pour elle, un livre est une œuvre d'art dont le rôle n'est pas de flatter les bas instincts du lecteur mais plutôt d'exalter ce qu'il y a de meilleur en lui.

Tom ne s'attendait pas à répondre à une question le concernant si peu. Il connaissait mieux la violence réelle que celle des livres et, plus que tout, il méprisait le soi-disant devoir de mémoire de Gianni Manzoni et sa rédemption par les lettres.

— Vous avez raison, Lena, moi-même je ne suis pas sûr de partager le goût de mes contemporains pour cette sauvagerie, mais, que voulez-vous, je me persuade de l'idée que la violence de pure fiction sert d'exutoire à la violence naturelle. Un jour, je saurai si j'ai fait œuvre d'utilité publique ou si, par malheur, j'ai suscité des vocations.

Tom jouait là une partition impensable vis-à-vis de sa hiérarchie qui jamais ne lui aurait donné son accord. Mais une décision devait être prise, et rien ne le captivait tant que de trouver de nouvelles solutions à des problèmes inédits. Et la solution qui s'était imposée était de matérialiser Fred l'espace d'une soirée, de le présenter à Lena et de le faire disparaître pour de longues années, en prétendant qu'il était retourné vivre aux États-Unis pour écrire une fresque sur l'histoire de la criminalité américaine. Lena n'en demanderait pas plus. Derrière le mystérieux M. Wayne se cachait un beau-père de rêve, insaisissable, absent pour de sérieuses raisons, mais si présent à l'esprit des siens. Chaque geste de Tom l'impressionnait, elle voyait désormais en lui une sorte de héros désinvolte qui, sans se prendre au sérieux, faisait passer sa vie d'écrivain avant celle des autres. Un choix qu'elle respectait et qu'elle admirait même.

Les Wayne découvraient aussi un Tom tout à fait inédit, acteur insoupçonné, jamais en deçà du rôle, à l'aise en improvisation. Dans l'élan d'une conversation, il posa un bref instant sa main sur l'épaule de Maggie en disant *ma femme*. Un geste, une parole, la même affection, celle d'un mari pour sa compagne, un geste que Warren et Belle remarquèrent à peine mais qui troubla profondément leur mère. Pour elle, le temps resta suspendu après ce *ma femme*, assez pour ne plus voir en Tom un mari d'emprunt pour la soirée, mais bel et bien le partenaire d'une vie. Durant cet instant-là, elle aurait pu réécrire sa propre histoire au bras de Tom Quint, capitaine du FBI.

Livia, comme elle se prénommait à l'époque, avait croisé Giovanni par hasard et s'en était entichée envers et contre tous. Pas plus que la Maggie d'aujourd'hui, elle n'éprouvait d'attirance pour les voyous. Fille d'ouvriers siciliens, sans aucune attache avec LCN ni avec aucun corps de police, elle aurait pu tout aussi bien, au lieu de rencontrer un Manzoni, se lier à un Quintiliani, qui dégageait la même force. Au lieu d'assister aux premiers pas de son amoureux sur les chemins tortueux de la criminalité, elle aurait pu, avec le même courage, accompagner Tom dans sa vocation de petit inspecteur new-yorkais qui rêve du badge fédéral. Elle se serait alors embarquée dans une vie tout aussi mouvementée, avec la même part d'inquiétude quotidienne, toujours prête à imaginer, derrière chaque retard de son mari, des coups de revolver et des détours par l'hôpital. De la même manière qu'elle avait fait ménage à trois avec Gianni et la Cosa Nostra, présente jusque dans leur lit et dans leur sommeil, elle aurait fait ménage à trois avec Tom et le Bureau fédéral. Elle serait restée à ses côtés, au nom de la Loi, comme elle était restée avec Gianni, au nom de l'Omerta. Pendant vingt ans, elle aurait redouté que des hommes au visage grave ne viennent toquer à sa porte pour lui annoncer que Tom était mort en faisant son devoir, comme elle avait redouté ceux qui seraient venus lui annoncer que Gianni était mort sans perdre son honneur. Et elle aurait pleuré les mêmes larmes de veuve ayant trop souffert de la folie de ces hommes qui, jamais, ne cesseraient de jouer aux gendarmes et aux voleurs.

— Tu as goûté mes brocolis ? demanda-t-elle à Tom, pour lui parler français, et du même coup le tutoyer.

Maggie imagina le bonheur de ses parents si, il y a bien longtemps, elle leur avait présenté un Tomaso Quintiliani. Un gars luttant contre cette vermine qui saignait les pauvres comme les moins pauvres, à commencer par la communauté italienne massée à New York et alentour. Combien ils auraient été fiers, le jour du mariage, de voir leur Livia au bras de ce brave type, un gosse du pays, mais du bon côté, le leur, un fils d'immigrés, fier d'être américain, et qui croyait comme eux aux valeurs de son pays. Le destin en avait décidé autrement ; aujourd'hui Maggie était maudite, répudiée par son père qui allait mourir sans avoir pardonné. Du reste, c'était Tom Quint qui, de temps en temps, donnait à Maggie des nouvelles des siens, un frère qui divorce, une mère à l'hôpital, mais personne ne cherchait à en avoir de Livia : elle était morte à leurs yeux le jour où, tout habillée de blanc, elle était entrée dans une église aux côtés d'un Manzoni.

Jamais elle n'avait eu la moindre pensée amoureuse pour Tom, jamais elle n'avait eu ni envie ni besoin de tromper Fred. Mais, au nom de cette certitude, elle pouvait, l'espace d'un soir, se rêver en Mme Quintiliani, rien qu'en pensée, rien que pour le jeu. Après tout, s'imaginer partager la vie de Tom n'était pas si monstrueux ; elle l'avait toujours trouvé bel homme, soucieux de son hygiène de vie et de sa forme physique, bien élevé, capable de réfléchir avant d'agir. Elle avait toujours eu un faible pour les hommes qui n'avaient pas besoin d'une femme pour s'occuper d'eux. Tom savait repasser ses chemises réglementaires mieux que le pressing du coin et ne posait jamais de questions comme *Qu'est-ce qu'on mange ?* ou *Sur quel bouton faut appuyer ?* ou *Je fais quelle taille de pantalon ?* Maggie appréciait par-dessus tout sa présence discrète et son don pour le geste juste ou la parole rassurante. Il avait toujours été là pour les siens dans les moments forts, bons et mauvais, particulièrement les mauvais, et Dieu sait ce qui serait advenu de la famille Manzoni si son sort avait été laissé aux mains d'un autre.

Maggie remarqua avec quelle facilité ses enfants jouaient cette obscure comédie et disaient *papa* aussi naturellement qu'elle donnait du *mon chéri* à Tom. Sans doute avaient-ils raison de prendre tout ça comme un jeu et non comme une terrible trahison. Le vin aidant, Maggie oublia peu à peu l'horrible culpabilité qui lui avait retourné l'estomac toute la journée, et accepta l'idée que cette mascarade était nécessaire au bonheur de son fils. Elle savait reconnaître l'amour quand elle le voyait passer et ses doutes s'étaient maintenant envolés : Warren et Lena allaient faire un bout de chemin ensemble. Faute de pouvoir accueillir cette petite chez les Wayne dans des conditions acceptables, Maggie ferait tout ce qui était en son pouvoir pour donner une chance à cet amour. Quitte à exclure un beau-père que personne n'aurait aimé avoir.

— Comment vous êtes-vous rencontrés, monsieur Wayne et Maggie ? Je peux vous appeler Maggie, madame Wayne ? demanda Lena.

Tom et Maggie se regardèrent à la dérobée, chacun préférant laisser à l'autre le loisir d'inventer une histoire qui aurait pu être la leur.

*

— Voyez-vous, Peter, souvent je m'interroge sur le pouvoir de la fiction. Et je m'en étonnais déjà bien avant d'écrire des romans moi-même.

À l'approche de Chalon-sur-Saône, Bowles conduisait à vitesse constante sur la file de droite, le regard bercé par le rythme des rappels lumineux. Leur conversation sur la façon inconsciente dont le cinéma suscitait les vocations avait connu quelques détours, et Fred s'était lancé dans une démonstration sibylline sur l'identification à des personnages de fiction. Peter l'écoutait sans accorder de crédit à son soi-disant statut de praticien.

— Quand ils vont au cinéma, les gentils aiment

que les gentils gagnent, et les méchants aiment que les méchants gagnent. Mais ça se complique quand un cordonnier gentil regarde un film où le personnage du salaud se trouve être un cordonnier. C'est plus fort que lui, le spectateur cordonnier gentil va inventer plein d'excuses au cordonnier salaud, parce qu'il connaît si bien ce stress du cordonnier, ce blues du cordonnier qui parfois vous pousse à des extrémités.

Sans interrompre sa démonstration, Fred saisit le sac de courses sur la banquette arrière, dépiauta l'emballage de son sandwich, et proposa à Bowles d'en faire autant pour le sien.

— ... À l'inverse, poursuivit-il, un petit racketteur ultra-violent qui sévit dans l'East End va s'identifier à un superflic de cinéma, parce que, au cours du récit, il apprend que le superflic est né dans la même ville que lui, à Bismarck dans le Dakota. Depuis qu'il vit à New York, notre racketteur n'a jamais rencontré personne qui soit né à Bismarck dans le Dakota, il a même honte de dire qu'il est né là-bas. Alors, quand il voit ce flic de cinéma qui lutte contre la pègre, c'est plus fort que lui, il prend fait et cause pour cet ambitieux aux nobles idéaux, né, comme lui, à Bismarck dans le Dakota. Et dès qu'il est sorti du cinéma, le racketteur retourne dans la rue pour aller briser des genoux afin de récupérer quelques dollars.

À l'inverse de ce qu'il redoutait depuis la veille, Bowles ne subissait pas la conversation de Fred.

Tout ce développement sur l'influence de la fiction dans la vie réelle l'intriguait.

— J'ai compris que vous ne vouliez pas parler du film qui a fait de vous un G-man, mais vous gagneriez trois places dans mon estime si vous me faisiez une confidence : n'y a-t-il pas un film dont le méchant vous a fait rêver plus que le gentil ? Personne n'en saura rien.

— Je me fiche de grimper dans votre estime mais la question est intéressante.

Peter se laissa le temps de la réflexion et mordit dans la part de sandwich qu'on lui tendait. Fred, en quelques bouchées, termina la première moitié de son jambon/fromage/ pain complet qui lui parut décevant.

— Dans la série des James Bond, dit Peter, je me prends toujours pour James Bond. Sauf dans *L'homme au pistolet d'or*. Le méchant s'appelle Francisco Scaramanga, c'est le plus grand tueur à gages du monde, une légende, à tel point que l'on doute même de son existence.

Fred n'avait aucun souvenir de ce film mais reconnut que Peter jouait le jeu avec sincérité. Tout en l'écoutant, il fixa les deux moitiés de sandwich qui lui restaient en main, et se demanda si Bowles n'avait pas fait le bon choix en prenant un jambon / pain blanc, tout simple.

— Il se fait payer un million de dollars par assassinat, et il ne rate jamais. Il vit sur une île paradisiaque avec une créature magnifique. Figurez-vous que je ne regarde plus la fin du film pour éviter la scène où Bond le tue. Ainsi, pour moi, Scaramanga est toujours vivant.

Après un instant d'hésitation, Fred se réserva la deuxième part du sandwich de Peter et lui tendit son jambon/fromage/ pain complet sans le lui dire. Peter le mangea machinalement, sans même faire la différence avec la moitié précédente, tout concentré sur les détails qu'il donnait de la vie de Francisco Scaramanga.

Fred but une gorgée d'eau et continua le jeu avec le même sérieux que Peter.

— Moi, c'est Gene Hackman dans *French connection*. Il compose un rôle de flic comme j'aurais aimé en croiser un seul dans ma vie. Quand il s'est mis en tête de ne plus lâcher un truand, il y met toute sa force, toute sa détermination, ça va devenir une idée fixe, il n'en vivra plus, mais il l'aura, il l'aura toujours, parce que Popeye Doyle est plus fou que le plus fou des truands, parce que Popeye Doyle n'a rien d'autre à vivre que cette vie-là. Alors quand je le vois courir plus vite que toutes ces petites frappes, quand je le vois péter la gueule à tous ces *wiseguys* qui sont pourtant mes frères, quand je le vois harceler, maltraiter, tyranniser et persécuter toute cette racaille, je crie bravo et j'en redemande !

Peter laissa échapper un petit rire, surpris par une telle spontanéité. Il tendit la main pour qu'on y pose sa bouteille d'eau, et en but plusieurs gorgées avant de ressentir quelques picotements sur la langue.

— Fred, vous m'avez refilé de l'eau gazeuse ?

Non, il s'agissait bien d'eau plate, mais les picotements s'intensifiaient. Fred continua sur sa lancée sans prêter attention à Peter.

— Je ne connais personne parmi les gars de LCN qui ait jamais aimé ce film. À dire vrai, vous êtes le premier à qui j'en parle... Peter ? Ça va ?

Ça n'allait pas. Peter venait de ralentir et portait une main à son front, gagné par une bouffée de chaleur. Fred ouvrit sa fenêtre.

— Vous êtes blanc comme un linge... Arrêtez-vous... Qu'est-ce qui vous arrive ?

Peter redoutait la suite mais la sentait battre dans ses veines, lui brûler la gorge et lui gonfler la langue. Il se gara sur la bande d'arrêt d'urgence et se pencha vers les emballages de sandwichs qui traînaient aux pieds de Fred.

— Qu'est-ce que vous m'avez donné... ?

— Donné ? Donné quoi ?

— Les sandwichs, nom de Dieu !

Habitué à se faire rabrouer par les gars du FBI, Fred comprit qu'il avait commis un geste malheureux, mais lequel ?

— Comment ça, quel sandwich ? Celui-là, le vôtre, dans l'emballage bleu. Allez-vous m'expliquer ce qui se passe ?

Saisi par une montée d'angoisse qui accélérait les symptômes, Peter, la bouche entrouverte et le souffle court, compara les deux étiquettes et montra l'emballage rouge à Fred :

— Vous m'avez donné un de ceux-là ? Répondez, vite !

— Il me semble que... maintenant que vous me le dites... je crois...

— Fred, nom de Dieu !

Comment un geste aussi anodin que d'échanger un pain de mie avec un autre pouvait avoir de telles conséquences ?

— Je voulais goûter le vôtre...

— ... Je suis allergique au lactose, putain de putain de bordel !

Et le G-man, les yeux exorbités, porta les mains à sa gorge.

— Je fais un œdème de Quincke, appelez le 15, vite ! cria-t-il en tendant son portable.

Fred eut alors une vision de cauchemar, la langue de Peter avait doublé de volume et lui sortait maintenant de la bouche.

— Mais... vous n'avez pas un antidote sur vous ? Des cachets, un sérum... quelque chose pour stopper ça... Les asthmatiques ont de la ventoline... Les diabétiques ont de l'insuline...

Au bord du malaise, Peter n'était déjà plus en mesure d'argumenter et pensait très fort : *Je contrôle de très près tout ce que je mange, bordel de putain de ta race ! En dix ans, je ne me suis jamais fait prendre en défaut ! Comment prévoir que j'aurais affaire à un tordu capable d'un geste pareil !* Il avait honte de son allergie depuis qu'il était devenu agent fédéral, censé n'avoir aucune faiblesse, rien qui puisse poser problème lors d'une mission. Et Fred Wayne aurait été la dernière personne à qui parler de son allergie, assez retors pour en tirer un parti quelconque ou l'empoisonner par pur sadisme, rien que pour voir un agent du FBI lutter contre l'étouffement, comme en ce moment même.

— Appelez-les, bordel !

Sa voix étranglée ne laissait déjà plus entendre que des grognements et Fred, paniqué lui aussi, composa le numéro. Il sut répéter *œdème de Quincke* à la standardiste des urgences, qui lui demanda plus de détails.

— Je ne peux pas vous le passer, il a de plus en plus de mal à parler, et puis il jure beaucoup...

— Décrivez-le-moi.

— Il a le front sur le volant, sa chemise est ruisselante de sueur, et surtout, il a la langue qui pend comme dans un dessin animé, comme un chat qui s'épuise à courir après une souris. Et puis, j'ai l'impression que sa joue et son menton se mettent à gonfler aussi, ça me rappelle un film, mais lequel...

— À quelle hauteur vous situez-vous ?

— Quelle hauteur ? Il fait noir comme dans un trou du cul, qu'est-ce que vous voulez que je vous dise ?

Fred suivit les instructions et sortit de la voiture pour remonter jusqu'à la première borne, cinquante mètres plus haut :

— Nous sommes au kilomètre 384 sur l'A6 en direction de Paris.

Elle lui promit qu'un véhicule du Samu allait arriver le plus vite possible. Fred retourna vers Peter qui suffoquait maintenant.

— Dans cinq minutes, Peter, cinq toutes petites minutes !

Il posa la main sur l'épaule de Peter et la pressa très fort : *Je suis là, ne craignez rien.* Il essaya d'improviser les bons gestes, sans les trouver, et se laissa tout à coup submerger par des images — des maillots de bains rouges sur des corps superbes, des vagues californiennes, des noyés, et des gestes de premiers secours prodigués par des sauveteuses en bikinis. Mais, dans le cas présent, ses souvenirs de la série *Alerte à Malibu* n'allaient pas suffire. De plus en plus paniqué, il retint des *Restez avec moi, Peter !* et chercha à le maintenir éveillé en attendant les secours.

— C'est quand même pas de chance d'être muté en France quand on est allergique au fromage. Je comprends mieux pourquoi vous ne goûtez jamais aux lasagnes que Maggie a la faiblesse de vous cuisiner. Elle y met une mozzarella de toute première qualité qu'elle fait venir spécialement d'un bled du Latium. Mais peut-être n'êtes-vous allergique qu'au lait de vache et pas au lait de bufflonne ? On ne sait jamais avec ces trucs-là, ça se joue à un rien. Mon copain Bartolomeo, connu dans vos services sous le nom de « Bart le singe », était allergique à quelque chose sans savoir à quoi. Au cours d'un repas tout se déroulait au mieux et hop, en moins de deux minutes on avait l'impression qu'il avait un gant de base-ball dans la bouche. Il a passé des tests et tout le toutim et on a fini par comprendre qu'il était allergique à une de ces saloperies chimiques à base de moelle de porc qu'on utilise pour épaissir les sauces ou faire tenir la gelée. On en met dans la jelly par exemple, c'est comme ça qu'on a su que Bart aimait encore la jelly à son âge, il avait fait une crise pendant le baptême de Belle, on s'en souvient encore. Une autre fois, dans un restaurant chinois, il prend une cuillerée de potage pékinois et il étouffe, juste comme vous maintenant, et voilà qu'il se précipite en cuisine pour menacer le chef de lui plonger la tête dans une marmite de bouillon s'il ne lui dit pas tout de suite ce qu'il a mis dans son putain de potage. Ça s'est fini aux urgences pour les deux, encore une soirée de foutue.

Dans le rétroviseur, Fred vit tourner le gyrophare de la camionnette du Samu et ferma les yeux pour pousser un soupir de soulagement. Sa main gauche serrait toujours l'épaule de Peter.

*

Warren ne remplissait plus le verre de Lena qu'à moitié. La toute dernière recrue de la famille Wayne perdait le contrôle de son enthousiasme, alternait les déclarations solennelles et les signes d'affection envers son amoureux.

— Mes parents sont un peu vieux jeu sur la question du mariage, ils veulent une grande cérémonie, dit Lena en tendant son verre vide.

— Veuillez excuser ma fiancée, elle est ivre.

— Pas du tout ! Mes parents se sont mariés très jeunes et, au jour d'aujourd'hui, je ne les ai jamais entendus se disputer, même pour rire, même quand on leur dit qu'une bonne engueulade fait du bien. Ils sont comme ça, mes parents, et je les aime d'avoir contredit toutes les règles qu'on ne cesse de brandir sur les couples et leur longévité. Je les aime de s'aimer comme ils le font, dans la paix et le partage, je les aime d'être si originaux dans leur façon si simple de nous manifester leur affection, j'aimerais tellement vous les présenter, Maggie !

Maggie comprenait maintenant l'empressement de Lena comme celui de son fils. Si ses parents étaient tels qu'elle les décrivait, si elle avait vécu une enfance paisible et heureuse, comment ne pas avoir envie de suivre leur exemple le plus vite possible ? De chérir les enfants à venir comme elle-même l'avait été ?

Toute la tension du début de soirée s'était transformée en douce euphorie. Le coup monté par le capitaine Quint, inconcevable comme toutes les machinations, s'était révélé d'une efficacité diabolique. Maggie, Belle, Warren et Tom étaient désormais scellés par un secret de famille, cette famille d'un soir qu'ils n'oublieraient jamais, une famille légitimée par la seule présence d'un homme à l'éthique irréprochable.

*

Après une injection de cortisone et une autre d'adrénaline, on allongea Bowles sur une civière pour le transporter dans le car.

— Vous l'emmenez ?

— Il a fait un choc anaphylactique, on le transporte à l'hôpital Saint-Laurent.

— Et moi, je fais quoi ? dit Fred, tout surpris d'être livré à lui-même.

— Vous ne pouvez pas laisser votre voiture là. L'hôpital est à une vingtaine de kilomètres, je vous donne le numéro, sortez à Chalon.

Fred les vit partir, sirène hurlante. Il conduisit lentement, sortit de sa poche le téléphone de Bowles, essaya de composer un numéro et finit par verrouiller le clavier. Il passa sous un panneau : PARIS/ AUXERRE/ BEAUNE.

Depuis combien de temps ne s'était-il pas retrouvé au volant d'une voiture, libre de ses mouvements, la nuit entière devant lui, grisé comme un adolescent qui jouit de ses tout premiers moments d'absolue liberté ? Fred comprit combien la tentation de la fuite ne l'avait jamais quitté. Partir, disparaître, prendre l'air, filer droit vers la capitale, écluser des bourbons dans un bar à entraîneuses et, au petit matin, gagner le Nord. Pourquoi pas le Nord, après tout, on n'y pense jamais. Dieu qu'il était bon de voir l'avenir derrière un volant dans la nuit noire !

Il s'arrêta pourtant sur une aire de repos, prit un café brûlant pour se laisser le temps de la réflexion et le but adossé à une cabine téléphonique. Une escapade n'allait-elle pas lui valoir de nouvelles sanctions ? Tout ça à cause de leur connerie de Witsec qui prive l'homme de son libre arbitre pour en faire un animal de laboratoire. Après tout, il s'agissait d'un programme expérimental dont on ne savait pas encore s'il était viable à long terme. Fred se sentit conditionné quand il téléphona à Tom : il avait mesuré la taille de sa laisse et l'avait trouvée trop longue. Une boîte vocale le renvoya sur le numéro de Bowles. Où était-il ce con de Quint, pour une fois qu'on avait besoin de lui ? Fred regretta le petit laïus qu'il lui aurait servi, juste histoire d'entendre un blanc à l'autre bout du fil : *Tom ? C'est Fred. Bowles est à l'hôpital, et moi j'ai bien envie d'aller me saouler la gueule dans un bar à putes.* Il composa le numéro de la maison qui ne répondait pas plus, puis celui du portable de Maggie, et commença à s'inquiéter de tant de silence.

Il roula jusqu'à la sortie suivante, et fit demi-tour. Il était 21 h 30.

*

La soirée se prolongeait et Maggie, un peu avant minuit, servit le dessert pendant que Tom allait chercher du champagne dans le cellier. Lena en profita pour dire à quel point elle était impressionnée par le personnage.

— Comme vous devez être fiers d'avoir un écrivain dans la famille. J'adore mon père, mais il travaille au service clients d'un centre commercial, et malgré tous ses efforts, ça n'a jamais réussi à nous faire rêver.

Maggie aperçut la lumière du répondeur qui clignotait et se demanda qui avait pu appeler à cette heure-là, un samedi soir. Elle oublia la question dès qu'elle vit réapparaître Tom, une bouteille à la main, comme un maître de maison qui veut soigner ses convives.

— Maggie, je peux vous l'avouer maintenant, reprit Lena, avant de venir ici je me faisais de vous une image de mamma italienne, et vous êtes tout le contraire.

Pendant que Maggie réagissait sous la forme d'une énième anecdote, Fred garait la voiture de Bowles dans l'allée. Fatigué par tout ce qu'il venait de vivre depuis vingt-quatre heures, son face-à-face épuisant avec Tom, sa nuit de confidences avec Maggie, ce départ pour Paris perturbé par les étouffements de Peter, il voulait maintenant comprendre pourquoi, chez lui, personne ne répondait au téléphone. Il entra dans la maison, s'arrêta un instant dans la cuisine en voyant des restes de gigot dans le service en argent, s'engagea dans le couloir qui menait au salon et perçut l'écho d'une conversation.

— Warren est sûrement le plus italien de toute la famille, disait Maggie. Il sait préparer la pasta mieux que moi, il siffle des opéras de Verdi, et il lui arrive même de parler avec les mains.

Au loin, Fred reconnut la voix de sa femme, mais aussi celles de ses enfants qui n'étaient pas censés se trouver là. Il ralentit son pas, amusé à l'idée d'écouter aux portes.

— Vous verrez avec les années, ma petite Lena, c'est une tendance qui s'accroît. Tenez, mon mari, par exemple, il lui arrive de jurer comme un contrebandier sicilien sans jamais avoir mis les pieds là-bas.

Un dîner ? Sans lui ? Qui était cette petite Lena ?

— C'est la pure vérité, ajouta Belle. Papa et Warren se trahissent bien plus facilement que nous, ils ont du mal à cacher qu'au fond d'eux-mêmes ils sont ritals.

— C'est faux ! protesta Warren. Papa est sans doute poursuivi par un atavisme, mais moi, je me suis toujours senti viscéralement américain du temps où nous vivions là-bas. Maintenant, je suis devenu français.

Tapi contre le mur du couloir, Fred écouta un instant le débat sur la question des origines et se sentit rassuré à l'idée d'exister dans la conversation, d'être un *papa* et un *mari*. Il ne lui restait plus qu'à soigner son entrée et demander à ce qu'on lui présente cette Lena qui semblait si bien connaître son fils.

— Et vous, monsieur Wayne, vous vous sentez italien, américain, français ?

Fred se figea tout à coup.

Il y avait déjà un *monsieur Wayne* dans l'assistance ?

— À Rome fais comme les Romains, répondit Tom. Malgré ce qu'en pensent Belle et Maggie, je ne suis pas du tout nostalgique de nos origines, pas plus que je ne suis poursuivi par un atavisme comme le dit Warren. Mes parents avaient beaucoup de respect pour leur terre d'accueil, et ils m'ont transmis ça.

Fred se massa les tempes et tenta de remettre dans le bon ordre les mots *parents*, *Maggie*, *respect* et *origines*. Le tout, avec la voix de Tom Quint ?

— C'est ce que prétend aussi votre fils, dit Lena. Mais quand il regarde les jeux Olympiques, ce n'est pas le champion américain qu'il encourage, ni même le français, c'est l'italien.

Il y avait erreur. Le monsieur Wayne en question n'était en aucun cas le vrai monsieur Wayne, puisque monsieur Wayne c'était lui, Fred, même s'il était né Manzoni, même s'il avait été un Blake ou un Brown, ou un Laszlo Pryor. Il portait désormais le nom de Wayne, choisi par le FBI, en attendant le prochain nom, un Clark, un Robin, n'importe quoi de court et de très courant, mais pour l'instant il n'y avait qu'un seul Fred Wayne, et c'était lui. Non, il n'était pas fou, mais il allait peut-être le devenir s'il ne comprenait pas rapidement quelle farce absurde se jouait autour de cette table.

— Un jour, il m'a dit qu'il aurait de loin préféré avoir un prénom italien, insista Lena. Moi, j'aime bien Warren, ça sonne bien, Warren Wayne. C'est vous qui avez choisi ce prénom, monsieur Wayne ? Ou bien est-ce Maggie ?

Fred, pour se prouver qu'il était bien le père de ses enfants, se raccrocha à une image : la toute petite Belle qui sait à peine marcher, il la hisse jusqu'au berceau du nouveau-né : *Regarde, c'est ton frère*. Certes, il n'avait pas assisté à l'accouchement à cause de complications avec le syndicat des mareyeurs qui avaient bloqué les livraisons cette nuit-là, les cons. Et ce n'était pas sa faute non plus si, juste après son passage à la maternité, il avait reçu l'ordre de Don Polsinelli de filer à Orlando pour une mission d'une semaine, juste au moment où Livia avait le plus besoin de lui. Mais ça ne changeait rien à l'affaire, ces gosses étaient bien les siens.

— La réponse est toute simple, dit Maggie, j'ai pris le prénom de mon acteur préféré, Warren Beatty. J'étais déjà amoureuse de lui quand j'avais votre âge, comme une bonne moitié des Américaines. *Bonnie and Clyde*, *Le ciel peut attendre*, je les ai vus cent fois...

— Et vous n'avez pas eu votre mot à dire, monsieur Wayne ?

— Je n'aurais pas été entendu. En revanche, nous étions d'accord Maggie et moi sur celui de Belle bien avant sa naissance.

Fred sentit sa raison vaciller et dut se livrer à un travail mental d'une grande précision : jamais il n'aurait laissé Maggie appeler leur fils du prénom de Warren Beatty, ce grand bellâtre, chéri de ces dames, que l'autre moitié des Américains avait envie de gifler. Il avait choisi Warren parce que c'était le prénom de *son* acteur préféré, Warren Oates, qui jouait dans les films de Sam Peckinpah, surtout *La horde sauvage* et *Apportez-moi la tête d'Alfredo Garcia*, un solide gaillard capable d'une grande cruauté quand les circonstances l'exigeaient. En se souvenant de cette explication, rationnelle et indiscutable, Fred sut qu'il était bien le vrai Fred Wayne, père de Warren.

— C'est encore prématuré d'en parler, dit Lena, mais l'idée serait, d'ici deux ans, de célébrer la noce et de pendre la crémaillère en même temps dans la maison du Vercors. Ce sera la fête du siècle !

Ils en étaient déjà là.

Fred imagina la photo du mariage, avec une demoiselle en robe blanche, son fils avec des gants beurre frais, des cousins et cousines en pagaille, tous inconnus. Il se chercha sur la photo et ne s'y trouva pas.

— Je ferai tout pour être présent, dit Tom, mais dans le cas contraire j'espère que vous ne m'en voudrez pas, ma petite Lena.

Fred, prostré dans le couloir, venait de comprendre le sens de cette mystification. On l'avait exclu de la famille au profit d'un père de substitution bien plus présentable que lui. Dès lors, comment s'étonner que l'homme en question fût son ennemi juré ?

— Monsieur Wayne, conclut Lena, sachez que dans notre maison, il y aura toujours un petit bureau où vous serez tranquille pour travailler, et croyez-moi, là-haut, personne ne viendra vous déranger.

Fred retourna dans la cuisine à pas sourds, chercha quelque chose de fort à boire et mit la main sur un fond de mauvais rhum que Maggie utilisait pour les desserts. Il le vida en trois gorgées puis regagna l'air frais du dehors et grimpa dans la voiture de Bowles. Il se revit, quelques heures plus tôt, seul sur l'autoroute, tenté par l'échappée belle, et y renoncer pour rentrer au bercail. Quelle ironie ! Sa seule urgence désormais était de mettre le plus grand nombre de kilomètres entre lui et cette maison du malheur, de fuir cette famille diabolique, de demander la protection de la police ! Les tueurs de LCN étaient des enfants de chœur à côté de ces quatre-là. Il avait vécu tant d'années auprès d'individus capables de pareilles machinations, et c'était lui, Gianni Manzoni, qu'on traitait de monstre ? C'était lui qu'on avait considéré comme un ennemi public et placé sous étroite surveillance ?

Il démarra la voiture, manœuvra dans l'allée, puis, saisi d'un doute, coupa le moteur pour se laisser le temps de la réflexion. Au lieu de planter là cette belle famille Wayne et son tout nouveau papa, n'y avait-il pas un meilleur coup à jouer ? Pourquoi ne pas leur donner des sueurs froides et les forcer à aller jusqu'au bout de leur vilenie ?

Il retourna dans la maison sans plus hésiter, longea le couloir avec la détermination du tueur qu'il avait été, et fit le plus de bruit possible pour qu'on le repère de loin. Il commença même à faire entendre sa belle voix de basse avant d'entrer dans le salon.

— Où êtes-vous passés, tous ! Maggie ? Fred ?

Et comme un vieux cabot qui soigne son entrée en scène, il se montra enfin, les bras grands ouverts. Il les vit tous les cinq, assis autour de la table, le regard hébété et la cuillère à dessert suspendue en l'air.

— Bah alors ? On ne répond plus au téléphone ?

J'ai laissé trois messages pour vous prévenir que j'arrivais. J'ai roulé tout l'après-midi en espérant me faire inviter chez vous. Maggie, dans mes bras !

Elle se dressa péniblement sur ses jambes et se laissa embrasser par cette apparition qui avait tétanisé l'assistance. Avec un incroyable naturel, Fred salua toute sa famille et termina par une virile poignée de main à Quint.

— On ne me présente pas la demoiselle ? Je m'appelle Tom, je suis le cousin de Maggie et le parrain de Warren. Et vous êtes... ?

— Je m'appelle Lena, je suis...

— C'est ma fiancée, dit Warren avec l'enthousiasme d'un mort-vivant.

— Félicitations, et beaucoup de bonheur. Bon, à part ça, y a rien de bon à se mettre sous la dent ?

En évitant son regard, Maggie alla chercher une assiette avec une infinie lenteur.

— Ils vous ont parlé de moi, mademoiselle Lena ? Je parie que non. Je vis à Newark mais il m'arrive de traverser l'Europe pour affaires. Import/export. Je vends un tas de cochonneries françaises à des Américains et un tas de cochonneries américaines à des Français, et quand j'ai à faire dans le coin, je passe saluer ma petite famille. Tu n'as pas eu mon mail, Maggie ?

— ... Si.

— Tu pourras m'héberger, cette nuit ? Sinon, je peux aller Chez l'Empereur, à Montélimar, ils auront bien une chambre.

— ... Tu es ici chez toi.

Fred tapa sur l'épaule de Tom.

— Alors l'écrivain ? Tu nous prépares quelque chose ?

— ... J'y travaille.

— Le dernier, je l'ai lu dans l'avion. Un régal. Je l'ai dévoré d'un trait. Un jour il faudra que tu fasses de moi un personnage. J'ai plein d'histoires à raconter, tu sais ?

— J'imagine.

— Ça fait du bien de se retrouver en famille, dit Fred en levant son verre à la santé de tous.

*

Warren et Lena prirent congé et rentrèrent chez les Delarue. Fred attendit que Belle ait regagné sa chambre pour se débarrasser de Maggie avec une inquiétante douceur.

— Ça a été une soirée pénible pour tout le monde, j'espère que ta future belle-fille ne s'est aperçue de rien. Je vais aller faire un tour pour me calmer un peu avant de dormir.

— Gianni, je voulais te dire...

Que dire après pareil désaveu ? En rajouter aurait été insultant et Maggie n'avait pas le cœur à passer de l'humiliation à l'insulte. Elle redoutait maintenant une colère de Fred qu'elle aurait été incapable de calmer. Contre toute attente, il parvenait à contenir cette insupportable douleur, et son abattement prenait une autre forme, plus profonde, plus muette. Il n'y aurait ni drame, ni tempête, ni calme après la tempête, ni retour à la normale, ni réconciliation. Il n'y aurait, désormais, plus rien. Cette certitude lui permit d'être convaincant et de trouver le ton juste.

— Tu veux que je te dise, Livia ? C'est un sale coup que tu m'as fait, mais je sais pourquoi tu l'as fait. Je suis ce que je suis, et si Warren a eu peur de me présenter cette petite, c'est ma faute. Si Tom fait un beau-père plus décent, je ne peux m'en prendre qu'à moi-même. Qui sait si ce n'est pas une épreuve qui va peut-être me rapprocher de mon fils ?

Maggie s'attendait à tout sauf à cette étonnante mansuétude.

— Warren a grandi, Livia. C'est un homme, maintenant. Il serait temps que j'en devienne un aussi.

— Gianni...

— C'est à moi de faire des efforts. Quitte à prendre des coups en pleine figure, comme ce soir.

Maggie se laissa doucement glisser vers un faux espoir et s'y engouffra même. Et si ce miracle avait lieu, après tout ? Et si son mari se posait enfin les bonnes questions ?

Pour parfaire son mea culpa, Fred embrassa Maggie sur le front et elle accepta ce baiser comme celui du pardon, en priant Dieu que ce pardon entraînât l'oubli.

Il redescendit au rez-de-chaussée et sortit dans la nuit fraîche et boisée, tout juste éclairée par un reflet de pleine lune. Il rejoignit Tom, assis sur les trois marches en pierre au seuil de chez Bowles. Le capitaine, la chemise ouverte sur son torse nu, les bras ballants, cherchait à retrouver son calme intérieur, les yeux mi-clos, en se gorgeant d'air pur.

— Des nouvelles de Peter ? demanda Fred.

— Il est hors de danger, il sera de retour demain.

— Tant mieux. Je vais faire une promenade là-haut, à la chapelle. Vous comprendrez que j'ai besoin d'être seul.

Ce soir, Tom avait été plus que le protecteur de Maggie, il avait été son complice. Warren, ce fils qui ne le respectait plus, avait préféré une autre figure paternelle. Et Belle, la pure, l'innocente, s'était prêtée comme les autres à cette tartuferie. Elle avait appelé Tom « papa », et ce petit mot-là serait désormais bien plus difficile à oublier qu'un crachat au visage. Ah, la belle association de malfaiteurs ! Les enfants de ses enfants ne sauraient peut-être jamais qu'ils étaient des Manzoni. Fred allait devenir le plus lourd des secrets de famille, jusqu'à disparaître dans la mémoire des générations à venir.

— Bonne nuit, Tom.

— Bonne nuit, Fred.

Le G-man le laissa s'éloigner sans en rajouter. Il avait déjà été plus fier de lui que ce soir, mais il était encore trop tôt pour conclure à un succès ou un fiasco. À cette heure de la nuit, il allait envoyer paître le monde extérieur et s'oublier dans le sommeil aussi longtemps que son corps le déciderait. Mais il ne dormirait pas l'esprit tranquille s'il n'appelait pas sa femme pour lui dire à quel point elle lui manquait.

Sur le coup de 19 h 30, Karen, dans sa maison de

Tallahassee, Floride, prête à sortir, son manteau sur les épaules, hésita avant de décrocher. Sa sœur venait de se garer devant le porche et l'attendait pour aller dîner.

— C'est moi, mon cœur.

— Thomas ? Tu vas bien ? C'est rare que tu appelles à cette heure.

— Je voulais t'embrasser avant d'aller me coucher. Je te dérange, peut-être.

— Je vais dîner mexicain avec Ann, mais ça me fait très plaisir de t'entendre, chéri. Comment ça se passe, de ton côté ?

— Je suis en France, dans le Sud, mais je remonte à Paris demain. J'ai une mission un peu délicate cette semaine ; dès que j'en ai terminé, je rentre à la maison pour quinze jours.

— Avec toi, une bonne nouvelle sert toujours à en cacher une mauvaise. Quand tu dis que cette mission est délicate, c'est pour ne pas dire qu'elle est dangereuse ?

— Oh non, je te rassure tout de suite, j'en envoie d'autres prendre des risques à ma place. Les jeunes adorent partir au feu, comme j'aimais ça moi-même, et je ne vais pas leur refuser ce plaisir.

— Je peux dormir tranquille jusqu'à ton arrivée, donc.

— Je serai à tes côtés plus tôt que tu ne l'imagines. Embrasse ta sœur pour moi.

— Ce sera fait.

— Je voulais te dire aussi...

Mais ce qu'il avait à ajouter était indicible et resta

229

bloqué sur son cœur : *Tu sais, ce soir, j'ai joué au couple avec une autre femme que toi. Je lui ai posé la main sur l'avant-bras pendant que nous étions à table, exactement comme je le fais avec toi, et j'ai évoqué avec beaucoup de conviction des souvenirs que nous n'avions pas, et puis, je l'ai appelée chérie par inadvertance. Tu vois, mes missions ne sont pas plus dangereuses que celle-là, voilà bien le maximum de risques que je prends.*

— Quoi, mon chéri ?

— Je t'aime.

— Et moi donc.

Il raccrocha, l'esprit tranquille, le cœur apaisé, prêt à dormir tout son soûl. Dans deux petites semaines, il retrouverait Karen et lui ferait vivre une énième lune de miel. Le manque d'elle, durant ces longues années en Europe, avait fait de Tom, dès son retour à la maison, un romantique à temps complet et un amant fougueux. L'éloignement entretenait leur flamme et aucune érosion ne les guettait. C'était bien la seule contrepartie à tant de solitude.

Au moment de rejoindre son lit de camp, son téléphone mobile sonna, le nom d'Alec Hargreaves affiché sur l'écran. Il s'agissait du seul appel qu'il lui était impossible de ne pas prendre : la direction du Bureau à Washington. Tom poussa un soupir de lassitude et parla le premier.

— Alec ? Si tu m'appelles, c'est pour me faire part de complications et les complications sont la dernière chose dont j'ai besoin ce soir.

— Miranda vient de se casser la cheville à l'entraînement.

— Quoi ?!

— Tu la connais, toujours à vouloir en remontrer à ses camarades mâles, elle a voulu battre son record sur le parcours n° 2 et elle s'est vautrée sur une haie.

— Nom de Dieu, la conne !

— C'est à peu près ce que j'ai dit aussi.

— Je devais aller la chercher à Roissy demain soir...

— La mission Costanza est annulée. Tu vas pouvoir partir en vacances plus tôt que prévu, et j'aurais préféré me mordre la langue plutôt que d'avoir à t'annoncer une si bonne nouvelle.

— Six mois ! Six mois de préparation, bordel ! Si on rate Jerry Costanza à Paris, on ne le touchera plus avant quatre ou cinq ans, à moins qu'il ne prenne un gros risque, et il n'en prendra pas.

— Miranda n'ose même pas t'appeler, Tom.

— Elle doit s'en vouloir, la pauvre...

— ...

— Bordel de bordel de bordel !

— ...

— Je réfléchis à tout ça, Alec. Je te rappelle demain.

En raccrochant, il balança un coup de pied dans un carton rempli d'effets personnels que Peter n'avait jamais ouvert. La nuit n'allait pas être aussi réparatrice que prévu.

*

Fred — qui jamais n'avait eu l'intention de grimper jusqu'à la chapelle de Mazenc — s'arrêta devant
l'atelier du céramiste et devina sa silhouette à travers un voilage. Un jour, tous les deux s'étaient
efforcés de trouver quantité de rapprochements
entre le travail de l'artisan et celui de l'écrivain et,
depuis, ils ne manquaient jamais de se saluer, de
loin, d'un signe de la main.

— Je peux utiliser votre téléphone ? Je dois
appeler les États-Unis, il est tard mais c'est une
question de décalage horaire. Ça ne vous coûtera
rien, j'appelle en PCV.

Son voisin vivait seul, ne se couchait jamais
avant l'aube et, pour une fois, Fred allait accepter ce
café tant de fois proposé.

— Entrez.

— J'ai voulu faire le malin en installant moi-
même une nouvelle prise dans mon bureau et j'ai
planté toute l'installation. Le gars des télécoms a
promis qu'il passerait lundi.

— Vous êtes comme moi, vous n'avez pas de
portable.

— J'ai eu, mais je n'ai plus.

— Quand on travaille chez soi, comme vous et
moi, on peut très bien faire sans. Le poste est à côté
de la console, sur votre droite. Je nous fais un déca ?
J'ai aussi une mirabelle assez coriace si vous préférez.

232

— Je crois que j'ai assez bu pour ce soir. Allons-y pour un déca.

Fred se dirigea vers les rayonnages d'exposition de l'atelier de céramique, saisit poteries, assiettes et soliflores, et fit les compliments de rigueur à son hôte. Puis, débarrassé de son devoir de politesse, il composa son numéro.

— Rien de grave, au moins ?

— Non, j'appelle mon neveu, c'est la seule heure où je peux le coincer.

L'homme posa la tasse devant Fred qui le remercia d'un clin d'œil.

— Allô, Ben ? C'est ton oncle.

Benedetto D. Manzoni, fils d'Ottavio Manzoni, frère aîné de Fred, vivait à Green Bay, dans le Wisconsin. Il avait été une des plus jeunes recrues de l'équipe Manzoni et s'était spécialisé dans le maniement d'explosifs. Désormais, il menait une existence tranquille, à quelques milliers de miles de ses anciennes fréquentations.

— Zio ? Quand on m'a dit que l'appel venait de France, j'ai pensé que c'était toi. Tu es toujours là-bas ?

— Oui.

— Quint nous écoute ?

— Non.

— Ça va ?

— J'ai besoin de toi, Ben.

Si la famille de Fred venait, ce soir, de lui démontrer à quel point il était un père encombrant, il se devait, par respect pour eux, de les débarrasser de lui-même.

— Tu te souviens de Laszlo Pryor ?

— Laszlo Pryor ? Le serveur du bar de Bee-Bee ? Comment l'oublier ?

— Tu penses qu'il est toujours vivant ?

*

En temps normal, Tom serait resté un jour de plus à Mazenc pour revoir Fred et estimer les dégâts de la soirée. Mais il y avait plus urgent : l'affaire Jerry Costanza lui filait entre les doigts.

Combien d'heures de vol entre Paris, Palerme et New York pour préparer cette putain d'opération ! Combien d'heures de vidéoconférences ? Combien d'informateurs à soigner ? Le Bureau n'avait pas déployé une logistique pareille depuis longtemps. L'agent Miranda Jansen ne serait pas à Roissy ce soir et aucune autre fille du Bureau n'avait le physique ni la formation suffisante pour la remplacer au débotté. Elle avait trimé comme une diablesse pour être prête, affûtée comme un rasoir, elle avait dû se teindre en blonde et apprendre un dialecte sicilien. Tom l'imaginait sur un lit d'hôpital, la cheville plâtrée, et la plaignait et la maudissait à la fois. Miranda ne connaissait pas Paris. Si l'opération de jeudi soir s'était déroulée comme prévu, Tom lui avait promis une virée inoubliable dans Paris by night.

— Tom ? Quelque chose ne va pas ?

Belle se demandait pourquoi Tom avait insisté pour prendre le même train qu'elle, il avait même changé son billet pour qu'ils puissent tous deux voyager en première. Mais à quoi bon faire la route ensemble s'il était d'une humeur de chien, perdu dans ses pensées. Sans doute s'en voulait-il pour la déroute de la veille ?

— Ne craignez rien, Tom, il s'en remettra.

Mais Tom se fichait bien de Fred, de sa susceptibilité, de sa déception, il se fichait de cette mascarade, il se fichait des secousses telluriques qui allaient agiter la famille Manzoni. Des années à traquer le père, des années à le protéger, à l'escorter, à le maintenir en vie, et même à le remplacer quand ses propres enfants avaient honte de lui. Manzoni, c'était aussi son propre exil, son éloignement de Karen. Manzoni, c'était sa plus grande victoire mais aussi sa malédiction. Et voilà qu'un gangster de la même engeance, le dénommé Jerry Costanza, allait lui passer sous le nez et retarder sa croisade contre le crime organisé. Tom n'avait pas trouvé de solution durant la nuit et n'avait pas le droit de ne pas en trouver. L'échec était le seul luxe qu'il ne pouvait se permettre.

Tiraillé par un tas d'injonctions contradictoires, son intuition lui dictait ce que le règlement interdisait, son instinct lui disait l'inverse de sa raison, et son inconscient le poussait à jouer un coup que sa morale rejetait. Mais le désir irrépressible de lancer les dés l'emporta.

— Belle, avez-vous déjà entendu parler de Mauro

Squeglia ? Un *capo* de Palerme connecté aux Polsinelli de Brooklyn.

Belle fut étonnée de l'entendre énoncer des noms propres, a fortiori de mafieux.

— Squeglia ? Quand j'étais petite, on parlait de lui comme d'une antiquité, une espèce de pharaon. Il vit toujours ?

— Il est sous assistance respiratoire et cardiaque. Son héritier est déjà désigné. Mais les Polsinelli en auraient préféré un autre et le ton a monté des deux côtés de l'Atlantique.

C'était bien la première fois que Belle entendait Tom Quint lui donner des détails sur ses activités au sein du Bureau. Et il y en avait trop d'un coup.

— Jerry Costanza, du clan Polsinelli, a refusé de se rendre à Palerme pour régler le différend, et Giacomo Rea, le représentant des Squeglia, a rejeté une invitation à Brooklyn.

Tom ne pouvait plus s'arrêter maintenant, et Belle ne se voyait déjà plus demander : *Pourquoi me racontez-vous tout ça ?*

— Après plusieurs mois de tractations, chacun a consenti à faire une partie du trajet et à retrouver l'autre en terrain neutre. Ils ont rendez-vous à Paris jeudi prochain.

— ... ?

— L'essentiel de leur entretien aura lieu à huis clos, dans la suite de Costanza, au Plaza. Ensuite ils iront dîner dans le restaurant de l'hôtel, et Jerry remontera dans sa chambre avant minuit. Il ne varie jamais d'un iota.

Elle craignit un instant que son père n'eût repris du service et commis quelques bêtises qui auraient des répercussions sur leur vie à tous.

— À ce dîner, Costanza va vouloir une présence féminine. En déplacement, il fait appel à la meilleure boîte d'*escort girls* du pays qu'il traverse. On lui envoie une ou deux très belles filles à la conversation agréable, il leur joue son personnage de patriarche érudit qui sait toujours séduire et, au moment du café, il les remercie de leur compagnie et va se coucher. Les filles n'ont jamais été aussi bien payées pour dîner dans un restaurant chic, et avant minuit elles sont, elles aussi, au fond de leur lit, prêtes à s'endormir la télécommande à la main. Mme Costanza est au courant et trouve cette tradition parfaitement inoffensive.

Belle commençait à douter que cette affaire concernât vraiment son père.

— Si tout s'était déroulé comme prévu, au lieu de cette *escort girl,* c'était l'agent spécial Miranda Jansen que nous devions envoyer à ce dîner, mais cette crétine s'est cassé la cheville.

— Tom ? Êtes-vous vraiment en train de me demander ce que je pense que vous êtes en train de me demander ?

— Je vous ai demandé quelque chose ?

— Oui, de faire la pute pour le FBI ! C'est bien ça que je dois comprendre ? !

— Comment vous demander ça, à vous, fille de Manzoni ?

237

« Fille de Manzoni ». S'il avait voulu lui signifier qu'elle était mieux équipée qu'une Miranda Jansen pour ce genre de mission, il ne s'y serait pas pris autrement.

— Vous m'avez bien regardée, Tom ? Moi ? *Undercover* ?

— Encore une fois, je ne vous ai rien demandé et, même si vous étiez d'accord pour prendre la place de Miranda, je n'aurais pas le droit de vous engager. Qu'est-ce qui vous fait croire que vous avez les atouts requis pour être opérationnelle ? Vous avez exactement le genre de physique qui plaît à Jerry, vous connaissez les *wiseguys* par cœur, vous parlez l'anglais, le français, et vous comprenez le sicilien le plus aride.

Belle empoigna son sac et quitta le compartiment. Comment Quint, protecteur jusqu'à la paranoïa, pouvait-il lui proposer une chose pareille ! Gare de Lyon, elle eut beau hâter le pas pour le distancer, elle sentit sa main la retenir par l'épaule.

— Je ne peux pas trahir deux fois mon père en si peu de temps.

— Si vous avez besoin de me voir avant jeudi, je reste à Paris toute la semaine.

Belle se sentit tout à coup très seule au milieu de la foule, sans famille, sans amis, sans personne à qui confier le secret des Manzoni qu'elle n'avait pas fini de porter.

*

Moins d'une heure plus tard, elle était dans les bras de François Largillière, tous deux vautrés sur un tapis précieux qui n'avait pas l'habitude d'être ainsi maltraité. Après leurs furieuses retrouvailles, ils se tenaient blottis l'un contre l'autre, silencieux et immobiles. Elle en eut la nostalgie d'un temps où l'innocence semblait ne jamais devoir finir.

Pourtant, François sortit lentement de leur étreinte, se rhabilla, prit son air sentencieux. Belle eut à peine le temps de la redouter que la rhétorique était déjà en marche : il allait lui prouver, une fois encore, que leur histoire était vouée à l'échec. Pourquoi tous les hommes qui comptaient dans sa vie étaient-ils si pervers ? Son père, Tom Quint et, le plus tordu de tous, François Largillière.

Sous couvert d'hommage et de compliments, il évoqua l'unique travers de Belle. Sa beauté. Son inévitable, persistante, outrancière et désinvolte beauté. Il se sentit obligé de la commenter, de lui donner et de lui ôter du sens.

— La beauté est éprise d'elle-même !

Comment pouvait-il être aussi injuste ? Belle ne s'était jamais prise pour une icône. Devant son miroir, elle était bien la seule à ne jamais remarquer cette aura de lumière que tous percevaient comme un éclat divin.

— Les très belles femmes ne commencent à vivre qu'à quarante ans...

Pourquoi vivait-il si mal la délicatesse de ses traits, au lieu d'en jouir et d'en être fier ? Qu'est-ce qui lui faisait si peur ? Pourquoi se sentait-il mis en danger ?

— Les petites filles à qui l'on dit trop souvent qu'elles sont belles finissent toujours par le croire...

Il employa plusieurs fois le mot *créature* sans pouvoir la définir autrement et lui renvoya au visage son ardeur à toujours chercher le soleil, et à toujours finir par le trouver. Il conclut son réquisitoire en disant que la femme de ses rêves ne pouvait en aucun cas devenir la femme de sa vie, parce que ça ne s'était jamais vu, on ne connaissait aucun précédent, ni dans la vie réelle ni dans une autre, parce que cette logique n'était pas de ce monde.

Atterrée, Belle se rhabilla en silence, claqua la porte de chez lui au milieu de la nuit et attendit d'être dehors pour fondre en larmes. Elle s'arrêta sur un banc au milieu d'un terre-plein qui bordait l'angle des boulevards Saint-Michel et Montparnasse, et appela le capitaine Thomas Quintiliani.

— Pour votre mission, je suis d'accord, Tom.

— Vous ne le regretterez pas.

— Mais je veux une contrepartie.

— Demandez-moi tout ce que vous voulez.

5

La main pressée contre son oreille, Delroy Perez entra dans la pharmacie située à quelques mètres de son QG de Tilbury Road, Newark, New Jersey. Toute la nuit, il avait souffert le martyre à cause d'une sinusite que les médecins n'arrivaient pas à soigner ; il avait tantôt les yeux en feu, tantôt le haut du nez pris dans une pince, sans parler de ces pointes migraineuses qui lui vrillaient les tempes. Mais le pire, c'était l'oreille gauche.

— J'ai l'impression qu'on me plante un clou dans le tympan, dit-il au pharmacien. Non, plutôt une vis, une longue vis qui gagne lentement le cerveau.

Entre deux et trois heures du matin, à court d'antalgiques puissants, il avait vidé une boîte d'aspirine et posé une compresse chaude sur sa joue. Il avait même réveillé la fille qui dormait à ses côtés pour l'engueuler d'avoir si mal, mais rien n'y avait fait. À bout de patience, il avait envoyé la malheureuse en quête d'une pharmacie de garde dans un quartier sinistre. Et il s'était étonné de ne pas la voir réapparaître.

— Désolé, mais pour du Neproxene, j'ai besoin d'une ordonnance.

— Je sais, nom de Dieu ! Mais c'est maintenant que je souffre ! Le temps d'aller voir un de ces charlatans et le mal aura gagné l'autre oreille. Je dois prendre tout de suite deux Neproxene, et je vous jure sur la tête de ma mère que je repasse dans la journée avec l'ordonnance.

Après une demi-bouteille de vodka, il avait sombré dans un sommeil agité pour se réveiller aux premières lueurs du jour avec une douleur d'intensité égale. Il avait bu un café, vomi peu après, et avait filé à la pharmacie.

— J'aimerais vraiment vous rendre service mais je ne fais jamais d'entorse.

— C'est un simple antalgique ! Que voulez-vous qu'il arrive, nom de Dieu ? Après avoir fumé une pipe de Neproxene, j'attrape un fusil et j'abats douze personnes dans le premier fast-food ? C'est quoi, le risque, bordel ?!

L'homme en colère qui prononçait ces paroles tenait stocké à trois cents mètres de là un ballot de soixante kilos de cocaïne débarqué la veille de Colombie. Entre autres raisons pour lesquelles il lui était impossible de se rendre chez un médecin, il y avait ce rendez-vous avec son revendeur en chef pour le dispatching. La moitié de la livraison devait partir le jour même pour New York où les dix principaux dealers spécialisés dans une clientèle show-biz avaient promis un arrivage imminent. Son chimiste serait présent pour estimer la qualité de la marchan-

242

dise afin de fixer le prix du gramme. Paul « Demon » Damiano, le représentant du boss local, serait aussi des leurs. La discussion promettait d'être serrée car Paul allait se mêler du prix du gramme en cherchant à augmenter le pourcentage de sa dîme — il se montrait chaque fois plus arrogant, comme s'il était le boss lui-même.

— Monsieur le pharmacien ! J'ai un besoin urgent de ces comprimés, dit-il en sortant un rouleau de coupures de cent dollars. Je suis prêt à payer mille fois leur prix, mille fois, nom de Dieu ! Juste deux comprimés, et vous l'aurez avant la fin de la journée, votre putain d'ordonnance.

Pour Delroy qui sortait de son lit de souffrance, il s'agissait là d'une véritable injustice. Cette douleur qui pouvait s'estomper en vingt minutes allait perdurer et lui faire perdre des points face à cet enfoiré de Damiano, et tout ça à cause de ce sale con en blouse blanche, borné et malveillant, qui refusait de lui donner ces deux comprimés. Plus qu'une injustice, une absurdité ! La délivrance était là, à portée de la main, dans un tiroir ! La douleur devenait si vive que ses molaires se rappelaient à lui, mais cet abruti derrière son comptoir restait intraitable.

Et Dieu sait si Delroy s'y connaissait en douleur. Il avait commencé comme petit dealer de quartier vingt ans plus tôt, et avait vu des centaines de jeunes gens réduits à l'état de loques tendre la main vers lui pour avoir leur dose. Il les avait saignés et vidés jusqu'à ce qu'ils meurent dans le caniveau. Il avait poussé des adolescents à vendre tout ce qu'ils possédaient et ce qu'ils ne possédaient pas, certains auraient bradé leurs organes ou même leur petite sœur pour un fix d'héroïne. Delroy avait déclenché des vocations en pagaille chez ses clients : voleurs, assassins, agresseurs de toutes sortes, n'importe quoi pourvu qu'ils calment la douleur du manque.

— Écoutez, je ne sortirai pas d'ici sans ces comprimés. J'ai mal, nom de Dieu, comment faut-il vous le dire ?!

Pendant que le pharmacien tentait de nouveaux arguments pour calmer son client, sa femme, dans l'arrière-boutique, avait déjà appelé le 911 et donnait son adresse à un inspecteur de police — un coup de fil comme elle en passait deux ou trois par semaine. Moins de cinq minutes plus tard, pendant que Delroy renversait un présentoir de pastilles pour la gorge, les deux hommes en bleu entrèrent dans le magasin. Contre toute attente, au lieu d'embarquer le semeur de trouble, ils se tournèrent vers le pharmacien.

— Vous voyez bien que cet homme souffre, non ?

— ... ?

Malgré la douleur, Delroy eut la même expression stupéfaite que le pharmacien.

— Donnez-lui immédiatement son médicament ! ordonna le sergent.

— Comment pouvez-vous laisser un homme dans un état pareil ? ajouta son collègue comme s'il souffrait lui-même.

En trente années d'exercice, le couple de pharma-

244

ciens avait connu quantité de cas d'urgence : junkies en manque, trafiquants d'amphétamines, adolescents en recherche de sensations chimiques, braqueurs divers, mais jamais aucun flic n'avait donné raison à un agresseur, et au mépris de toutes les lois de la pharmacie américaine.

— Mais je n'ai pas le droit, monsieur l'agent...

— Cette fois vous ferez une exception, et je suis bien certain que monsieur, en toute bonne foi, reviendra avant la fin de la journée avec son ordonnance. N'est-ce pas, monsieur ?

La surprise passée, Delroy crut réellement qu'il avait su apitoyer un flic, bien plus humain que ceux qu'il croisait d'habitude. Pour la première fois, il n'avait pas eu besoin de mentir, sa douleur avait parlé pour lui, et le reste de l'humanité se montrait solidaire de la souffrance d'un seul.

Une demi-heure plus tard, et grâce à l'intervention inespérée de ce flic, ses organes avaient retrouvé le silence. Delroy se sentait enfin d'attaque pour recevoir son chimiste et affronter Paul Damiano.

Dès le début des négociations, six agents de la *Drug Enforcement Administration*, avec fusils d'assaut et gilets pare-balles, firent irruption dans le hangar, avec à leur tête les agents Timothy Furlong et Bruce Ryckman, qui avaient pris Delroy en filature depuis soixante-douze heures et attendaient la transaction proprement dite pour coffrer tout le monde. Le matin même, dans leur voiture stationnée devant la pharmacie, Furlong et Ryckman avaient réussi in extremis à intercepter les deux patrouilleurs qui risquaient de flanquer toute l'opération par terre s'ils coffraient Delroy.

— Vous lui donnez ce qu'il demande, avait dit Ryckman, et s'il veut prendre ses médicaments avec du thé earl grey, allez lui chercher du thé earl grey, vous m'avez compris ?

Aucun des deux flics n'aurait osé prendre le risque de faire capoter une opération du FBI, mais ils durent faire appel à leur sens de la retenue pour jouer un petit sketch devant les pharmaciens ébahis.

Menottes aux poignets, Delroy comprit tout de suite qu'on venait de le balancer et demanda qui à l'agent Furlong, occupé à lui lire ses droits.

— C'est qui, ce fils de pute ? C'est Johnny-John ? C'est lui, c'est Johnny-John, hein, c'est ce salopard ? Ou bien c'est l'autre espèce d'ordure de Bellini... Mais oui, bien sûr, c'est ce sac à merde !

Paul Damiano, persuadé d'être tombé dans un traquenard, se mit en tête de justifier son surnom de « Demon » et, dans un accès de rage sans précédent, fracassa tout ce qui lui tombait sous la main sur les agents de la brigade d'intervention. Trois hommes parvinrent à l'immobiliser, mais ne surent faire taire ses hurlements d'animal écorché qui refusait de se soumettre. À l'inverse, le chimiste avait gardé les bras en l'air pendant toute l'opération et n'avait opposé aucune résistance ; il demanda juste à l'agent Ryckman de faire attention en lui passant les menottes parce qu'il se remettait à peine d'une fracture de la clavicule qui rendait difficiles certaines torsions du bras.

— Alors, c'est qui, la balance ? insistait Delroy. C'est Salma ? Cette pute de Salma qui veut me faire payer ? Elle veut me voir au trou ?

— Salma, j'en sais rien, mais nous si, lâcha Ryckman, soulagé de ne plus avoir à pister cette ordure de Delroy Perez, à écouter ses conversations téléphoniques, fouiller son appartement pendant son absence et, surtout, l'attendre des heures à la sortie des boîtes de jazz.

Delroy savait qu'il en prenait pour très longtemps mais cette idée n'arrivait pas à rivaliser avec son besoin de savoir qui l'avait donné. Il cita encore quelques noms, mais pas celui de Gianni Manzoni, qui avait réussi à disparaître depuis douze ans, et à sortir du souvenir commun de la grande famille de LCN et affiliés.

*

Quelques heures plus tard, à soixante-quinze kilomètres de là, Melanie Fitzpatrick sirotait un grand verre de citronnade tout en donnant des directives à sa domestique, dans la cuisine de sa superbe villa située sur Centennial Avenue, Trenton, New Jersey. La sonnette de la porte d'entrée se fit entendre.

— Allez ouvrir, Chiqui, c'est sans doute le livreur de chez Tyler.

Melanie allait recevoir à dîner quatre convives de marque, dont l'associé de son mari à la banque Beckaert, qui raffolait du poulet aux poivrons de Chiqui et de ses quesadillas. Pour le dessert, Melanie avait prévu un sorbet au poivre et melon de chez Tyler, le meilleur glacier de la ville. Mais Chiqui revint les mains vides vers sa patronne.

— Ce sont deux messieurs de la police, madame...

— De la police ?

— FBI.

Melanie ne put s'empêcher de remarquer le regard inquiet de sa cuisinière dont les mains s'étaient mises à trembler.

— Ne craignez rien, Chiqui, tous vos papiers sont en règle.

— Je sais, madame, mais quand un de ces hommes me regarde dans les yeux, je me sens toujours clandestine.

À l'étage, Ronan Fitzpatrick choisissait sa chemise pour le dîner tout en pianotant sur son ordinateur portable posé au coin du lit. Il envoyait les derniers e-mails de la journée, l'un à un partenaire financier au Canada, un autre à sa sœur avec, en pièce jointe, la photo des clubs de golf qu'ils allaient offrir à leur père pour son anniversaire, et le troisième à Amy. La belle Amy, chasseuse de têtes et perle rare elle-même, avec qui il avait pris un verre, la veille, les yeux dans les yeux. Ronan intitula son courrier « Dry Martini » et le commença par *Amy, ce verre en votre compagnie fut un enchantement*. Puis, tout en cherchant une tournure assez subtile pour la convaincre d'un second rendez-vous, il décrocha d'un cintre de la penderie la chemise parme qu'il adorait porter avec son costume en lin gris. Il s'aimait en gris et parme.

— Chéri !

Ronan descendit l'escalier et ralentit le pas en voyant les deux hommes sur le seuil.

— Ces messieurs sont du FBI, on peut savoir ce qui se passe ? demanda Melanie.

Dix minutes plus tard, Ronan avait mis un pull et un jean et s'apprêtait à monter dans la voiture des agents, avec, à la main, un petit sac contenant un pyjama, une brosse à dents, et un tube de lithium. Il se dit, à juste titre, que cette arrestation avait à voir avec l'affaire Pareto qui remontait à plus de douze ou treize ans, la seule totalement illégale, mais dont les bénéfices somptuaires avaient fructifié depuis et lui avaient permis de s'offrir, entre autres, son hôtel particulier en plein centre-ville. Tout était parti d'une rencontre dans la bonne société de Trenton avec Louie Cipriani, affairiste réputé, ami proche de quelques politiques mais aussi de diverses personnalités régulièrement invitées au show de Larry King. Après quelques parties de squash, Louie lui avait présenté ses « amis » du New Jersey, des Manzoni, des Gallone, qui cherchaient un partenaire dans la banque. C'était il y a si longtemps. Dans sa mémoire, il y avait prescription.

Melanie vivait un cauchemar éveillé et cherchait à se raccrocher à une réalité tangible que son mari était incapable de lui fournir.

— Vas-tu me dire ce qui se passe ? C'est en rapport avec la banque ? Un de tes clients ? Mais dis-moi !

— Je ne sais pas, ils ont des choses à vérifier.

— Des choses, quelles choses ?

— Je ne sais pas...

— Tu seras rentré pour le dîner ?

— Je ne sais pas.

— Qu'est-ce que je dis à Brian ?

— Surtout rien ! Si qui que ce soit de la banque appelle, ne dis rien ! Invente quelque chose.

— Quoi ?

— Dis-leur que... je ne sais pas, invente !

— Mais quoi, par exemple ?

Fitzpatrick n'eut pas le temps de chercher, un des agents fédéraux lui appuya sur le haut du crâne avec le plat de la main pour le faire monter à l'arrière de la voiture. C'est à ce geste que Ronan comprit qu'il ne serait pas rentré pour le dîner.

Melanie rentra chez elle, paniquée à l'idée de ne pas trouver un mensonge plausible pour justifier ce départ précipité. *Ronan est au chevet de son père... Ronan a été témoin d'un accident grave... Ronan est parti d'urgence en Europe !* Qu'est-ce qui pouvait expliquer un départ précipité en Europe à dix-neuf heures ? Il y avait sûrement mieux... quelque chose d'imparable... *Ronan est en train de donner un rein dans le Wyoming... Ronan a été pris en otage par un gang... Ronan a fait un détour par chez Tyler pour prendre le sorbet et depuis on n'a plus de nouvelles de lui...* Tout mais pas : *Ronan est en ce moment interrogé par le FBI*. Melanie dut se rendre à l'évidence, en matière de dissimulation, elle avait encore des progrès à faire.

Durant son interrogatoire, Ronan Fitzpatrick entendit d'emblée le nom qu'il aurait préféré oublier, celui de Louie Cipriani. Durant les quatre ou cinq années qui avaient suivi l'affaire Pareto, Ronan n'avait pas eu à regretter ses accointances avec ses « amis » du New Jersey, mais son amitié avec Louie était devenue encombrante quand il avait fait parler de lui dans la presse lors d'un procès pour extorsion de fonds, où il avait été acquitté faute de preuve. Les parties de squash et les week-ends en bateau s'étaient faits plus rares, jusqu'à ce que Ronan lui demande de ne plus appeler à la banque, puis de ne plus appeler du tout.

*

Pendant que Fitzpatrick passait sans grande arrogance sa première heure d'interrogatoire, Louie Cipriani patientait devant l'école primaire du quartier de Lyndale, Minneapolis, Minnesota. À peine un an plus tôt, il avait voulu prendre ses distances avec le tumulte new-yorkais et s'était installé dans un coin sans histoires, avec sa femme et son jeune fils, les deux derniers êtres au monde à vouloir encore de lui. Poursuivi par le fisc, les créanciers et quelques associés grugés, il vivait désormais aux crochets de sa jeune épouse qui multipliait les heures supplémentaires pour payer un avocat de seconde catégorie. Louie n'avait plus qu'un seul désir : solder sa vie d'escroc mondain pour élever son fils dans la dignité.

À cent mètres en retrait, dans la voiture qui le

filait depuis le matin, l'agent Hall et l'agent Esteban attendaient les instructions du Bureau de Washington.

— Ils sont en train de cuisiner un banquier de Trenton, dit Hall. C'est une question de minutes, le gars est en train de frire de trouille.

À peine venait-il de terminer sa phrase que, par téléphone, on leur donnait le feu vert pour appréhender Cipriani.

— On va quand même pas le serrer devant son gosse ?

— Il a quel âge ?

— Huit ou neuf.

— Qu'est-ce qu'on fait ?

Les grilles de l'établissement s'ouvrirent et un flot d'enfants en sortit. Louie accueillit dans ses bras un petit bonhomme de six ans qu'il adorait par-dessus tout et qu'il venait chercher tous les soirs.

— Louie ! s'écria l'agent Esteban, un grand sourire aux lèvres.

Puis il embrassa sur les joues cet homme qu'il n'avait jamais vu de près et lui glissa quelques mots à l'oreille. Débordé par cette soudaine affection, Louie fut bien contraint de présenter ses nouveaux amis à son fils.

— Ils viennent de très loin. Papa n'a pas vu ses copains depuis longtemps.

Impressionné par les deux inconnus, le gosse agrippa un pan de la veste de son père.

— Je vais te déposer à la maison et je vais rester

252

avec mes copains, parce que ça me fait très plaisir. Tu veux faire plaisir à papa ?

Le gosse n'y voyait rien à redire. Faire plaisir à son père était comme un honneur. Après l'avoir déposé, Louie se laissa passer les menottes et dit, les mâchoires serrées :

— Merci, les gars.

*

Le FBI avait coordonné toutes les arrestations qu'avaient entraînées les derniers aveux de Fred Wayne. Seul Ziggy De Witt, sur son bateau, fit l'objet d'un mandat d'arrêt international et put naviguer encore deux jours sans se douter que des agents d'Interpol l'attendaient au Cap-Vert. Après avoir appréhendé ces quelques hommes, le Bureau se sentait maintenant obligé de traiter le cas de Nathan Harris.

Fred avait dit vrai : Nathan n'avait jamais participé à l'attaque du fourgon de la Farnell qui avait fait un mort. Pourtant, à la suite d'une dénonciation par pure vengeance et d'un mauvais hasard juste avant l'opération, Nathan Harris avait été inculpé à la place de Ziggy De Witt, et aucun autre membre de l'équipe n'avait démenti, pas même Fred. Nathan avait toujours nié, il avait même plaidé non coupable lors d'un procès mal instruit sous la pression du gouverneur qui réclamait des têtes. Il avait écopé de quatre ans ferme à San Quentin, et n'avait eu de cesse de crier son innocence, d'exiger la révision de son procès avec une virulence jamais atténuée au fil des mois. Les administrations judiciaire et pénitentiaire étaient restées sourdes et Nathan était devenu fou. Après une tentative d'évasion ratée, il avait écopé de deux ans de plus, puis il avait agressé un gardien, et, dès sa sortie du quartier d'isolement, avait pris en otage, dans son bureau, le directeur de la prison. De fil en aiguille, au lieu de ses quatre ans, il en avait purgé quatorze à San Quentin, dont trois sans croiser âme qui vive.

Et tout à coup, on venait de le libérer, alors qu'il n'avait rien demandé, qu'il ne réclamait plus aucune révision, et qu'il avait presque oublié que sa vie avait basculé à cause d'une erreur judiciaire. Tout surpris de longer, son sac à la main, le couloir de la sortie est de la prison, il se retrouvait au grand jour et apercevait l'horizon, avec, au loin, la baie de San Francisco. Une silhouette l'attendait, les mains dans les poches, le dos contre la portière d'une voiture.

— ... Agent Hargreaves ? C'est vous ?

Le capitaine s'approcha et lui tendit la main.

— Bonjour, Nathan.

— Après quatorze ans bouclé dans cet enfer, la première personne que je croise, c'est vous ?

— Il fallait que je vous parle.

— Ne me dites pas que c'est à vous que je dois la révision de mon dossier ?

Le capitaine Alec Hargreaves, qui, à l'époque, avait mené l'enquête et mis Nathan sous les verrous, avait pris une initiative que personne ne lui imposait en venant l'attendre à sa sortie de prison.

— Non, ce n'est pas moi. Disons qu'un complément d'information est venu éclairer différemment l'affaire du convoi de fonds de la Farnell.

— Un complément d'information...

— Vous n'étiez pas le quatrième homme.

— Ah oui ? Bonne nouvelle. Quatorze ans de ma vie... Quatorze ans, obsédé par cette injustice. Quatorze ans à essayer de comprendre comment vous aviez pu commettre une erreur pareille. Et vous allez faire quoi, là ? Me présenter des excuses ? Des indemnités sont prévues dans pareil cas ? Une seule heure à San Quentin, ça coûte combien, d'après vous ? Je peux attaquer l'Oncle Sam, je me suis renseigné.

— Ça ne vous rendra pas ces quatorze années.

Malgré son air contrit, le capitaine se livrait à un réjouissant calcul mental. Avant l'affaire de la Farnell, Nathan avait toujours été épargné par la justice, et l'agent Hargreaves n'avait pas réussi à le faire tomber pour le kidnapping d'un milliardaire qu'on avait retrouvé dans un bois, la tête dans un sac en plastique, et ce après versement de la rançon. Par ailleurs, Nathan Harris était l'auteur présumé du meurtre d'une jeune prostituée, mais ses avocats avaient réussi à obtenir un non-lieu pour vice de forme. Ces deux condamnations mises bout à bout, même compte tenu des réductions de peine, auraient largement excédé les quatorze années que Nathan avait passées à l'ombre.

— Je ne peux pas parler au nom de l'Oncle Sam, mais sachez qu'en mon nom propre je vous présente des excuses, Nathan. Je vous dépose en ville ? Quelque chose vous ferait plaisir ?

— J'ai envie d'un verre.

Il n'était que neuf heures du matin, mais Alec n'avait pas le cœur à le laisser boire seul.

6

La Parmesane en cessation d'activité, Clara, Rafi et les livreurs étaient rentrés chez eux en priant le ciel pour que la patronne trouve des solutions. Mais quelles solutions pouvait-elle trouver à six cents kilomètres de là, dans son village de la Drôme ?

Fred pensait que sa femme restait à ses côtés par culpabilité après ce triste week-end. Elle se montrait plus affectueuse que d'habitude, disponible dès qu'il la sollicitait, et allait même jusqu'à lui demander, pour la toute première fois, des nouvelles de son écriture. De son côté, Fred continuait à jouer la mansuétude et parvenait à lui faire croire que le coup de poignard qu'il avait reçu dans le dos commençait à cicatriser. Si bien que, tous deux au sommet du mensonge, leur intimité avait repris le dessus.

Seul devant la page blanche, Fred souffrait de ce fameux blocage qu'il n'avait jamais connu. Maggie lui avait assuré que seul un travail de pure fiction lui permettrait d'avancer : *Tu connais le solfège, invente la mélodie*. Mais Fred était-il seulement capable d'imaginer quoi que ce soit ? Sa seule part d'inventivité s'était exprimée à l'époque où, devenu boss, il avait proposé des scénarios originaux à but lucratif, des montages financiers inédits, et des arnaques considérées par ses pairs comme les plus audacieuses de la côte Est. Tout ce matériel avait été dilapidé dans ses deux premiers ouvrages qui avaient amusé une poignée de lecteurs par leur violence à outrance. Mais ce que tous prenaient pour du cynisme et du second degré était, pour Fred, de la nostalgie, du devoir de mémoire.

— Tout ça c'est des vieilleries, fit Maggie. Arrête avec le bon vieux temps, on s'en fout de tes souvenirs. Raconte-nous plutôt comment Ernie le racketteur s'y prendrait pour *mettre au carré un territoire* et *calmer la concurrence*, mais raconte cette histoire ici et maintenant, avec des enjeux d'aujourd'hui, en France, et pas dans ta zone du New Jersey qu'on a dû raser depuis notre départ. Si c'est précis, crédible, et surtout si tu arrives à me convaincre, moi, c'est gagné.

Fred se savait être un des derniers spécimens d'une espèce en voie de disparition mais détestait qu'on le lui rappelle. Pourtant, Maggie avait raison : une intrigue fondée sur le rançonnement à grande échelle fournissait une structure de récit où pouvaient se greffer bien d'autres secteurs de l'activité mafieuse : le chantage, l'intimidation, l'extorsion de fonds, le blanchiment. Fred entrevoyait déjà les dix ou quinze prochains chapitres de ce roman qui ne portait pas encore de titre, mais qui pouvait devenir, si on lui fournissait une bonne matière première, et si l'inspiration lui revenait, le Nouveau Testament du crime organisé. Tout au long de son exercice au sein de LCN, Fred ne s'était jamais reconnu de talent pour les stupéfiants et la prostitution, qu'il préférait laisser à d'autres, mais plus pour le prêt usuraire et, surtout, pour l'infiltration dans l'économie légale. Il pensait avoir inventé le concept de libre entreprise et estimait que chaque patron lui devait des droits de copyright.

— J'ai travaillé deux ans pour Ernie, il m'a légué tous ses secrets. Si un type au monde connaît le sujet, c'est moi.

— Prouve-le-moi. Prends un cas concret. Dis-moi par exemple comment il aurait fait pour racketter ma boutique.

— Ta boutique de lasagnes ?

— D'aubergines à la parmesane.

— Jamais tu n'aurais été une proie intéressante pour Ernie, comment aurait-il pu imaginer gagner un dollar sur ton dos ? Te racketter toi, c'est s'exposer au ridicule des bandes rivales. Te racketter toi, c'est avouer qu'on est tombé bien bas, comme si moi, je m'étais mis au vol de sac à main.

Maggie, vexée à l'idée que son petit commerce ne puisse éveiller l'intérêt d'un racketteur, avait pourtant posé problème à un trust de la restauration industrielle, et ça valait tous les autres prédateurs. Elle avait été le caillou dans la chaussure d'un géant obsédé par le profit, dont les armes étaient tout aussi redoutables que celles des gars de LCN.

— Admettons que je sois du menu fretin pour Ernie Fossataro, le genre qu'on rejette à l'eau après l'avoir pêché. Mais imaginons qu'il me fasse cet immense honneur de venir me racketter : il est donc censé me protéger.

— Oui.

— Que se passerait-il si un bien plus gros poisson venait nager dans mes eaux ?

— Gros comment ?

— Un vrai requin, qui dévore tout sur son passage, une race qui s'est propagée dans le monde entier parce que plus féroce que les autres.

— Aucune citadelle n'était imprenable pour Ernie. Je suis sûr que si Coca-Cola avait ouvert une usine dans son coin, il leur aurait vendu sa protection contre Pepsi. Tu te souviens de ce marché aux légumes qui s'était créé à deux pas de la maison ? On l'avait annoncé comme le « potager du New Jersey ». C'était la Ricks & Brooks, un géant de l'agro-alimentaire qui avait acheté le terrain et créé la structure pour la vente en semi-gros et détail.

— C'est là que je faisais mes courses, on y trouvait des poireaux été comme hiver.

— La maison Ricks & Brooks est devenue, du jour au lendemain, la Ricks & Brooks & Fossataro. Ernie en détenait 21 % en tant que représentant du clan Gallone. Il les avait forcés à s'associer avec lui s'ils voulaient continuer à prospérer dans la région, et Ricks & Brooks, tout Ricks & Brooks qu'ils étaient, ont dû obtempérer. Seulement, pour réussir ce coup-là, il ne suffit pas d'une batte de base-ball et de renverser trois cageots de tomates.

— Admettons qu'un géant de la pizza vienne s'installer en face de ma petite boutique, un véritable symbole de la libre entreprise, une multinationale rayonnante. Il fait quoi, ton Ernie ?

Elle y avait mis la pointe d'ironie suffisante pour que Fred le prenne comme un défi.

— Pour t'en faire la démonstration, l'idéal serait qu'il y ait vraiment un géant de la pizza en face de chez toi.

— Il y en a un.

*

L'avenir avait, de nouveau, de beaux jours devant lui.

Warren et Lena s'appelaient dès le réveil, lui dans sa chambre d'hôte sur le plateau du Vercors, elle dans sa chambre d'enfant à Montélimar. Ils émergeaient de leur sommeil ensemble, commentaient leurs rêves, passaient en revue le planning de leur journée et fixaient les moments où ils pourraient se rappeler. Dès le jeudi, ils évoquaient les projets du week-end et s'impatientaient déjà.

Ce matin-là, juste après avoir raccroché, il se rasa à la hâte et déboula dans l'atelier, où son patron lui confia une mission.

— Tu files à Villard-de-Lans, chez Griolat, il m'a mis de côté un lot de lames de parquet anglais.

Warren enveloppa dans un linge une latte du parquet d'origine et prit la route, tout heureux de cet impromptu, et si tôt dans la matinée. Depuis quelques mois, il ne regardait plus du même œil la nature environnante et voyait un lieu de vie derrière chaque accident de terrain, de l'ouvrage dans chaque tas de bois, un voisin en chaque inconnu. Le bruissement des frondaisons lui donnait une âme de poète, un panorama sur un village escarpé faisait de lui un philosophe, un rai de lumière entre deux falaises le rendait mystique. Il se pâmait pour un rien et décrétait l'authentique en tout.

Leur nid d'amour serait comme une arche de Noé où attendre le déluge. Il y élèverait des huskies, pas moins de quatre, pour les jours de grande neige. Il aurait aussi un corbeau apprivoisé, superbe et fier, qui viendrait se poser sur son épaule, un oiseau qui contredirait la mauvaise réputation de l'espèce. Et puis tiens, ces deux chevaux qui couraient en liberté, à l'approche de Villard-de-Lans, auraient eux aussi leur place dans le décor !

Warren longea le premier entrepôt des établissements Griolat où l'on stockait des meubles anciens destinés à la restauration, et aboutit dans un second où, sur des rayonnages coulissants, s'entassaient des pièces de vieux bois de toutes les nuances de brun. Après avoir chaussé ses lunettes, Alain Griolat inspecta la latte de parquet qu'on lui tendait.

— Je n'aurai pas exactement la même teinte, mais il doit me rester un bon mètre carré très proche de ça.

Il chercha un instant, remit la main sur le bon carton, et le jeune apprenti compara les deux lattes.

— Remontez le vernis, patinez-le un peu et ça fera l'affaire, dit Griolat.

Warren hocha la tête, paya par chèque, et se vit raccompagné jusqu'à l'entrée.

— Saluez le vieux Donzelot pour moi.

Au moment de franchir le seuil, une étrange impression de déjà-vu fit se retourner Warren. Il revint sur ses pas dans l'allée centrale, bordée de vieux meubles.

— Vous avez oublié quelque chose ?

Une sensation rétinienne persistait. Il chercha un instant où fixer le regard et s'arrêta devant une petite table dont on n'apercevait que les pieds en écaille rouge sous un pan de drap bleu clair. Il s'agenouilla et inspecta, à la cambrure de chaque pied, des médaillons dorés représentant des visages de femmes. Pour en avoir le cœur net, il fit glisser le drap et découvrit un plateau finement décoré d'incrustations de cuivre sur fond d'écaille.

— C'est une table style Boulle, époque Napoléon III, dit Griolat.

— Je sais.

— Je n'ai pas eu grand-chose à faire dessus à part un bon nettoyage et poncer le tiroir. Je ne la laisserai pas partir à moins de 6 000 €.

Il suffisait à Warren de dire : *Cette table a été volée, je sais à qui, appelez les gendarmes,* et l'affaire était réglée. Impossible de la confondre avec une autre, cette console avait appartenu aux Delarue. Ils l'avaient même montrée à Warren pour lui demander, en tant qu'homme de l'art, son avis sur la *console Boulle en écaille rouge*. Il avait précisé : *Je suis menuisier, pas ébéniste*, mais il avait été plus pertinent que sur Mozart.

Les gendarmes ne leur avaient donné que peu d'espoir de la revoir ; soit ils avaient eu affaire à des amateurs qui souvent s'encombraient d'un objet trop précieux pour eux et s'en débarrassaient dans un container, soit à des professionnels qui savaient très bien ce qu'ils venaient chercher et comment l'écouler. La preuve, cette table rare allait vite trouver acheteur à 6000 € chez un antiquaire dont l'honnêteté et la réputation ne faisaient aucun doute.

Si Warren prononçait la phrase : *Cette table a été volée, je sais à qui, appelez les gendarmes,* sa belle-famille récupérait son bien, il passait pour un héros, et Lena racontait cette histoire à leurs enfants.

Et partis comme ils l'étaient, ils en auraient en pagaille, des enfants. Warren leur fabriquerait des jouets en bois, pour filles et pour garçons, que les aînés repasseraient aux plus jeunes, et qu'à leur tour ils transmettraient à leurs enfants. Avec Lena, il allait fonder une dynastie de grands voyageurs qui parcourraient le monde mais qui jamais n'oublieraient d'où ils venaient. Des jeunes gens honnêtes qui n'auraient aucune bonne raison de se croire au-dessus de la loi.

Warren n'avait plus qu'à dire à Griolat : *Cette table a été volée, je sais à qui, appelez les gendar-*

mes, et sa grande saga familiale pouvait commencer. Au lieu de quoi, il s'entendit dire :

— J'ai peut-être un client, un dentiste de Valence qui nous a demandé, à l'atelier, où il pouvait trouver une table comme celle-là. Je peux lui en parler, mais je sais qu'il voudra un certificat.

Le jeune Wayne avait une bonne raison de prononcer cette phrase plutôt que l'autre. Le jour du cambriolage, les Delarue eux-mêmes ne savaient pas qu'ils allaient quitter la maison deux heures durant : seul un de leurs proches avait pu renseigner des cambrioleurs avec tant de précision. Warren tenait à savoir qui avant tout le monde.

— J'en ai un, pensez. C'est un petit brocanteur du côté de Die qui me l'a vendue, il fait des vide-greniers et vend son bric-à-brac sur les marchés. Il aurait pu la garder dix ans avant de trouver quelqu'un qui y mette le prix. Dites à votre client de m'appeler, je peux même vous laisser une photo.

Warren regagna sa voiture et prit la route de Die sans plus s'émerveiller du paysage.

*

Je vais devoir porter un micro ? avait demandé Belle. Tom s'était amusé de la voir prendre sa mission très au sérieux et s'imaginer en super agent du FBI, prêt à risquer sa vie pour enregistrer les conversations secrètes du grand banditisme.

— Non, pas de micro. Ils ne chercheront même pas à vous fouiller.

— Tom, vous m'avez répété cent fois que je ne risquais rien. J'ai besoin de me l'entendre dire une cent unième fois.

— Notre dispositif ne présente aucune faille : deux de mes hommes seront à une table voisine de celle que vous occuperez avec Costanza et Rea, et eux porteront un micro pour me commenter ce qui se passe. Ils ne vous perdront pas du regard et moi je serai dehors, en sous-marin dans notre van, prêt à intervenir, mais ça n'arrivera pas.

— J'aimerais vous y voir...

— Restez la plus naturelle possible, essayez de sourire sans montrer que vous êtes payée pour ça, participez à la conversation mais sans vous imposer, riez de leurs bons mots mais jamais de façon ostensible, laissez-vous dire des compliments mais sans entrer dans un jeu de séduction poussée, écoutez ce qui se passe sans vous montrer curieuse, parlez de vous sans rien dévoiler, et surtout, montrez-vous brillante mais pas plus intelligente qu'eux : ce sera sans doute la partie la plus difficile.

Le jour J, elle se réveilla tard et traîna en tee-shirt jusqu'à ce que Tom lui fasse livrer une robe du soir crédible. Face à son miroir, elle se demanda comment se maquillaient ces filles que l'on payait si cher pour profiter de leur compagnie. Triste paradoxe, le seul homme au monde à qui elle aurait voulu plaire était le seul homme au monde à la trouver trop belle pour lui. Dieu qu'il était tortueux, ce chemin pour parvenir jusqu'à François Largillière.

Il appela au moment même où elle passait cette

robe noir et bleu d'une élégance à laquelle elle aurait pu prendre goût.

— On se voit ce soir ?

— J'ai un dîner.

— Un dîner ? Vous ? C'est quoi ce dîner ?

— Je vais jouer les *escort girls* pour le compte du FBI qui veut un rapport sur un grand patron de la Cosa Nostra.

— Non, sérieux, c'est quoi ?

— Rien, des copines de cours qui m'invitent chez elles.

— Quand se voit-on ?

— Je ne sais pas.

Elle raccrocha sèchement en pensant très fort : *Je fais tout ça pour vous, Ducon.*

Elle se rendit au Plaza en taxi et demanda au concierge de prévenir Jerry Costanza qu'elle l'attendait au bar.

— Qui dois-je annoncer ?

— Asia.

Tom avait proposé Nadia mais Belle, pour une affaire de sonorité, ne voulait pas rater cette occasion unique de *passer la soirée dans la peau d'une pute de luxe qui s'appellerait Asia.*

*

Ni Maggie ni Fred ne trouvaient curieux que l'autre s'intéresse à ce point à ses affaires ; elle avait toujours ignoré son écriture comme lui sa boutique, et quelques heures leur avaient suffi pour rattraper les années passées. En cette fin d'après-midi, dans le grand salon transformé en quartier général, Maggie avait étalé sur la table les documents qu'elle possédait sur la plus grande chaîne de pizzerias du monde, l'organigramme complet de la Finefood Inc., un trombinoscope de ses dirigeants, et quantité de coupures de presse. Certains chiffres procuraient à Fred une douce sensation de vertige.

— Aux US, ils ont livré 1 300 000 pizzas pendant la finale du dernier Superbowl.

Ce chiffre-là impressionnait moins Maggie que les 300 000 tonnes de fromage à pizza utilisées par an — toute représentation de la quantité en question lui parut monstrueuse. En parcourant une volée de notes, Fred poussa un râle d'indignation et lut à haute voix :

— Ils ont lancé l'été dernier une *Calzone Fiorentina*, avec de la ricotta, un peu de sauce napolitaine, des épinards, des œufs et de la crème fraîche, tout ça dans une croûte assaisonnée...

— Miam...

— Rien que pour avoir inventé une pareille ignominie, ils auraient eu Ernie sur le dos. Il n'aimait pas qu'on plaisante avec la bouffe ritale, et encore moins quand des WASP s'octroyaient notre pizza et notre pasta pour en faire des milliards.

Maggie avait perdu la partie face au géant et préférait accepter son échec sans plus se battre. Ce livre de Fred serait comme un message posthume de La Parmesane à ses fossoyeurs. Une manière de leur dire qu'elle aurait pu déchaîner les enfers contre eux mais qu'elle ne l'avait pas fait, de leur montrer ce à quoi ils avaient échappé. Elle pria tous les diables pour que Fred soit aussi fort à l'écrit qu'il l'avait été à l'époque où il avait saigné un État d'Amérique à lui tout seul.

— Pour s'attaquer à une cash machine comme celle-là, dit-il, il faut investir une somme de départ et embaucher le personnel requis. Il faut cibler trois postes stratégiques de la hiérarchie : ton Francis Bretet, le responsable du secteur Paris/Grande Couronne, et le P-DG Europe — on remontera jusqu'au big boss de Denver plus tard. Je veux savoir où ils vivent et identifier les membres de leur famille proche, je veux connaître leurs habitudes, leurs digicodes, leurs plannings et leurs emplacements de parking. En deux semaines, un privé pourrait même te dire où leurs femmes achètent leurs soutiens-gorge.

Pour cette partie-là, Maggie allait faire appel à Sami et Arnold, qui, échaudés par l'arrogance de *ceux d'en face*, ne demandaient pas mieux que de se rendre utiles et leurs scooters aussi.

En voyant Fred se mettre au travail, elle se retint de l'encourager : *Ne te prive de rien, mon amour, fous-leur une trouille noire. Fais-le pour moi.*

*

Sur la route, Warren appela son patron et prétexta une panne de voiture qui l'obligerait à rentrer tard dans la soirée. À Die, il n'eut aucun mal à retrouver le brocanteur dans son hangar poussiéreux et sans enseigne, où s'entassaient des ressorts de matelas au poids, des dessus de cheminée Belle Époque et des marmites en cuivre qui émerveillaient les Parisiens. En attendant qu'il se débarrasse d'un client qui chipotait sur le prix d'un présentoir à pipes, Warren s'approcha d'un coin bureau aménagé entre deux armoires en métal.

— J'arrive de chez Griolat à qui vous avez vendu une petite table en écaille rouge.

Il n'eut pas même besoin de montrer la photo du meuble.

— J'espère qu'il en a tiré un bon prix.

— Cette commode a été volée, et je sais à qui. Si vous me dites comment vous l'avez obtenue, je vous promets que vous ne serez pas inquiété.

— Inquiété ?

Le mot était mal choisi et Warren le regretta aussitôt. L'homme n'avait aucune intention de se laisser inquiéter par le premier fouille-merde qui lui demandait des comptes. Mais le jeune Wayne n'était animé d'aucune hostilité particulière et avait juste besoin de connaître les circonstances du vol, quitte à faire surgir une vérité bien pire que la perte d'un meuble dont tout le monde se passait. Que cet homme fût ou non un receleur n'avait aucune importance — comment Warren aurait-il pu remettre en question la logique d'un voyou ? Ces histoires-là lui avaient volé son enfance mais n'allaient sûrement pas encombrer sa nouvelle vie. Le monde était ce qu'il était, il ne le changerait pas, mais il n'était pas

270

question non plus que le monde nuise à ceux qu'il aimait.

— Vous semblez en savoir plus que moi sur ce meuble, je vous écoute.

Warren reformula sa question avec plus de diplomatie mais n'obtint pas la réponse souhaitée. Pourtant, sa cause était juste, et régler le problème seul, sans faire de dégâts alentour, était la meilleure des solutions, même pour cet inconnu qui perdait son sang-froid.

— Foutez-moi le camp...

Le jeune Wayne se laissa gagner par la colère de n'être pas compris, la colère de celui qui ne veut surtout pas se mettre en colère. Il empoigna le type par le col et lui fit mettre un genou au sol, le traîna sur plusieurs mètres et lui plongea la tête dans le dernier tiroir d'une armoire métallique. L'homme hurla, tambourina, suffoqua sans pouvoir se dégager, Warren le fit taire d'un coup de pied dans le tiroir qui lui écrasa la gorge.

Le silence revenu, le jeune Wayne fut le premier surpris d'avoir dansé ce petit pas-de-deux avec tant d'aisance. Il entrouvrit à peine le tiroir, non pour laisser sa victime respirer mais pour pouvoir l'entendre.

— ... Une petite vieille qui voulait débarrasser son garage... Dans l'inventaire, il y avait cette console... Elle n'avait aucune idée du prix et j'en ai profité... C'est pas joli mais on fait tous ça... Si vous voulez bien regarder, j'ai un papier signé de la vendeuse, dans un classeur, là, juste au-dessus...

Warren ne doutait pas de la présence de ce document — qui avait permis d'établir un faux certificat — mais de la version qu'on lui servait, si. Il se livrait pour la première fois à un délicat exercice : reconnaître un accent de vérité dans la voix d'un homme qui a la tête coincée dans un tiroir. La vraie difficulté consiste à déterminer le moment précis où l'individu cesse de s'accrocher à son baratin pour cracher tout ce que son tourmenteur veut entendre. Entre ces deux instants-là, la vérité finit toujours par apparaître.

Oui, quand une bonne affaire se présentait, le brocanteur pouvait jouer les receleurs, oui, il laissait venir à lui les cambrioleurs de la région qui visitaient des particuliers, oui cette console avait été volée, il ne savait pas où mais il pouvait contacter les deux gars qui la lui avaient fourguée.

Warren lui demanda d'être convaincant au téléphone afin de les attirer dans l'heure, *sinon je t'enferme dans un bahut breton et j'y fous le feu.* Puis il fit le tour de l'entrepôt afin d'y trouver un quelconque assommoir, et hésita entre un tuyau de canalisation et le montant métallique d'un banc de square en pièces détachées. Il mania les deux et porta son choix sur le tuyau de plomb, assez lourd pour fracasser un crâne sans s'y reprendre à deux fois.

Fin prêt pour recevoir les cambrioleurs, il se remémora un passage de *Du sang et des dollars*, écrit par son père. Pourquoi avait-il gardé ces quelques mots en mémoire, et pourquoi s'en souvenir aujourd'hui ?

Voir le juste frapper est un spectacle dont les gens ne se lasseront jamais. Il ne crée aucune culpabilité chez celui qui frappe, ni chez celui qui le regarde frapper. Voilà bien la seule violence qui m'ait jamais fait peur.

*

Jerry Costanza, dans son complet brun, la soixantaine paisible, accueillit Belle avec des manières de gentleman. Ses deux hommes de main, en revanche, la détaillèrent de pied en cap comme ils le faisaient avec toutes les femmes, a fortiori celles qu'ils ne pourraient jamais s'offrir. L'un des deux était le modèle de base, fort comme un bœuf, aussi musclé que gras, bloqué à l'âge adolescent, d'une obéissance absolue au boss, et terrorisé par les femmes. Belle n'avait rien à craindre de celui-là mais bien plus de l'autre ; il fallait particulièrement se méfier de ceux, rares et très dangereux, qui restaient minces avec l'âge, continuaient à faire du sport pour ne rien perdre de leur agilité, ne se seraient pas damnés pour un plat de pasta, ne se laissaient bichonner ni par la mamma ni par leur femme, et qu'on ne reconnaissait pas au premier coup d'œil comme des Ritals trop bien nourris. Ceux-là prenaient du galon et devenaient des exécuteurs qu'on traitait comme des champions. En général, ils ne fondaient pas de famille et mouraient au feu en laissant derrière eux un champ de bataille couvert de morts.

À la vue de ces trois silhouettes côte à côte, Belle

se revit toute petite, dans le restaurant de Beccegato, quand les tablées d'hommes poussaient des bravos à son arrivée. Elle volait de bras en bras au-dessus des assiettes puis attendait, à la fin du repas, les tours de Chevrolet, de Buick et de Cadillac que ces messieurs faisaient faire à la *princesse*. Un retour dans le passé qui l'aurait presque rendue mélancolique.

Pas le moins du monde impressionnée, elle se chargea elle-même de détendre l'ambiance. Pour avoir été élevée parmi les fauves, elle possédait ce sens inné du contact avec la sauvagerie, et pouvait entrer dans une réserve, aller au-devant d'eux avec cette assurance qui impressionne les bêtes, et les flatter de quelques tapes sur la tête. Elle en avait dressé plus d'un à obéir à ses caprices, des figures notoires qui auraient pu en imposer à ces deux-là, à commencer par Rico Franciosa, dit Ricky the French, « nettoyeur » au service du clan Gallone, le genre de type qui savait rendre un cadavre inidentifiable et brûler tout un étage pour éviter qu'on y retrouve des empreintes. Ricky s'était entiché de la petite et l'emmenait au manège un samedi par mois. Quelques heures durant, sa menotte dans la paluche de Ricky, la gosse s'émerveillait de son premier chevalier servant. Un jour, il avait appelé pour se décommander à cause d'une mission de dernière minute, mais en entendant la petite fondre en larmes près du téléphone, il avait promis de venir la chercher quand même. Cet après-midi-là, pendant qu'elle riait aux éclats devant un numéro de clown,

Ricky entrait par effraction dans un cabinet d'avocats pour allumer un feu de joie dans la salle des archives. Belle ne s'était même pas aperçue de son absence et l'avait embrassé sur le front pour le remercier de ce moment inoubliable. Ce jour-là, Ricky s'était dit qu'il ne mourrait pas sans avoir fait d'enfant, et au moins une fille.

Afin de profiter, seul, de sa nouvelle *dame de compagnie*, Jerry ordonna à ses sbires — en italien du New Jersey qu'elle comprit parfaitement — de quitter la table jusqu'à l'arrivée de Giacomo Rea. Jerry souriait peu mais savait mettre à l'aise les inconnus, surtout les femmes, en s'aidant de quelques gestes délicats qui trahissaient sa bonne éducation.

— Un autre verre, Asia ?

Buvez peu mais prenez au moins un verre d'alcool, ils n'aiment pas quand un convive reste lucide pendant qu'ils boivent, ça leur gâche la soirée et ça les rend méfiants. Un ou deux verres de vin, pas plus.

Elle commanda un second Jack Daniel's sans glace qu'elle apprécia autant que le premier.

Restez concentrée sur le capo *et ne mentionnez pas ses deux sbires. Ils sont censés être invisibles.*

— Vous ne vous déplacez jamais sans vos gardes du corps ?

— Sécurité.

— Vous devez être quelqu'un d'important, Jerry.

— Pas tant que ça.

Surtout, ne lui posez aucune question sur ses activités.

— Vous faites quoi dans la vie ?

— Des affaires. Rien de très excitant. Vous allez vite vous barber si je vous raconte.

Ni aucune question sur son passage à Paris.

— Vous êtes de passage à Paris ?

Costanza fit une réponse évasive et embraya sur la joie d'être à Paris, le charme des rues de Paris, et la lune de miel à Paris qu'il avait promise à sa femme mais qui n'avait jamais eu lieu.

Rien de trop personnel. N'ayez pas l'air de fouiner dans sa vie privée.

— Jerry, je suis sûre qu'elle attendra cette preuve d'amour tant que vous ne la lui donnerez pas.

Belle n'avait sans doute pas la facilité d'une *escort girl* à parler de Voltaire en trois langues, ni son sens aigu de la galanterie masculine, mais elle connaissait par cœur les rapports sophistiqués qu'un boss de LCN entretenait avec sa femme. Elle en avait eu un exemple parfait sous les yeux durant toute son enfance, et aucune Miranda Jansen n'en savait plus qu'elle sur la question. Elle les avait vues vivre, ces femmes de *wiseguys* qui vénéraient à la fois Dieu et le billet vert, qui trouvaient tout vulgaire excepté elles-mêmes, qui fabriquaient des enfants-rois tout en gardant leur âme de midinette. Moins douées que les hommes pour l'omerta, mais bien plus pour la vendetta : elles n'oubliaient jamais.

— Je suis trop vieux pour jouer les maris romantiques.

— À ses yeux, ce voyage à Paris aurait bien plus de valeur aujourd'hui qu'à l'époque. Elle se sentirait fière de vivre avec un homme qui tient sa parole vingt ans plus tard, et imaginez sa joie de rendre folle de jalousie toutes ses copines qui n'ont pas la chance d'avoir un mari toujours soucieux de les séduire.

— ... ?

À trois tables de la leur, deux agents fédéraux habillés en faux riches sirotaient un jus d'abricot tout en donnant l'impression d'échanger de bonnes blagues. En fait, les agents Cole et Alden s'adressaient à Tom Quint qui, des écouteurs sur les oreilles, attendait les détails de la mission, dans le « sous-marin » garé avenue Montaigne.

— Vous la voyez, là ? demanda-t-il.

— Oui, chef. J'ai l'impression qu'elle force un peu sur le bourbon.

— Pardon... ?

Jerry se félicitait d'avoir fait appel à cette agence qui lui avait envoyé ce qu'ils avaient de mieux en rayon, une superbe blonde aux cheveux longs, à la repartie piquante, et de surcroît une véritable *home-girl,* originaire de New York, qui parlait exactement la même langue que lui. Il se pencha discrètement vers elle pour capter son odeur où se mêlaient fragrance de luxe, grain de peau et soieries diverses.

Lors de ses rares voyages en Europe, ces quelques heures de présence féminine étaient autant de bouffées d'oxygène au milieu d'interminables apnées dans des univers d'hommes ; après trois jours d'une cruelle promiscuité avec ses gardes du corps, il avait envie de leur taper dessus à coups de chaise et de les condamner à un silence de trappiste.

Leur conversation fut interrompue par l'arrivée de Giacomo Rea, que Jerry appela Jack. Il ressemblait aux photos montrées par Tom Quint, un homme d'une quarantaine d'années au visage creusé par le vent de la campagne et tanné par le soleil du Sud. Une moustache droite, de fines lèvres qui dessinaient un sourire inversé, et des cernes qui rehaussaient la gravité de ses yeux sombres. Son costume sans âge, sa chemise blanche à petit col semblaient sortis d'une armoire pleine de lavande. Après ce long après-midi de négociations, il avait eu le temps de repasser à son hôtel et de faire quelques courses pour ses sœurs de Palerme. Son sbire attitré, les bras chargés de paquets aux logos des boutiques chics, s'installa à la table des gardes du corps de Jerry. Giacomo serra la main d'Asia en la regardant à peine et s'adressa directement à son hôte. Au premier coup d'œil, Belle comprit à quel point ces fameuses négociations s'étaient bien déroulées, et d'autres images lui revinrent en mémoire. Son père quittant un petit salon privé de chez Beccegato, la panse en avant et le cigare aux lèvres, en compagnie d'un homologue aussi réjoui que lui. Les deux hommes s'y étaient enfermés et n'en étaient sortis qu'après avoir trouvé un accord qui les satisfaisait tous les deux. Ce soir, Costanza et Rea avaient ce regard-là, et l'on pouvait être sûr, du côté du FBI, que les affaires entre Brooklyn et Palerme allaient refleurir, que des coffres allaient bientôt se remplir, que des comptes anonymes allaient se créer, que des milliers de jeunes gens allaient pouvoir s'en mettre plein le nez et les veines, que des investisseurs en col blanc allaient optimiser leurs stock-options, que des concurrents allaient creuser leur propre tombe à la pelle, et que des avocats tirés à quatre épingles allaient augmenter leurs pourcentages.

— Qu'est-ce que tu prendras, Jack ? demanda Jerry.

Si Belle savait déchiffrer sans peine des personnages comme Jerry Costanza, elle avait plus de mal avec un Rea, d'une italianité bien différente. Rares avaient été ses occasions de rencontrer des Siciliens d'origine, et le spécimen qu'elle avait sous les yeux semblait correspondre aux critères qui les définissaient : silencieux, sédentaires et peu galants avec les dames.

Lui aussi vous laissera en paix durant la soirée. Il semble apprécier la présence des femmes mais on ne sait absolument rien de sa vie privée, on ne lui connaît aucune liaison, et jamais il ne se connecte sur des sites pornographiques. Il rapporte à la pègre sicilienne plusieurs millions d'euros par an, alors on évite de lui poser des questions qui fâchent.

Dans sa camionnette, un café à la main et son casque sur les oreilles, Tom se demanda s'il allait exercer ce métier encore longtemps.

Vers vingt-deux heures, Maggie et Fred partageaient des sandwichs sans interrompre leur briefing de campagne qui allait se prolonger une bonne partie de la nuit.

— On va d'abord s'attaquer à ton Francis Bretet. L'idéal serait de le croiser hors de son restaurant, dans un bistrot par exemple.

— Il lui arrive de boire un demi au comptoir du Fontenoy, en fin d'après-midi.

— Je te décris la scène. Ernie s'installe à côté de lui et engage la conversation : *Vous êtes bien le gérant de la chaîne de pizza ?* Ils discutent gentiment jusqu'à ce qu'Ernie lui demande s'il a à se plaindre de la concurrence. Le type lui répond non, et Ernie dit que la patronne de La Parmesane, si. Là, Bretet pense à une blague, mais Ernie lui conseille de te laisser prospérer gentiment. Le ton monte : *Vous essayez de m'intimider, là ?*, et c'est là qu'Ernie sort, du fond sa poche, un œil, un œil tout frais, et le plonge dans le demi du type.

— ... Un quoi ?

— Un œil de bœuf. Je peux t'assurer que dans un verre, ça fait son effet. L'expression du gars à cette seconde-là est un régal dont on ne peut se lasser. Cet œil va le poursuivre, il va le voir partout, dès que la nuit tombe, à chaque coin de rue, jusque dans son sommeil.

Maggie refusa de croire qu'elle avait vécu vingt-cinq ans avec un homme capable d'un geste si horrible.

— S'il passe te voir, tu fais l'étonnée, idem s'il se plaint aux flics, mais il ne le fera pas, il est déjà terrorisé, surtout si Ernie a appelé ses enfants par leurs prénoms. Entre-temps, on aura pris soin de placer un des nôtres dans sa pizzeria, ça embauche et ça débauche à tour de bras dans ces trucs-là, et on aura choisi un type doué en informatique pour avoir accès aux e-mails de la boîte, aux courriers et à la compta. Un homme à nous, de l'intérieur, est une grenade dégoupillée. C'est là qu'il faudra monter d'un cran dans la hiérarchie et impliquer le responsable Paris/Grande Couronne. Pour ça, on a besoin d'un relais médiatique. Tu te souviens du scandale de la chaîne Taco Wings, dans les années 90 ?

— C'est vague...

— Une bactérie dans la laitue iceberg, soixante-dix personnes intoxiquées dans quatre États différents, toutes avaient déjeuné dans un Taco Wings. C'était un coup d'Ernie.

— Ernie a empoisonné des gens ?!

— Tout de suite les grands mots ! Un peu de fièvre, beaucoup de vomi et quelques turistas. Résultat, Ernie a eu droit à un entretien avec le responsable commercial de Taco Wings au niveau national, qui lui donnait du *Cher monsieur Fossataro* à chaque coin de phrase.

— C'est immonde.

— C'est efficace, et on ne va pas s'arrêter là. Dans un autre point de vente, on ne pourra pas faire l'économie des rats, un classique, quatre ou cinq rats dans une cuisine et tu appelles le service d'hygiène en te faisant passer pour un employé maltraité : à 8 h 00 du matin deux types sont là pour l'ouverture, à 8 h 10 le magasin est fermé jusqu'à nouvel ordre. En matière de restauration, c'est une rumeur qui ne demande qu'à se propager, et avec les moyens modernes ça devient un jeu d'enfant. Si on met le feu à un troisième restaurant, au fin fond d'une banlieue, le responsable Paris/Grande Couronne va commencer à croire que, dans une vie antérieure, il a commis de sérieuses bêtises.

Rien de ce monstrueux plan ne serait appliqué dans la vie réelle et la toute symbolique vengeance de Maggie resterait pure fiction. Seule cette certitude lui permettait d'écouter ces horreurs.

— C'est à ce moment qu'il faudra encore monter d'un cran et chercher toutes les accointances possibles entre le P-DG Europe et les banquiers privés tombés pour blanchiment dans les quatre ou cinq dernières années ; s'il n'y en a pas, on se chargera de les inventer. Et là, on tombe dans *ma* spécialité. Parallèlement, je demande à mon neveu Ben de me faire un topo complet sur la façon dont leur empire s'est créé aux US et a prospéré à travers les époques. S'ils ont eu besoin, de quelque façon que ce soit, de passer un accord avec une famille de LCN, ne serait-ce que pour implanter un seul de leurs putains de restaurants, je le saurai, et je saurai m'en servir. Le stade suivant est sans doute celui que je préfère, dans la pratique c'était un régal, et ce sera aussi délicieux à écrire : choisir quelques personnages clés à la direction générale et les impliquer dans des scandales à base de pots-de-vin, de dope, et de sexe. Sur cinq, j'en faisais tomber un ou deux, c'est pour ça qu'Ernie aimait travailler avec moi. Il n'en faudra pas beaucoup plus pour que cette année ne soit déclarée, par le big boss de Denver, *annus horribilis*.

Maggie se délectait déjà d'une image : un trust planétaire se plaignant aux autorités et la pointant du doigt : vous voyez cette petite dame, là, dans son restaurant d'aubergines, elle n'arrête pas de nous faire des misères !

*

À l'arrivée des deux cambrioleurs, le rapport de force semblait clair. Warren, trop jeune pour être de la police, se présentait avec la légitimité de celui qui a la loi pour lui, mais se présentait seul. Quand il leur montra la photo de la console volée, ils se tournèrent vers leur receleur, qui s'en lavait les mains.

Si tu frappes le premier, frappe fort entendit Warren, au loin.

Il fit surgir de son blouson le tuyau de plomb et le fracassa sur le crâne de celui qui demanda : *T'es qui, toi ?*

Son collègue, abasourdi par une réponse aussi furieuse, resta les bras ballants, incapable de secourir l'un ou de combattre l'autre. De fait, ce fut le seul coup donné de toute l'entrevue, et assez fort pour ne pas en appeler un second. Warren avait obéi à cette voix et fait gicler le premier sang, sans joie ni retenue, et son rythme cardiaque n'avait pas augmenté d'un seul battement. Il se tourna vers celui des deux qui restait encore debout :

— J'ai déjà vu des types recracher les os de leur nez par la bouche.

La phrase qu'il venait de prononcer lui fit penser à quelqu'un mais à qui ?

Les deux voyous avaient bel et bien volé cette table *chez des bourges d'un quartier bourge de Montélimar*, quelques mois plus tôt, rien d'autre à embarquer, même pas de liquide, que cette putain de console encombrante dans tous les sens du terme.

— Quelqu'un vous a rencardés.

— Comment tu sais ça, toi ?

Warren lui fit remarquer qu'il n'avait pas tout à fait la tête d'un gars capable de reconnaître un meuble Napoléon III quand il en croisait un.

— Je sais plus comment il s'appelait, ce petit branleur...

— Guillaume, grogna l'homme à terre. Faut que j'aille à l'hôpital...

— Guillaume comment ? demanda Warren.

— Guillaume j'en sais rien, c'était le fils de famille, le petit con avait besoin de pognon.

L'intuition de Warren avait été la bonne, un voisin ou un visiteur aurait pu connaître l'existence de la console mais seul un proche avait pu éloigner les Delarue au moment opportun. Il ne regrettait plus d'avoir manœuvré comme il l'avait fait ; s'il avait appelé les gendarmes, les parents de Lena auraient connu un drame plus terrible que ce vol : leur fils était un voyou, dont ils avaient été les premières victimes. Warren releva les numéros des cartes d'identité des deux types, prit leur téléphone et les incita à se faire oublier.

— Vous n'avez rien à craindre de la police. Vous avez à craindre de moi.

Il remonta dans sa voiture, quitta l'endroit le plus vite possible et roula jusqu'à la route des Goules qui longeait la montagne sur un à-pic de huit cents mètres. Il se gara contre une rambarde, sortit faire quelques pas au-dessus du vide et appela Lena pour lui dire qu'elle lui manquait plus que jamais.

*

Asia, Jerry et Giacomo terminaient leurs poissons grillés pendant que, à la table voisine, les trois hommes de main racontaient à mi-voix leurs faits d'armes devant des entrecôtes fondantes. Costanza s'apprêtait déjà à regagner sa chambre pour boire son infusion devant les nouvelles de CNN ; ne lui restait plus qu'à prendre congé sans que les autres ne se sentent obligés d'en faire autant. La compagnie d'Asia l'avait enchanté ; il s'était senti séducteur et viril quand elle l'avait gratifié de quelques œillades à la dérobée, et il avait oublié, deux heures durant, qu'il était le client, et que le client était roi. Il souhaitait à cette adorable créature de trente ans de moins que lui de trouver sa vraie voie, et de quitter ce job d'*escort* au bon moment, pour n'en garder que de bons souvenirs. Avant de se lever de table, il ne put s'empêcher de se pencher une dernière fois vers son cou pour sentir son parfum qui, au fil de la soirée, s'était mêlé d'une très délicate âcreté. Ce moment d'égarement fut si délicieux que Jerry le prolongea de quelques secondes, et sans doute une de trop.

C'était bien le premier geste choquant que Giacomo voyait faire à son nouveau partenaire américain. Avait-il glissé quelque chose à l'oreille de la fille ? Une messe basse ? Une invitation à le rejoindre dans sa chambre ? Combien de fois Giacomo avait-il vu ses associés, au moment des mignardises, s'octroyer les filles comme des prises de guerre et en disposer sur-le-champ ? Ces mœurs ne l'étonnaient plus, et il aurait pu les pratiquer lui-même s'il n'avait pas été le mystérieux Giacomo dont personne ne supposait l'infinie timidité devant les femmes. Lui, le dur à cuire, l'homme qui se nourrissait des vices de son prochain, n'avait pas encore séparé les affaires de cœur et les caprices du corps.

Mais ce soir, il n'avait pas envie d'être le timide Giacomo, comme il n'avait pas envie de voir cette fille étonnante, si différente, si mutine, suivre un Jerry Costanza qui se comportait tout à coup comme un vieux barbon. D'un geste lent mais ferme, il posa la main sur l'avant-bras d'Asia et commanda au serveur trois limoncellos dans des grands verres givrés.

— Un digestif, Jerry ? Ça fait les nuits plus paisibles que la camomille.

Surpris, Jerry précisa qu'il n'en prendrait pas. Giacomo répondit qu'il n'y était pas obligé. Jerry crut saisir un euphémisme qui en disait long sur son impatience à le voir quitter la table.

— Ils prennent des digestifs, dit l'agent Cole, le doigt sur son oreillette.

Tom fronça les sourcils et demanda des détails sur ce très léger changement de programme. Au lieu de regagner sa chambre, Jerry avait décidé en effet de rester un moment pour avoir confirmation de l'effronterie de Giacomo, qui faisait tournoyer son verre avec un air de défiance. Un homme avec lequel il avait conclu un pacte à la manière des anciens, persuadé qu'il était de ceux pour qui la parole donnée suffisait. Jerry s'était-il trompé sur son compte ? Avait-il à ce point vieilli qu'il n'était plus capable de jauger un homme au premier coup d'œil ? Giacomo croisa le regard de son second qui n'avait rien perdu de cette soudaine tension à la table des boss : *Costanza a besoin d'une marque de respect.*

Giacomo haussa les épaules. Il n'avait pas été irrespectueux, au contraire, il avait accepté les exigences de Jerry pour que l'accord pût se conclure. Que voulait-il de plus ? Qui était-il, après tout, pour qu'on lui embrasse la main comme s'il s'agissait d'un Don ?

— Je ne connais pas bien le Paris de la nuit, j'ai besoin d'un guide, dit Giacomo en direction d'Asia.

En clair : *On plante là Costanza et on va boire un verre ailleurs.*

— Tu veux déjà nous priver de ta présence, Jack ?

En clair : *À cette table tu es mon invité, et je serais très contrarié si tu prenais congé avant moi.*

— J'ai l'impression que le ton monte entre Rea et Costanza, dit l'agent Alden à son capitaine.

— Et Belle ?

— Elle sirote un truc jaune dans un grand verre...

Asia se tenait coincée entre les deux hommes qui lui maintenaient chacun un bras cloué à la table.

— C'était un plaisir de traiter avec toi, dit Jerry. Mais si tu pensais que la fille était incluse dans le deal, tu t'es trompé.

— N'oublie pas de présenter mes hommages à ta femme quand tu seras de retour à Brooklyn, et bonne nuit.

— Jack ? Es-tu déjà en train de me faire regretter nos accords de cet après-midi ?

— Tu n'as rien à regretter, Jerry. C'est moi qui regrette.

Pour avoir assisté à de sévères escarmouches entre *wiseguys*, Belle anticipait déjà la suite : après quelques piques sur le business serait abordée la question de l'âge.

— Tu tétais le sein de ta mère pendant que j'assistais à la naissance du crack et que je propageais la bonne nouvelle à travers tout Brooklyn.

— Va te reposer, Jerry. Nous les Siciliens, avons encore le respect des aînés...

Le ton allait monter et les invectives suivre un ordre de gravité bien précis. La question de l'âge en appelait une autre, inévitable et bien plus délicate, celle des racines.

— Toute ma famille est dans la confrérie depuis le XIXe siècle, dit Giacomo. Toi, ton grand-père paternel était notaire, non ?

— Sors du Moyen Âge, Jack. Et viens nous voir dans le troisième millénaire, c'est à peine à cinq heures d'avion.

Belle eut le temps de se resservir une goutte de liqueur de citron avant que les affaires de grade ne soient abordées.

— C'est vrai ce qu'on raconte, Jack ? Tu as eu ta nomination dans le clan quand ton père a pris huit ans à la place du boss ? Tu fourguerais encore tes Marlboro de contrebande, sinon. Je me trompe ?

— Paraît que tout le monde te surnomme Jerry l'Otage. En cas de guerre des gangs, c'est toi qu'on refilerait à l'ennemi en échange d'un bon élément.

Belle vit Jerry poser la main près d'une fourchette en argent, pendant que Giacomo approchait la sienne d'un couteau à poisson. Elle héla un serveur pour qu'il vienne débarrasser la table

À cent mètres de là, Quint imaginait le scénario qui succéderait à un clash officiel entre les deux familles. Le gang de Brooklyn, sans l'appui du clan sicilien, aurait besoin d'un associé à l'est pour lui ouvrir la route de l'héroïne thaïlandaise. Jerry se tournerait alors vers son ami Yuri Bikov, qui se chargerait d'acheminer la came et demanderait en contrepartie à fourguer ses armes dans divers pays d'Amérique du Sud. De leur côté, les Siciliens, sans le soutien logistique d'une famille américaine, ne pourraient plus protéger leurs investissements dans les casinos et se retourneraient vers les triades chinoises implantées à New York, en échange de quoi ils les laisseraient pénétrer la communauté européenne via les holdings luxembourgeoises pour recycler leur argent sale.

À la table, Belle se demandait ce qu'on trouvait, dans l'échelle des valeurs d'un affranchi, au-dessus du grade. Elle misa sur les liens du sang. La suite lui donna raison.

— Comment va ton frère Bert ? demanda Giacomo. Il se fait toujours soigner dans une clinique spécialisée dans le syndrome de Tourette ? Méfie-toi, il paraît que c'est génétique.

— Dis, Jack, les anciens racontent que tu ressembles comme deux gouttes d'eau à Calogero le Boucher. C'était le garde du corps de ton père, mais on dit qu'il gardait plutôt celui de ta mère...

Le scénario catastrophe de Quint ne cessait de prendre de l'ampleur. Ce que Costanza ne savait pas, mais que le FBI redoutait depuis plusieurs mois, c'était que Bikov et son armée avaient intercepté un chargement de plutonium enrichi qu'il était en passe de convertir en ogives nucléaires. Mais il lui était difficile de les vendre sans alerter les polices russes, et, à l'insu de ses amis américains, il

allait proposer à ses nouveaux contacts sud-améri-
cains 50 % du profit s'ils lui trouvaient un client
pour ses ogives. Et en moins de temps qu'il n'en
faut pour détruire la planète, ils s'adresseraient à
une puissance mondiale ou à une organisation terro-
riste toute prête à les utiliser.

Costanza et Rea étaient allés trop loin dans l'insulte, il leur fallait maintenant porter l'estocade.
Après les liens du sang, se dit Belle, le seul terrain
possible était celui de l'honneur.

— Dis-moi, Jerry, on dit que dans l'affaire du
casse du Banco dell'Estero, tout le monde en a pris
pour cinq ans, et que toi, tu n'es même pas resté dix
minutes dans le bureau du juge d'instruction. Une
bagnole de flics t'a même raccompagné chez toi.

— C'est Giacomo Rea qui parle ? Le killer le
plus respecté de la Méditerranée ? Il paraît qu'on
retrouve toutes tes victimes avec une balle entre les
omoplates.

Les trois hommes de main à la table voisine, prêts
à défourailler, ne perdaient pas une miette de l'affrontement des chefs et imaginaient déjà comment
le raconter de retour au pays. L'ensemble des sujets
à haut risque avaient été évoqués, tout le fiel avait
été craché, les non-dits ne l'étaient plus. La poudre
allait enfin parler.

Pourtant, Belle n'avait pas vu passer le tabou
suprême, bien au-dessus de l'âge, des racines, du
grade, des liens du sang, et de l'honneur. Bien au-
dessus, il y avait la virilité.

— N'essaie pas de partir avec cette fille, Giacomo, tu ne saurais pas quoi en faire.

— ... ?

— Tu n'aimes pas les femmes, tout le monde le sait, et je ne suis pas sûr que tu aimes les hommes, alors je ne laisserai pas une belle fille comme elle entre les pattes d'un type dont on ne sait pas ce qu'il aime.

— Jerry, je n'ai aimé qu'une seule femme : la tienne. Si je te dis qu'en septembre dernier, pendant que tu négociais avec les familles de Miami, j'ai loué un bungalow à la Barbade, sur la plage de Cobblers Cove. Et dis-nous où était la brave Annunziata en septembre dernier, Jerry ?

Belle aurait tout donné pour que François Largillière la voie à cet instant précis, entre ces deux hommes prêts à déclencher une guerre mondiale pour ses beaux yeux. Et cet idiot, à l'heure qu'il était, devait s'exciter devant un de ses jeux vidéo débiles !

L'agent Alden sursauta en entendant Tom Quint lui crier dans l'oreille :

— Débrouillez-vous pour qu'elle quitte la table coûte que coûte !

Belle profita d'un instant de silence avant que Jerry et Giacomo ne s'entre-tuent.

— Jerry, vous n'avez pas compris que Giacomo est un grand romantique qui regarde les femmes en poussant des soupirs ? Un homme qui n'éprouve aucune attirance pour une fille dont il n'est pas amoureux ? Et dans son monde, c'est comme une honte, n'est-ce pas ?

— ... ?

— Et vous Giacomo, dites à Jerry que c'était du bidon, cette histoire à la Barbade. Jerry est un monsieur fidèle à sa femme, qui l'est tout autant.

— C'est vrai, Jerry. C'est Benny Pellegrini qui est allé à la Barbade en voyage de noces, c'est lui qui m'a dit qu'il y avait reconnu Mme Costanza.

Jerry en eut les larmes aux yeux de soulagement.

— Tu sais, Jack, tout ce que j'ai dit sur ta famille, c'était pour te taquiner, j'ai le respect pour vous tous.

— Serrez-vous la main, faites-moi plaisir.

En les voyant réconciliés, Belle se dit que si on débarrassait ces deux gars-là de tout leur folklore, si on les imaginait sans leurs flingues, leur organisation, leurs voitures de luxe, leurs années de prison, leurs mères en jupons noirs, leur omerta, leurs gardes du corps, et leurs costumes en soie sauvage, ils redevenaient de simples hommes, qui, comme tous les autres hommes, s'affronteraient jusqu'à la fin des temps, faute d'avoir trouvé mieux.

Avant qu'elle ne les quitte, Jerry et Giacomo embrassèrent cette Asia qu'ils n'oublieraient plus : *Une vraie wisegirl, cette petite.* Elle sortit et alla frapper au carreau du van de Tom Quint, au bord de l'apoplexie.

— Je connais le nom du successeur de Mauro Squeglia, je sais où aura lieu la prochaine réunion des deux familles, j'ai retenu plusieurs noms de nouveaux venus et quantité de détails qui vont vous plaire. Mais avant, il va falloir que je vous explique comment vous allez me payer de cette mission.

Tom s'attendait au pire. Belle lui donna raison.

7

Pendant que Maggie et Fred poursuivaient leur plan de campagne contre le libéralisme sauvage, pendant que Warren regagnait sa montagne en pleine nuit, pendant que Belle quittait sa robe d'espionne pour aller se coucher, deux individus, par-delà l'Atlantique, s'apprêtaient à passer à table.

Sur le coup de dix-neuf heures, Benedetto D. Manzoni, dit Ben, cherchait un coin isolé chez Zeke's, un restaurant au croisement de la 52e Rue et de la 11e Avenue de New York, où il n'avait pas mis les pieds depuis bientôt quinze ans.

— Avant c'était un restaurant français, dit-il, déçu, à son invité.

L'enseigne n'avait pas changé mais le bistrot chic était devenu un banal *diner's* sans cachet particulier. En proie à une douce nostalgie, Ben se revit à la grande époque, installé à une table ronde avec ses complices, Frank De Vito, Greg Marchese, Will Fogel, essayant de décrypter le nom des plats français à la carte. *C'est quoi des pom de teur à la layoneze... layonazi ?* Jusque tard dans l'après-midi, ils goûtaient aux grands crus classés à deux cents dollars la bouteille puis s'en allaient travailler. Leur bande contrôlait plusieurs boîtes de nuit des beaux quartiers, où l'essentiel de leur activité consistait à se faire rincer par les patrons et à inviter des filles à leur table. Hormis quelques interventions d'urgence lorsque des équipes rivales se montraient trop présentes, les nuits se succédaient sans varier d'un iota.

— J'étais fait pour cette vie-là, soupira-t-il.

Depuis que son oncle Manzoni avait témoigné, Ben était devenu subitement indésirable dans les lieux qui avaient été ses terrains de chasse et de jeu. Il s'était exilé à Green Bay dans le Wisconsin, où il avait vite croqué ses économies — une bien maigre somme après tant d'années de bons et loyaux services au cœur de la nuit new-yorkaise — et avait accepté un emploi de caissier dans un petit établissement de jeux vidéo. Un temps, il avait cherché un job où son seul talent aurait pu s'exprimer : la dynamite. Il s'agissait là d'un don qui, comme tout don réel, ne s'expliquait pas. Il ne s'était jamais intéressé à la physique ni à la chimie, et pourtant il cuisinait une nitroglycérine d'une qualité réputée dans les cinq quartiers du comté de New York. C'était toujours à lui qu'on faisait appel pour créer une béance là où, quelques heures plus tôt, se dressaient plusieurs étages d'un chantier en construction — combien d'inaugurations annulées à cause d'une opération nocturne de Ben et de ses camarades ? Hélas, rare était le recyclage dans pareil domaine et il avait dû se résoudre à aller de petits boulots en jobs d'étudiant. Aujourd'hui, plus aucune urgence ne le réveillait la nuit, hormis les rares fois où, à plusieurs milliers de kilomètres de là, son oncle Gianni l'appelait à l'insu du FBI pour lui confier une mission délicate.

Ben ne courait aucun risque particulier en retournant au Zeke's où plus personne de l'époque ne remettait les pieds. Du reste, tout avait changé, la carte, la décoration et surtout la clientèle ; là où des costumes et des robes de couturiers se pavanaient devant des veloutés d'asperge et des gibelottes, on ne croisait aujourd'hui que des tee-shirts et des casquettes devant des *onion rings* et des *spare ribs*.

— Désolé, Mister Dito, dit-il à son vis-à-vis, je voulais te faire goûter au *pigeonneau à la Villeroi*, ça sonne barbare mais c'est bon.

— C'est pas grave, je préfère manger des choses dont je connais le nom. Essaie juste de ne pas m'appeler Mister Dito quand tu es en face de moi.

Celui que les malfrats de Newark surnommaient Mister Dito s'appelait en réalité Laszlo Pryor, né Laszlo Piros dans une famille d'immigrés hongrois qui avaient américanisé leur nom. Tout jeune, à la recherche d'un moyen de subsistance, il était entré dans le bar de Bee-Bee pour ne plus jamais en sortir. Depuis plus de trente ans, il était l'âme damnée du lieu, factotum, homme de ménage, serveur, responsable des stocks, chien de garde et veilleur de nuit. Il s'était aménagé un grabat dans la cave et menait une existence résignée, entre les corvées et les lazzis des mauvais garçons qui avaient fait du

Bee-Bee's leur repaire. Mais rien ne le destinait à devenir célèbre auprès des *wiseguys* s'il n'y avait eu cette étrange ressemblance avec le chef de l'un d'eux, le redouté Giovanni Manzoni. C'était cette ressemblance qui avait valu au malheureux le surnom de *Mister Dito*, Monsieur « Idem ». Une ressemblance à laquelle Giovanni en personne n'avait jamais vraiment cru. À l'époque, le premier à avoir fait le rapprochement avait été son lieutenant, Anthony De Biase.

— Gianni ? Tu ne trouves pas que le serveur te ressemble ?

— Tu vas me lâcher avec ça...

— C'est dingue, on dirait ton sosie ! Hein les gars, vous ne trouvez pas que le loufiat, là-bas, ressemble au patron ?!

Cette nuit-là le cauchemar de Laszlo Pryor passa à la vitesse supérieure.

— Mais si, regarde bien, Gianni ! La même forme de visage, le même nez, le même regard, on dirait ton frère.

— Ce gars-là ne ressemble à rien. Il est épais comme un fil, il n'a pas d'épaules, il a les joues creuses et les cheveux qui bouclent. Tu veux vraiment me vexer ?

Mais Gianni n'avait pu lutter tant cet air de famille avait fait l'unanimité. C'était devenu un sujet de plaisanteries permanent, et des plus inavouables. En moins de six mois, Laszlo Pryor avait été surnommé Mister Dito par tout le monde, même par les autres clients, même par Bee-Bee, son patron.

— Je voulais t'emmener ici pour que tu commences à goûter aux bonnes choses, reprit Ben. Demain on ira dans un vrai restaurant français, va falloir que tu t'habitues à leur cuisine, vieux. Tu verras, ils mangent de tout, même des animaux qui rampent ou qui sautent. Même la cuisine de chez nous est meilleure là-bas.

— Je ne sais pas me servir de couteaux à poisson ni même apprécier un grand vin, dit Laszlo.

Ben l'invitait au restaurant deux fois par jour pour lui faire prendre du poids. Selon lui, personne ne résistait à la gastronomie française et, quitte à grossir, autant le faire avec des produits fins et luxueux aux saveurs inconnues.

— Prends tout ce qui te fait plaisir, mec, lâche-toi !

Depuis plusieurs jours, Benedetto Manzoni avait mis au point un programme drastique afin d'accentuer la ressemblance naturelle entre Laszlo et son oncle Giovanni, et la prise de poids n'en était que la première étape.

— La chance que tu as, Laszlo. Ah si j'avais dix kilos à prendre au lieu de dix kilos à perdre, nom de Dieu ! Tout me profite, j'ai déjà du bide à moins de trente-cinq ans, je me suis interdit les féculents le soir. Et toi : cinquante piges, maigre comme un clou. C'est la cuisine de Bee-Bee qu'est si dégueu-lasse ? Ou alors tu te dépenses trop, à voir la manière dont il te fait trimer de l'aube à l'aurore. T'as pas envie de l'envoyer chier une bonne fois pour toutes ?

Mister Dito n'attendait que ça. Seul un séisme dans sa vie avait une chance de déjouer un destin tout tracé : crever avant l'âge, une lavette à la main, derrière un comptoir. Et Laszlo avait longtemps espéré cette occasion unique de quitter sa vie d'esclave avant qu'il ne soit trop tard. Au téléphone, Ben avait prononcé les mots magiques, « nouveau départ », tout recommencer ailleurs, dans un autre pays, avec assez d'argent pour voir venir. Ça demandait un peu de préparation psychologique et physique : on ne pouvait pas prendre ce nouveau départ avec la peau sur les os.

Laszlo porta son choix sur une entrée de guacamole et crevettes, avec un hamburger salade à suivre.

— Une salade ? Ici, à l'époque, ils faisaient les meilleures frites du monde.

— J'ai du mal avec tout ce qui est frit.

— La friture, c'est ce qui a eu la peau de ma mère ! C'était sa passion, elle faisait tout frire. Même les sandwichs, elle les faisait dans des beignets. Toi qu'as 1,8 g de cholestérol et un estomac d'adolescent, tu ne peux pas ne pas goûter aux frites de chez Zeke's. Fais-le en mémoire de ma mère.

— Mais puisque tu me dis que ce n'est plus le Zeke's que tu as connu ?

— Si tu n'y mets pas un peu du tien, on n'a pas fini !

Laszlo poussa un soupir de résignation. Son nouveau départ n'irait pas sans quelques sacrifices.

— Ces dix kilos, on les prendrait bien plus vite à coups de pizzas et de bière, dit Ben.

— La bière, j'en trimballe toute la journée, ça me fait attraper des tours de rein, et puis c'est moi qui nettoie les chiottes après le passage de tous ces types bourrés, alors non, pas la bière. Et puis la pizza, c'est gras, sauf la pizza blanche qu'un Argentin fait en face du bar.

— Grasse, la pizza ? En fait, c'est ça le problème, t'aurais été italien, tu les aurais déjà pris ces dix kilos.

Laszlo s'attaqua à la coupelle de guacamole en y plongeant de grosses crevettes roses.

— Les crevettes, ça tient pas au corps, fit Ben. Et le guacamole, c'est bien de l'avocat, non ?

— Et alors ?

— C'est un légume. À la carte, il y avait une omelette sur toasts qui avait l'air délicieuse.

— Je peux manger tranquille ou tu vas me pomper l'air jusqu'à la fin du repas ?

Ben se tut et termina son sandwich au pastrami tout en imaginant le visage de Laszlo après un lent processus de transformation ; des lentilles de contact de couleur foncée pour lui donner le regard noir des Manzoni, des sourcils plus clairsemés, des cheveux très courts et coiffés en arrière avec un dessin en pointe au sommet du front, et des joues d'un homme de son âge, plus rondes et plus tombantes.

— Tu seras plus à ton avantage un peu remplumé. Je suis sûr que les femmes vont te trouver bien plus craquant.

Les femmes... Parmi les quelques arguments utilisés par Benedetto pour lui faire accepter son pacte diabolique, celui des filles était le plus perfide mais le plus efficace. La bête de somme n'avait plus eu de femme dans sa vie depuis qu'il avait franchi la porte de ce maudit bar. La seule population féminine qu'il fréquentait se résumait aux clientes qui lui lançaient, sept jours sur sept, des *Remets-nous une tournée, Mister Dito* ou *T'as pas des allumettes, Mister Dito* ou *Y a un gros lourd de camionneur qui me casse les couilles, va chercher Bee-Bee avant que je lui pète la gueule moi-même.* Ben avait appuyé sur le bon bouton en lui disant, le plus sérieusement du monde, qu'il pouvait plaire à nouveau.

— Et puis, en France, tu verras, c'est plein de Françaises.

Laszlo était connu pour son mutisme qui ajoutait à la grande tristesse de son regard, le regard d'un homme de cinquante ans, fatigué et maigre, un homme qui, avant de recommencer à vivre ou de rencontrer une compagne, avait besoin de retrouver sa dignité.

Une serveuse vint débarrasser et prendre la commande des desserts. Ben ne laissa pas à son invité le loisir de s'exprimer :

— Pour moi un café et, pour mon ami, une bonne part de tarte aux myrtilles avec une boule de glace à la vanille dessus.

8

Les mots lui étaient revenus et se bousculaient même pour se tailler une place dans la page. Tout ragaillardi d'avoir découvert une application pratique à sa science de l'extorsion, Fred avait retrouvé le même aplomb qu'à l'époque où il pillait le bien d'autrui. Tôt le matin, il faisait jaillir ses phrases en rafales et ne se privait pas de placer quelques détonations au détour d'une page. À lui de décrire désormais comment quelques hommes motivés faisaient vaciller un parangon de la libre entreprise. Fred démontrait avec un soin particulier que, derrière les institutions, les graphiques en hausse et les tours en verre, se cachaient des monarques qui avaient besoin qu'on leur rappelle leur condition de petits êtres de chair. Et qu'une seule nuit suffisait pour que leur beau rêve de prospérité s'effondre. Depuis qu'il s'était lancé dans cette gageure, il n'était plus le caïd mis au rancart qui ressasse ses anecdotes à peine dramatisées, mais le chef de clan qui n'avait rien perdu de sa violence et de sa ténacité. En imaginant les dialogues qu'il aurait eus avec ses hommes, en évoquant l'état dans lequel il laissait ses victimes, en développant son scénario de dévastation d'une structure tentaculaire, il repartait en mission et s'autorisait les métaphores les plus tordues, les digressions les plus arbitraires — c'était Gianni Manzoni qui écrivait ce roman-là, pas Laszlo Pryor. On trouvait un Bretet, rongé par la paranoïa, à l'affût derrière ses rideaux, criant à sa femme : *Ils sont là, dehors, ils m'attendent, éteins la lumière !* Dans le chapitre suivant, Fred dépeignait les cauchemars du P-DG Europe à base d'animaux hideux et de verre pilé dans la mozzarella. Quelques pages plus loin, il multipliait les scènes de détournements de camions de fournisseurs, qui tous finissaient empilés dans un ravin — un grand moment de littérature. Il s'était aussi beaucoup amusé à imaginer un dialogue entre le responsable Paris/Grande Couronne et son équipe de maintenance informatique : *Pourriez-vous m'expliquer clairement ce que vous entendez par « panne système généralisée » ?* Au cours du récit, on voyait s'accumuler les mémos alarmants d'une équipe de polyvalents bien décidés à décortiquer la comptabilité. Et pour mettre un peu d'action entre deux scènes de bureaux, Fred s'était attardé, avec force détails, sur l'explosion d'un hangar plein de matériel et de matières premières — le soutien technique du neveu Ben avait créé un effet de réel saisissant. Par ailleurs, il avait tenu à suggérer, au fil des chapitres, une angoisse grandissante chez les salariés de la compagnie où circulaient des rumeurs d'OPA et de menaces de rachat, sans parler des taux qui chutaient et de la hantise de voir débouler « les Américains » au siège de Gennevilliers. De retour dans les restaurants, on assistait à un défilé incessant de nouveaux clients qui trouvaient tout immonde et qui le faisaient savoir : esclandres, vitrines éclatées à la barre à mine, alertes à la bombe. Quand parfois l'auteur s'épatait lui-même de quelque nuisance sophistiquée, il regrettait de ne pouvoir la mettre en pratique et passait à la suivante. En travaillant jour et nuit, les pages s'étaient accumulées ; Fred ne s'épargnait aucun effort pour parachever son œuvre, et en finir une bonne fois pour toutes avec ses Mémoires de mafieux.

Naguère, il s'était imaginé vieillir le stylo à la main, dans sa belle demeure provençale. Il s'était même vu mourir à un âge canonique et aurait pu décrire la scène : tard dans la nuit, penché sur sa machine, dans une attitude devenue si familière que ni la scoliose ni l'arthrose ne l'avaient rendue pénible, il aurait cherché le mot qui lui manquait. Pour ne l'avoir jamais utilisé, il l'aurait cherché longtemps, mais le mot existait bel et bien, caché depuis des lustres entre deux pages d'un dictionnaire en attendant qu'un écrivain daigne le choisir. Il aurait fini par le trouver, comme la petite touche de couleur qui donne un reflet de lumière à tout le paragraphe. Et puis, satisfait mais fatigué après cet effort, il aurait un instant posé la tête sur ses bras croisés et se serait assoupi pour toujours.

Ce moment-là n'aurait jamais lieu. Fred ne pouvait désormais plus rien imaginer de ce que serait la suite et la fin de sa vie. À peine son troisième opus livré à son éditeur, il remiserait sa Brother 900 dans un grenier et Laszlo Pryor tirerait sa révérence. Car si Fred devait un jour reprendre la plume, ce serait en homme vraiment affranchi, qui n'éprouverait ni remords ni nostalgie, enfin libéré de son passé. S'il devait de nouveau décrire des paysages et créer des personnages, il le ferait comme un pionnier partant conquérir un territoire. Et là, pour peu qu'il échappe à la fois à la vengeance de LCN et aux sanctions du FBI, il essaierait de comprendre ce qu'était devenu le rêve de ses arrière-grands-parents qui s'étaient embarqués pour le Nouveau Monde, ce rêve qui avait tourné au cauchemar pour le reste de la planète. Si Fred devait à nouveau se confronter à la page blanche, ce serait pour écrire ce qu'il appelait désormais *son grand roman américain*. Et s'il devait ancrer son récit quelque part, ce serait forcément dans le port de Nantucket, là où jadis s'embarquaient les marins pour chasser la baleine. Là où le capitaine Achab pilonnait de sa jambe en os de cachalot le pont du *Pequod*, en attendant que tous les lecteurs soient à bord.

D'ici là, il allait devoir boucler l'ouvrage en cours et évoquer, page 241, la sculpture contemporaine en tubulures rouillées ornant la façade du siège européen de la Finefood Inc., à Gennevilliers. Il la décrirait avec ses faibles moyens lexicaux, comme il décrivait toutes choses, mais certaines l'inspiraient plus que d'autres.

*

Warren passa le week-end chez les Delarue, moins pour revoir sa Lena que pour s'entretenir avec son frère. Amaigri, fatigué, Guillaume tendit sa main gauche pour saluer Warren et montra sa droite, fracturée et maintenue dans un strap.

— Avoir une main handicapée le met dans une humeur de dogue, dit Lena.

Il se sentit obligé d'expliquer une énième fois les circonstances de son accident, mais Warren savait pertinemment qu'il mentait, et il attendit le moment opportun pour se retrouver seul avec lui.

— Ta fracture, c'est pas une chute à la con, c'est un coup de marteau sur le poignet.

Guillaume, au bord des larmes, finit par lui raconter comment il s'était fourvoyé en se lançant dans une combine à base de décodeurs pirates pour chaînes du satellite. Sa belle entreprise avait tourné court, et il s'était retrouvé devoir 6 000 € à un investisseur qu'il avait réussi à convaincre et qui avait plongé avec lui. Au lieu d'en parler à ses parents, il avait gravi une marche de plus et les avait volés. C'était, d'après lui, *le seul moyen de s'en sortir*.

Après partage du butin — la console et quelques bricoles — Guillaume n'avait récupéré que 2 500 €, une somme qu'il avait crue suffisante pour éponger sa dette, jusqu'à ce qu'on lui fasse comprendre d'un coup de marteau sur la main que personne ne lui ferait cadeau des 3 500 restants. Depuis, il en avait réuni 2 000 en empruntant ici et là et en vendant son scooter, mais il avait encore besoin d'un bon mois pour régler le solde — il allait travailler comme serveur, donner des cours de math, il paierait, c'était juste une question de temps.

Warren lui épargna le cours de morale et Guillaume se sentit moins seul. Désormais c'était *leur* problème. Il s'en remettait volontiers à un type de son âge, timide et sans manières, fou amoureux de sa sœur, qui n'avait pourtant pas le physique du redresseur de torts.

Warren allait le sortir de ce mauvais pas. Ce serait *la* connerie de jeunesse de Guillaume. La connerie de jeunesse de l'adolescent qui consomme bien plus vite qu'il ne produit, qui ne résiste pas au tout dernier gadget et se croit plus futé que ses camarades. Celle qu'il pense si loin de la délinquance mais qui lui donne un faux air de rebelle. Qu'il voit comme la seule alternative au job pénible et si mal payé. Une connerie à le faire vieillir de vingt ans en deux jours, si anxiogène qu'elle lui fait dire : *Ma vie est foutue.* Le sentiment de culpabilité s'estompera, bien sûr, et l'adolescent devenu adulte s'en souviendra avec une pointe d'indulgence envers lui-même. À la longue, le monsieur bien rangé y tiendra, à sa connerie de jeunesse. Elle sera la preuve qu'il a été jeune.

Contre toute attente, Warren lui proposa d'anticiper le rendez-vous avec son créancier et de le rencontrer séance tenante.

— ... Maintenant ?

Demander un délai supplémentaire, et sans majoration de la somme due, se fit sans difficulté. Nullement impressionné par le créancier en question, Warren lui assura que la dette serait honorée au centime près, mais plus tard. Il employa le ton de celui à qui l'usage de la force ne pose aucun problème, mais qui préfère, de bonne foi, l'éviter. L'homme avec lequel il négociait s'imagina l'impasse où le mènerait une inflation de violence face à ce curieux petit gars qui vous parlait comme si ses troupes se tenaient là, toutes proches, en embuscade.

*

Belle avait tant redouté ce moment qu'elle avait fini par l'attendre. Maladroit comme il pouvait l'être, François Largillière avait parlé de « terrain neutre ». Il lui donna rendez-vous au Petit Parisien, rue du Val-de-Grâce, à dix heures du matin, l'heure où il consentait à lâcher parfois son clavier pour tâter du monde extérieur, croiser des gens dans la rue, prendre l'air, n'y trouver aucun plaisir et revenir sur ses pas. Ils s'embrassèrent lentement sur la joue, une seule fois, le terrible baiser des amants qui ne savent plus où ils en sont, on évite la bouche mais on n'en est pas encore aux bises claquées entre copains. Pour repousser l'échéance, ils s'étendirent sur la médiocre qualité du thé dans les cafés parisiens et sur la petite phrase assassine d'un ministre qui faisait la une. Jusqu'à ce que François se lance :

— ... J'ai à vous parler.

À lui de s'illustrer dans une scène de genre : le rendez-vous de rupture. Pas de dernier verre, pas de dernière soirée, pas de dernière nuit, juste ce café matinal dans la lumière d'une douce journée de juin.

— Depuis quelques semaines, vous avez dû sentir que...

Comment ne pas le sentir, à force de discours sans fin sur son inaptitude à aimer, mais aussi sur l'inaptitude de tout individu à aimer qui que ce soit — lui c'était un cas, d'accord, mais les autres, les gens, n'étaient pas plus doués que lui, si le couple avait un avenir, ça se saurait, d'ailleurs l'amour en personne est mort, etc.

— J'ai bien réfléchi...

C'était le contraire de la réflexion qui avait abouti à ce rendez-vous, c'était un mouvement de repli, une peur de sortir de son cocon, de s'engager, de se reconnaître dans un petit être naissant, la peur d'avoir à mettre de côté toutes les autres peurs. Comment osait-il commencer des phrases par *j'ai bien réfléchi*, comme si Largillière était un garçon régi par le bon sens. Si les mots avaient pu le guérir des mots, de cette terrible logorrhée tout juste bonne à rationaliser son inaptitude au bonheur, Belle aurait répondu à de tels arguments. Mais la dialectique, au lieu de les sortir de l'ornière, ne faisait que les y enfoncer davantage. Belle n'en pouvait plus de ces justifications, de ces théories et de ces grandes envolées qui n'ajoutaient même plus au charme de cet idiot.

— C'est difficile à dire, mais...

Il allait porter l'estocade d'un trop long discours qu'il aurait pu s'épargner tant le message était clair : *Je t'aime mais j'ai peur de tout ce que l'âge d'homme me réserve.*

De plus en plus cérémonieux, il posa la main sur celle de Belle et prononça une formule juste assez habile pour prendre la faute sur lui sans passer pour un parfait salaud. Elle était tombée sur un spécimen unique : de tous les hommes au monde qui quittaient une femme en prétextant de ne pas être à la hauteur, elle avait rencontré le seul qui le pensait vraiment.

Il termina son laïus en fuyant son regard et attendit qu'elle réagisse. Mais le silence, bien plus gênant pour lui que pour elle, s'éternisait.

— ... Vous ne dites rien ?

— ...

— Vous m'en voulez ?

— Non, au contraire. Je suis soulagée. Je ne voulais pas vous voir souffrir de notre rupture.

— ... ?

— Je n'ai plus le droit de vous faire prendre de risques.

— ... Quels risques ?

Elle ne lui en avait pas parlé tant qu'ils étaient ensemble mais la fréquenter était dangereux. Depuis bien longtemps, elle était traquée, surveillée, et son sort était lié à un individu que personne n'avait intérêt à croiser.

— ... Ça veut dire quoi, surveillée ?

— Il m'a retrouvée. Je vais devoir retourner vivre à La Reitière.

— ... La quoi ?

— C'est son hôtel particulier, à Louveciennes.

— ... Louveciennes ? À l'ouest de Paris ?

Elle en avait déjà trop dit. Moins il en saurait, mieux cela vaudrait pour lui.

— Mais de qui parlez-vous... ? Qui vous a retrouvée ?

— Je suis son trophée.

— ... ?

Elle *appartenait* à un homme. Un homme puissant à qui elle était destinée depuis l'enfance, et elle avait passé sa vie à lui échapper, mais il la rattrapait toujours. Il se voulait son protecteur, il était son geôlier. Dans son grand manoir de la forêt de Louveciennes, sa prison dorée, il disposait d'elle comme il l'entendait. Parfois, le soir, il la sortait pour la montrer à ses amis. Il la voulait comme femme légitime et mère de ses enfants. Belle ne savait plus comment fuir ce destin qui semblait désormais être le sien. Comment avait-elle tenu aussi longtemps hors de son emprise ?

— Je ne vous demande qu'une chose, François, au nom de nous deux, de ce que nous avons vécu. Si je ne réponds plus à vos appels, ou si vous n'entendez plus parler de moi, ne prévenez jamais la police.

— ... La police ?

— Promettez-le-moi !

— ...

— Promettez-le-moi ou vous me mettriez en danger !

— ... Mais allez-vous me dire de qui il s'agit ? Comment s'appelle-t-il ?

— Dans votre intérêt, je ne vous le dirai pas.

L'homme était connecté à la mafia, protégé par des politiques, intouchable.

— Un jour, il m'a poursuivie jusqu'au fin fond d'une banlieue de New York et m'a ramenée chez lui. Quand je vous ai rencontré, j'ai cru que le cauchemar était terminé, mais j'ai eu tort.

Dans son état de pétrification, François ne put remarquer le 4×4 Rover gris qui venait de se garer en face du bistrot, ni les deux hommes qui en sortirent.

— Je vais devoir partir. Oubliez tout ce que je viens de vous dire, et surtout, oubliez-moi.

Il vit alors les deux hommes dans la rue, les bras croisés, adossés à la voiture. Les agents Alden et Cole, du FBI, n'avaient pas de gros efforts à fournir pour paraître menaçants. Non seulement ils avaient cette étrange immobilité dans le regard, propre aux agents du FBI, mais ils possédaient de surcroît de véritables talents d'acteurs. Si l'on en jugeait par toutes les missions où ils avaient dû infiltrer des milieux de truands et se faire passer pour les plus coriaces d'entre eux, toutes ces filatures où ils avaient fait semblant d'être des badauds, des touristes, des clients de coffee shop, toutes ces surveillances où ils avaient joué les veilleurs de nuit, les vigiles ou les clochards, tous ces interrogatoires où ils avaient improvisé des dialogues de gentil ou de méchant flic, devant témoins et suspects, on pouvait dire qu'Alden et Cole avaient joué la comédie plus souvent que n'importe quelle vedette de l'Actor's Studio.

Cette fois, on leur avait demandé de tenir un rôle incompréhensible, mais on ne discutait pas les ordres du capitaine Quint.

— Vous allez m'embrasser une dernière fois et je vais me lever, je vais vous sourire et quitter cette table.

François Largillière n'était pas sûr de désirer que tout se passe ainsi.

— Si je les suis sans créer de complications, ils ne vous feront aucun mal. Pour eux, vous n'existez pas. Ne craignez rien.

— ...

— Je ne vous oublierai jamais, François Largillière.

Après son départ, il mit un bon quart d'heure avant de recouvrer l'usage de ses jambes et de rentrer chez lui. Pour l'usage de la parole, il aurait besoin de beaucoup plus de temps.

*

Après avoir consulté deux dictionnaires de synonymes et essayé diverses tournures pour trouver des équivalents au mot *pizza*, Fred fut forcé de constater qu'il n'y en avait qu'un seul : *pizza*. Avec n'importe quel plat de pâtes, il aurait eu le choix entre plusieurs termes, il aurait même créé une ou deux images, mais la pizza ne supportait aucune autre désignation. À force de taper cent fois le même mot, Fred avait fini par se demander, sur le coup de midi, depuis combien de temps il n'avait pas mangé de pizza faite dans les règles de l'art — pas une de celles qu'il décrivait dans son bouquin. Il laissa en plan son chapitre pour descendre au village et se réjouit de voir en contrebas, après plusieurs semaines d'absence, la camionnette de son copain le pizzaïolo ; un signe qu'en ce bas monde certaines choses n'étaient pas destinées à changer.

En voyant arriver Fred, Pierre Foulon perdit son air jovial, comme s'il redoutait ce face-à-face depuis qu'il avait retrouvé la route de Mazenc.

— Calzone ?

— Non, une napolitaine. Vous pouvez vous lâcher sur l'anchois et les câpres. Je dois avoir besoin de sel.

L'homme goûta au pastis que Fred avait posé sur son comptoir et travailla la pâte en silence.

— Vous vous êtes fait rare, ces derniers temps, dit Fred.

— Des choses à régler.

— Et vous les avez réglées ?

— Disons qu'elles se sont réglées toutes seules, comme par enchantement. J'avais des difficultés, je vous en avais parlé, vous vous souvenez ?

— Vaguement.

— Mais si... un locataire indélicat, des loyers impayés, l'embarras auprès des banques, la camionnette que je suis sur le point de revendre et ma famille qui se serre encore plus la ceinture, ne me dites pas que vous avez oublié mes petits malheurs ?

— Ça s'est arrangé ?

— Un miracle. Le locataire a payé tous les loyers en retard avec une majoration de 176 %, j'ai fait le calcul. Et puis il a vidé les lieux sans faire d'histoire, il a retiré sa plainte et m'a fait des excuses. J'ai raison de parler de miracle, non ?

— Il doit y avoir une explication rationnelle.

— Sans doute mais je ne veux surtout pas la connaître. Je veux que ça reste un mystère toute ma vie. Si Dieu m'a envoyé un ange gardien pour me sortir de cette impasse, j'espère qu'il gardera l'anonymat. Idem si c'est le Diable.

— Peut-être qu'il s'agit là d'un authentique cas de repentir ? Ce gars a eu des problèmes de conscience, il a voulu réparer.

— C'est peut-être le cas. Mais je préfère la version de l'ange gardien.

Dans une autre vie, pour ce service rendu, Fred lui aurait demandé un paiement en nature jusqu'à la fin des temps. À n'importe quelle heure du jour ou de la nuit, il aurait été en droit d'exiger toutes les pizzas qu'il voulait, avec anchois à volonté et *mozzarella di buffala*. Il aurait pu le réveiller à trois heures du matin et dire : *On fait une fête avec des copains et on a un petit creux, ce serait tellement gentil à vous de nous livrer vingt pizzas margharitas d'ici trente minutes*. Mais les temps avaient changé et Fred ne chercherait pas à faire de cet homme son débiteur à vie. Si on lui avait demandé la vraie raison de son geste, il l'aurait gardée pour lui, ou il aurait concédé que c'était le seul moyen de trouver une pizza correcte dans les environs.

En saisissant le carton qui lui brûlait les doigts, Fred se félicita de voir que la pizza hawaïenne avait disparu de la carte.

*

Si le paradis était vert et frais, s'il sentait l'humus et l'écorce, s'il était situé si haut que seuls les cœurs vaillants pouvaient l'atteindre, Warren et Lena s'y trouvaient ce matin-là.

Ils disposèrent la couverture dans l'herbe, à l'endroit exact où ils imaginèrent leur lit, et le reste de la maison s'organisa autour. La salle de bains, à gauche, non, plutôt à droite, avec une petite fenêtre pour voir la neige à perte de vue pendant qu'on prend un bain, là, la cheminée et des canapés pour recevoir des copains, mais si on reçoit des copains ça veut dire une chambre d'amis, on la met où, la chambre d'amis ?

Dans la boîte à gants de la Coccinelle, les actes notariés étaient prêts à la signature et attendaient une dernière lecture de M. Delarue, qui se portait garant. Le bois pour la construction du chalet serait livré avant la fin du mois et Warren allait pouvoir se mettre à l'ouvrage avec le précieux soutien de maître Donzelot. En définitive, la partie la plus délicate consistait à trouver un type de construction qui convînt à Lena. Warren lui avait montré quantité de chalets, tous dans des styles différents, mais aucun n'avait trouvé grâce à ses yeux.

— Ça, c'est un chalet ? Tu veux qu'on vive dans une cabine de sauna ?

— Et celui-là ?

— On dirait un coucou suisse. J'imagine les rouages à l'intérieur.

— Et celui-là, le tout noir ?

— La mangeoire à merles ? Encore un architecte qui dort sur ses deux oreilles !

— Et celui-là, près de la scierie, il est pas mignon ?

— On dirait une maison de poupées. J'imagine bien Ken et Barbie en convalescence ici après une dépression nerveuse.

Lena était tombée sous le charme en voyant le terrain, ce serait là et nulle part ailleurs qu'elle vivrait. Au bord d'une falaise qui surplombait une immense forêt de conifères, ces quelques arpents d'herbe rase descendaient en pente douce jusqu'à la vallée, sous le ciel toujours bleu des rudes hivers de la région.

Warren profita d'un nouveau passage par leur chambre imaginaire pour lui proposer de faire l'amour par terre, en arguant que c'était le seul moyen de déterminer avec certitude la bonne orientation de la maison et de capter au mieux les ondes telluriques du sous-sol. Il ajouta que c'était la meilleure façon de s'approprier le lieu, de marquer leur territoire, et que cet acte d'amour serait fondateur de tous les autres. Lena se laissa convaincre et glissait avec lui sur la couverture quand son téléphone sonna.

— Ne réponds pas ! Pas maintenant ! Pitié !

— C'est maman, je suis obligée de décrocher.

Quand elle consentit à revenir vers lui après une interminable conversation, Warren l'agrippa avec gourmandise mais se vit repoussé dans l'instant.

— Tu n'as rien à me dire à propos de Guillaume ?

— ... ?

— Il a été interrogé dans le cadre d'une enquête sur une histoire foireuse de piratage de satellite, ou quelque chose comme ça.

— ...

— Il a raconté que tu étais intervenu pour obtenir un délai.

Guillaume avait avoué sa participation à une tentative d'escroquerie ; il allait éviter une sanction pénale et en serait quitte pour une mention sur son casier. Il avait cependant passé sous silence le cambriolage de son propre foyer — une vérité que personne, pas même Lena, n'avait besoin de connaître.

— Maintenant j'aimerais que tu m'expliques pourquoi tu ne m'en as rien dit, et si ta réponse est : *J'ai cru bien faire*, je reprends le train immédiatement.

Que répondre à ça ? Que son Delarue de frère s'était pris pour un Manzoni mais qu'il n'était pas taillé pour le job ? Warren reconnut ses torts mais pensait tout le contraire. Ce pieu mensonge qui le liait à Guillaume était un moindre mal, tout comme il avait usé d'une légitime violence face à une poignée de malfaisants pour que cette histoire fasse le moins de dégâts possible. Grâce à lui, les parents Delarue ne sauraient jamais que leur propre fils avait ouvert leur porte au malheur en personne. Depuis que tout était rentré dans l'ordre, il fallait oublier, et le plus vite possible.

— J'aurais dû t'en parler, je sais. Pardonne-moi.

Pardonner ? De retour chez Warren, Lena passa la nuit entière, assise dans un fauteuil, à se demander comment pardonner à son fiancé ce manque de confiance en elle. Ses parents lui avaient appris qu'il était illusoire de s'inventer de petits arrangements avec la vérité, et qu'aucune cause n'était assez bonne pour justifier un geste violent.

— Demain tu vas bâtir une maison dans laquelle je te rejoindrai bientôt, dit-elle. Elle va te demander un travail et une patience énormes. Une fois terminée, elle sera comme l'aboutissement de toutes les techniques de ton art. Ce serait dommage que, après un pareil effort, le mensonge entre le premier dans cette maison.

— ...

— Maintenant, si tu as quelque chose à me dire que tu m'aurais caché, même pour m'épargner, c'est le moment de t'en délivrer une bonne fois pour toutes avant de te mettre au travail.

Ne me demande pas ça, mon ange. Mon vrai père n'est pas ce capitaine du FBI que je t'ai présenté.

Je suis en réalité un fils de gangster et j'ai failli en devenir un moi-même. Mais pour te raconter mon histoire, il faudrait d'abord que je te raconte la sienne, et aussi celle de son père et celle de son grand-père avant lui.

— J'attends une réponse, Warren.

— Rien, je ne te cache rien, mon ange.

Et pour embrayer le plus vite possible, il ajouta :

— On n'a pas fait l'amour mais on a eu notre première dispute. C'est *l'autre* acte fondateur dans la vie d'un couple. Maintenant, on en est débarrassés !

Aux premières lueurs du jour, Lena le laissa la prendre dans ses bras, tout heureuse de retrouver son amoureux. Après de tendres réconciliations, ils se levèrent tard et déjeunèrent chez les Donzelot. Puis ils retournèrent sur leur lopin de terre pour se fixer sur une première esquisse des plans de la maison. En fin d'après-midi, Warren prit la route de la gare de Valence.

— Il faut que je pense aux actes notariés, dit-elle.

— Dans la boîte à gants, mon ange.

Il se gara sur le parking et se dirigea vers le coffre pour prendre le sac de Lena avant de l'accompagner au train. Étrangement immobile, elle ne quittait pas des yeux le contenu de la boîte à gants.

— ... Lena ?

Warren allait devoir lui expliquer ce que faisait là une photo de la console Napoléon III, volée quelques mois plus tôt dans la maison de son enfance.

Entre autres images, il se revit coincer la tête d'un homme dans un tiroir et fracasser celle d'un autre avec un tuyau de plomb.

— Écoute, ça va être difficile à croire...

Cette fois, il lut dans le regard de Lena qu'il n'y parviendrait pas.

*

François Largillière quitta un instant son état d'hébétude pour se servir un long whisky, puis retourna s'allonger dans le canapé du salon en cherchant des yeux la fissure écaillée du plafond qu'il avait fixée des heures durant. Il était terrassé par un sentiment auquel il ne parvenait pas à donner de nom, un sentiment qui n'avait pas été répertorié dans la palette des sentiments humains, un sentiment que les poètes n'avaient pas encore chanté et que les psys n'avaient pas encore décortiqué. François venait d'*inventer* ce sentiment, une sorte d'angoisse exaltée par la soudaine évidence d'un amour. En voyant Belle quitter le bar-tabac, il avait fait la triste expérience du vide et de l'absence et regrettait maintenant toute sa rhétorique débile de la rupture. Il se détestait d'avoir été si bavard, puis tout à coup si muet à l'arrivée des deux types venus la chercher. Fallait-il être stupide pour ne pas s'imaginer qu'un autre homme puisse tomber amoureux d'elle au point de vouloir se l'approprier ? Une réalité presque statistique : parmi les quelques milliers de mâles qui s'étaient retournés un jour sur le passage de

Belle, quelques-uns s'étaient sans doute imaginé la posséder comme un objet de valeur et, parmi eux, il y en avait eu un encore plus fou, plus puissant et plus retors que les autres pour y parvenir. Un *trophée*, elle avait employé le terme. S'il existait un seigneur assez dément pour s'octroyer les plus grands chefs-d'œuvre que portait la terre, comment imaginer meilleur trophée que Belle ?

Pour pouvoir appréhender la situation, François Largillière dut la traduire en des termes familiers qui tenaient à la fois du conte de fées et du jeu vidéo : un roi tyrannique, une princesse prisonnière, un château, des gardes. Dans cette configuration-là manquait un prince charmant, seul élément capable de résoudre l'équation, mais François était à peu près le contraire d'un prince charmant ; il ne quittait jamais sa tour d'ivoire, attendait que les princesses viennent à lui, avançait dans la rue avec une prudence de souris et réservait sa part d'héroïsme à ses logiciels. Une princesse aurait pu mourir de désespoir ou d'ennui avant qu'un François Largillière ne vînt la délivrer.

Comment avait-il pu côtoyer une femme si merveilleuse sans s'apercevoir qu'elle cachait une vérité inavouable ? Belle lui avait montré ce qu'était le vrai courage, et lui l'avait vue s'éloigner, incapable de réagir. À quoi lui servait désormais toute sa science des situations virtuelles ? L'héroïne, c'était elle, demoiselle en détresse qui avait su taire son drame à l'homme qu'elle aimait.

François cessa enfin de se lamenter et obéit à ce

besoin irrépressible de délivrer sa Belle, de la prendre dans ses bras, de lui faire une kyrielle d'enfants, de ne plus la quitter des yeux. Au fond d'un débarras, il remit la main sur une lampe-torche qu'il n'utilisait jamais ; l'objet était massif, long, noir, et pouvait servir de matraque — c'était même un argument de vente, la publicité disait *la lampe-torche la plus achetée aux États-Unis par les adeptes de l'autodéfense.* Il en donna quelques coups sur des têtes imaginaires puis la fourra dans une besace en même temps que sa bouteille de whisky. Il descendit dans un parking à quelques rues de chez lui, ouvrit un box qui lui servait de remise et réussit à faire démarrer un scooter qu'il n'utilisait plus depuis des années. Il mit le cap plein ouest et s'arrêta devant une armurerie de la porte d'Orléans pour faire l'acquisition d'une bombe lacrymogène — un *aérosol de défense* disait l'étiquette qui s'employait à décomplexer cet achat. *L'insécurité qui règne oblige les individus à s'équiper. L'aérosol de défense permet de neutraliser l'agresseur sans le blesser. L'apprentissage d'un maniement ou l'emploi de la force ne sont pas nécessaires. Simple à utiliser et de petite taille, il peut se glisser dans une poche ou dans un sac à main. L'agresseur atteint par un gaz paralysant est tout de suite hors d'état de nuire. Diffusé sur les yeux, il provoque une sensation de brûlure et rend impossible la coordination des gestes. Les armes de sixième catégorie sont en vente libre mais sont interdites de port (sauf autorisation, déclaration ou motif légitime).* Manifestement, François avait trouvé le bon article.

Il affronta l'agressivité du trafic, emprunta le périphérique, traça sa route dans des contrées inconnues. Ne sachant plus très bien à quoi ressemblait désormais le reste du monde, il longea plusieurs villes de banlieue qu'il imaginait toutes pleines de danger. Mais il était désormais dans l'action et plus rien ne lui paraissait insurmontable en comparaison de la peur de perdre sa Belle. Après avoir passé Saint-Cloud et Versailles, il roula encore un bon quart d'heure puis entra dans le village de Louveciennes. Cette première étape surmontée, il s'arrêta sur une place, but une longue gorgée de scotch, puis demanda au premier venu si le nom de La Reitière lui disait quelque chose.

À moins de deux kilomètres de là, à l'orée de la forêt de La Freyrie, dans une splendide propriété entourée d'un jardin à la française, quatre individus jouaient au Monopoly dans une pièce circulaire aux murs recouverts de cuir de Cordoue. Belle Wayne, Tom Quint et les agents Alden et Cole tuaient le temps comme ils pouvaient.

— C'est quoi l'équivalent de la rue de la Paix, chez nous ?

— Je ne sais plus... Le Boardwalk ?

— J'achète ! dit Cole.

Seul Tom Quint avait du mal à cacher son impatience et regardait Belle d'un œil noir.

— Qu'est-ce qu'il fout, votre sauveteur ?

— Vous m'avez donné jusqu'à demain matin.

— J'ai un vol pour Zurich à 7 h 30 et je le prendrai, qu'il daigne apparaître ou pas.

Belle n'en était plus si sûre. Mais quelque chose lui disait que son histoire avec François Largillière n'allait pas s'arrêter là.

— De toute façon, ajouta Quint, demain une équipe de tournage s'installe ici pour deux semaines.

— Les propriétaires n'y habitent jamais ? demanda Cole. Faut être fou comme un Français pour posséder un palace pareil et vivre ailleurs.

— L'agence m'a dit qu'on y célébrait beaucoup de mariages japonais, et que des grosses boîtes y donnaient leur fête annuelle.

— Je me demande si je n'ai pas vu un film en costumes tourné ici.

— Je ne sais pas comment je vais expliquer une telle dépense au Bureau de Washington, dit Quint.

— Boss, en attendant payez-moi le loyer sur l'avenue Mozart.

François gara son scooter près d'un chemin vicinal où une pancarte indiquait « La Reitière » et fit le tour de la propriété à pied. Il termina sa bouteille de whisky d'un trait et franchit la grille d'entrée sans s'annoncer.

— Je crois que l'énergumène est arrivé, dit Arthur Cole en revenant de la cuisine une bière à la main.

— Allez l'accueillir, dit Quint, et opposez-lui un peu de résistance.

François remonta l'allée de gravier, grimpa trois

marches et s'arrêta devant l'entrée d'un péristyle où l'agent Cole vint l'accueillir.

Arthur, qui aurait pu l'estourbir d'un simple atémi dans le cou, dut se contenter de passer pour le cerbère maître de lui-même. Par habitude, il se méfiait des amateurs qui jouaient les durs, leurs gestes étaient désordonnés et leur intense nervosité les rendait incontrôlables. Après que François eut dit qu'il ne quitterait pas les lieux sans avoir vu une Mlle Wayne, Arthur aperçut, dépassant de son sac, un long manche en métal et une bombe lacrymogène. Il pria le ciel pour que cet imbécile choisisse la matraque.

Tom Quint s'installa dans un fauteuil, pressé d'en finir mais soucieux de bien jouer son rôle — après avoir été un père tout à fait respectable pour Warren, il tenait à être un prétendant crédible pour Belle. À la suite de quoi, Tom lui donnerait sa bénédiction en espérant qu'elle soit heureuse et qu'elle disparaisse de la circulation.

Belle se chercha un masque de gravité mais son cœur criait déjà victoire. François Largillière était sorti de son petit quartier et de son personnage de reclus ténébreux pour venir jusqu'à elle. En forçant cette porte il avait affronté ses propres démons, et allait enfin accepter l'idée qu'une femme se pose à ses côtés.

Au loin, elle entendit l'agent Alden pousser un râle exagéré après avoir reçu une bonne giclée d'aérosol de défense — Cole, plus chanceux, s'était écroulé à terre après un coup de matraque sur l'épaule droite. François entra dans la pièce, tout galvanisé à l'idée de s'être débarrassé de deux gardes du corps intimidants et peu commodes. En le voyant apparaître, Belle se précipita dans ses bras et l'appela *mon amour*. Leur étreinte dura juste assez pour que Quint comprenne que toute cette mise en scène n'avait pas été inutile. Pour une fois, un de ses pièges servait une bonne cause. Belle Manzoni, qu'il avait connue toute petite, qu'il avait vue franchir, dans la tourmente, les étapes d'une vie de jeune femme, venait de donner une des plus belles preuves d'amour à un homme en faisant de lui un héros.

Tom joua l'indigné avec conviction. Lui qui avait à son tableau de chasse des Anthony Parish, des Fat Winnie, et même des Gianni Manzoni, exécuteurs à la cruauté suprême, lui qui avait affronté *mano a mano* des tueurs psychopathes et neutralisé des *mass murderers* en pleine bouffée délirante, se retrouvait aujourd'hui face à un François Largillière qui affirmait ne pas vouloir porter la main sur un homme plus âgé. Mais qu'il le ferait s'il y était obligé.

Tom appela sa garde rapprochée qui ne vint pas à son secours — dans la cuisine, l'agent Cole tendait à Alden une compresse pour ses yeux. Malgré toute l'étrangeté de la situation, François laissa parler son cœur : Belle n'était pas de celles que l'on met en cage, même dorée : elle allait perdre toute sa lumière à force de rester dans l'ombre. *C'est lui que j'aime,* dit-elle, blottie dans les bras de son prince.

Tom se souvint alors d'une mission, quand il était une toute jeune recrue du Bureau et qu'il n'avait pas encore avoué à Karen, sa fiancée, qu'il était agent fédéral. À force de le voir quitter le lit à toute heure de la nuit et répondre à des coups de fils en douce, la malheureuse s'était mis dans l'idée qu'il la trompait. Un soir, elle l'avait même croisé en compagnie d'une prostituée qui travaillait pour le compte de Jimmy Bracciante. Fallait-il avoir confiance en lui pour le laisser commencer une phrase par : *Je suis victime des apparences...*

Belle donna l'impulsion du départ, et Tom, vaincu, une main sur le front en signe d'accablement, crut bon de conclure en disant qu'il ne la harcèlerait plus mais qu'elle reviendrait à lui de sa propre initiative. Il l'attendrait toujours.

Belle et François quittèrent la propriété sans plus d'obstacles. Elle grimpa en amazone sur le scooter qu'il démarra d'un coup de kick rageur.

*

Les yeux grands ouverts, Fred coupa l'alarme de son réveil avant qu'elle ne sonne. Il se tourna vers la fenêtre et devina la toute première lueur du jour, puis se pencha vers Maggie endormie et lui effleura le cou d'un baiser. Sans savoir s'il la reverrait un jour, Fred était bien certain que jamais il ne retrouverait une si belle intimité avec une femme. Par-delà les déchirements et les crises, un lien indéfectible les relierait à jamais où qu'ils soient sur la planète. Un lien unique, tissé dans une autre vie, sans cesse mis à l'épreuve par la violence qui s'engouffrait parfois dans la maison. Combien de fois la Livia d'alors avait vu son Gianni rentrer dans un état pitoyable, rossé par une bande rivale, blessé lors d'une bataille rangée, mis sur le carreau à la suite d'un règlement de comptes, rescapé d'un guet-apens. S'il n'avait reçu ni balle ni coup de couteau, il préférait éviter les urgences ou même le médecin marron qui soignait discrètement les membres de LCN. Il se faisait déposer chez lui où il se présentait à Livia en l'état, des plaies suintant de partout, cassé en deux, et s'en remettait à elle.

Au début, elle avait improvisé des gestes de premier secours et avait séché les plaies de son mari en même temps que ses propres larmes. Aux mille questions qu'elle lui posait, il se contentait de répondre : *C'est rien. Tu devrais voir la gueule de l'autre type...* Giovanni avalait des anti-inflammatoires avec une demi-bouteille de bourbon, puis se couchait une douzaine d'heures. Le lendemain, elle changeait ses pansements et le voyait repartir vers d'autres embrouilles, comme renforcé par les coups qu'il venait de prendre, encouragé à les rendre au centuple.

Au bout de quelques années, les larmes de Livia s'étaient taries, et ses gestes, plus précis, étaient devenus ceux d'une vraie petite infirmière qui savait à quel moment le blessé devait mordre sa ceinture, qui savait poser des points de suture sur un cuir chevelu et faire la différence entre un simple hématome et une hémorragie. À force de recoudre l'homme qu'elle aimait, elle avait le sentiment de faire de lui sa créature.

Plus tard, Giovanni était devenu un *capo* et n'était plus monté au feu lui-même. Il n'avait plus de leçons à prendre mais c'était désormais à lui d'en donner, en souvenir des années où il s'était durci le cuir sous les coups.

Fred caressa une dernière fois la chevelure de sa femme puis quitta la chambre en tâtonnant dans la pénombre. Souvent, il s'était couché au petit matin, pour de bonnes et de mauvaises raisons, mais jamais il ne s'était levé si tôt. Un café à la main, face à la fenêtre du salon, il admira une dernière fois la Provence dans l'aube naissante, et se promit que dans sa prochaine vie il donnerait le meilleur de lui-même avant midi. Il prit une douche dans la salle de bains du bas puis s'interrogea sur la manière dont il allait s'habiller pour le long périple qui l'attendait. Il hésita entre tous les tee-shirts dont il ne pouvait se passer mais fut bien forcé d'en choisir un seul, et enfila un pantalon en toile beige avec poches latérales. Dans le bureau, il saisit *Peur bleue*, son manuscrit de 355 pages imprimé la veille, et le glissa sous enveloppe. Puis il enclencha une feuille dans sa Brother 900 et frappa trois petits mots destinés aux siens :

Faites sans moi.

Il s'arrêta devant une photo de Maggie entourée de Belle et de Warren mais la laissa sur l'étagère en pensant au danger qu'elle représenterait en cas de fouille. Il remonta dans le salon, chercha où Malavita avait bien pu se cacher et la trouva endormie sur la dalle du cellier, comme si elle redoutait avant tout le monde la chaleur à venir. Elle ouvrit un œil étonné en voyant son maître changer l'eau de sa gamelle et lui caresser les flancs à une heure si matinale.

— De toutes les maisons qu'on a fréquentées, toi et moi, c'est celle-ci que je vais regretter le plus. On était bien, ici, hein ? Surtout au début, quand Maggie et les gosses étaient encore là.

Une lueur incrédule dans le regard, la chienne attendit la suite.

— Avant j'étais un danger pour eux, aujourd'hui je suis une honte. Et toi, tu n'as jamais eu honte de moi, Mala ? Même mon chien pourrait avoir honte de moi...

Fred la saisit sous les mâchoires et l'incita à se dresser sur ses pattes. Elle se laissa caresser et embrasser le haut du crâne, toute surprise de cette affection inattendue.

— Qu'est-ce que tu dirais si on te proposait de retourner dans le bush australien, sur le territoire de tes ancêtres ? Tu resterais avec moi ? Non, bien sûr. Tu irais courir après les troupeaux, tu irais dans le désert et tu t'y sentirais bien, faite pour ce décor-là, ce serait chez toi. Je vais retourner chez moi, Mala.

La chienne le regardait dans les yeux et ne comprenait qu'une seule chose à ce débit suave et rythmé : on s'adressait à elle.

— Sans doute iras-tu vivre avec Maggie, à Paris. Ce sera moins bien qu'ici, je sais. Ne lui en veux pas si elle oublie de te nourrir ou si elle a la tête ailleurs, tu sais comment elle est, toujours travaillée par son âme, toujours en contact direct avec Dieu ou quelqu'un dans le genre.

Fred serra la gueule de la chienne dans ses mains et lui dit à l'oreille :

— Adieu, petite mère.

Il la quitta en la laissant debout, immobile, en proie à une inquiétude qu'elle n'avait pas éprouvée depuis longtemps.

Il retourna dans le salon et décrocha son téléphone. Le petit clic qui déclenchait l'écoute de Bowles mit plus longtemps que d'habitude à se faire entendre.

— Ne me dites pas que je vous réveille, Peter. À cette heure-ci vous rentrez de votre jogging.

— Ce qui m'étonne c'est que vous, vous soyez déjà réveillé.

— Quelque chose m'a empêché de dormir, il faut que je vous en parle. Je peux passer ?

— Je vous attends.

Fred remonta l'allée sans nom dans l'air encore frais du matin. Il entra chez Peter sans qu'on l'y invite, et le trouva encore en jogging, trempé de sueur, un mug de thé à la main.

— Combien de miles aujourd'hui ? Trois, quatre ?

— Quatre.

— Ça m'épate. Je crois que courir est l'activité

333

la plus stupide et la plus ennuyeuse jamais créée par l'homme. Je ne dis pas ça pour vous...

— Qu'aviez-vous à me dire à une heure pareille ?

— Je suppose que vous n'avez pas encore jeté un œil sur la piscine ?

— ... ?

— Je sais que vous en avez l'habitude mais ce n'est pas beau à regarder.

Peter se précipita à la fenêtre, regarda dans la direction du bassin et ne vit rien. Il scruta mieux encore, penché, les yeux plissés, et reçut dans la nuque un coup de poing si violent qu'il en perdit connaissance. Fred n'était pas mécontent d'avoir créé une toute dernière frayeur chez Peter Bowles, avant de lui faire ses adieux de façon aussi directe.

Pour avoir agressé physiquement un agent du FBI, Fred venait de rompre à tout jamais avec son programme Witsec. À cette seconde précise, il n'était plus Fred Wayne, mafieux repenti et relogé par la police fédérale américaine, il redevenait Giovanni Manzoni, repris de justice et passible de prison, sans protection, sans raison sociale, et déchu de ses droits civiques.

— Vous n'étiez pas le pire, Bowles.

Il détruisit tout le matériel de surveillance, l'ordinateur, jusqu'au téléphone portable qu'il plongea dans le mug de thé. Puis il attacha les mains et les pieds de Peter à chaque montant du lit pour retarder le plus possible le déclenchement des recherches. Enfin, il saisit ses clés de voiture et se retourna une dernière fois vers lui.

— C'est fini pour vous aussi, Peter. Vous allez rentrer au pays.

Fred descendit la colline en direction du centre-ville, où un premier cafetier sortait, sous une tonnelle, ses chaises de terrasse. Il s'arrêta un instant devant la poste, saisit l'enveloppe de son manuscrit où il inscrivit l'adresse de son éditeur, le déposa dans la boîte et prit la direction de Paris.

*

L'ascenseur de la tour Eiffel accédait directement au restaurant situé au deuxième étage. Malgré une légère tendance au vertige, Fred était curieux de ce lieu qu'il n'avait vu que dans un film de James Bond. Mais il l'avait choisi avant tout pour éblouir son invité.

— J'ai réservé une table pour deux au nom de Laszlo Pryor, dit-il au maître d'hôtel, qui n'eut pas besoin de consulter son grand livre.

— Un autre M. Laszlo Pryor vous attend à la table, monsieur Pryor.

Sans s'étendre sur un quiproquo qu'il aurait eu bien du mal à clarifier, Fred suivit le chef de rang vers un escalier qui rappelait les structures métalliques de la tour, puis vers une table superbement située, éclairée dans des tons argentés aux reflets ocre, d'où l'on pouvait admirer la nuit qui tombait sur Paris. Un homme attendait là, le front contre la vitre, émerveillé au-delà du possible. Le chef de rang qui installa Fred ne remarqua rien de l'étonnante ressemblance entre les deux hommes, mais la serveuse qui leur proposa de l'eau fraîche les prit pour des jumeaux.

Le vrai Laszlo Pryor mit un temps fou avant de s'apercevoir qu'il n'était plus seul à table.

— Tu as changé, Laszlo...

— Si j'ai changé, c'est parce que toi, tu te ressembles toujours autant, monsieur Manzoni.

Maintenant qu'elle servait ses intérêts, Fred acceptait cette ressemblance. Ben avait bien fait les choses : la courbe du bas du visage, l'implantation des cheveux, la couleur des yeux, tout correspondait à cette photo d'identité que Fred lui avait envoyée. C'était bel et bien le visage du vrai Fred Wayne qui apparaissait sur le passeport que Laszlo s'était fait établir pour quitter le sol américain. Le premier passage en douane n'avait posé aucun problème et le second allait être une formalité.

— On t'appelle toujours Mister Dito ?

— Après ton procès, ce putain de surnom m'est resté collé, mais la ressemblance faisait moins rire les bandes rivales. Même qu'un soir ce salopard de Nick Bongusto a voulu me refaire le portrait parce que je lui faisais trop penser à toi. L'année dernière, quand on m'a annoncé sa mort, j'ai volé une bouteille de cordon rouge à Bee-Bee et j'ai fêté ça tout seul dans ma cave.

À l'époque où Gianni Manzoni éclusait dans le bar de Bee-Bee, ses lieutenants Anthony Parish et

Anthony De Biase lui avaient dressé la liste des utilisations possibles d'un Mister Dito. À commencer par la plus évidente, en mesure préventive contre l'attentat qui menaçait tous les *capi*.

— Le symposium des cinq familles aura lieu en juin. Il y aura l'autre fils de pute de Sal De Santis, il peut pas te saquer depuis que t'es devenu boss, Giovanni. Il serait bien capable d'un coup d'éclat pour impressionner les Don. On prend Mister Dito, on l'habille dans un de tes costards, on le balade en ville et c'est lui qui prend les pruneaux dans la tête. On n'est jamais trop prudents.

À la longue, ils évoquèrent bien d'autres raisons d'utiliser le don d'ubiquité.

— Ta femme te croit au match, et c'est l'autre guignol de Mister Dito qu'on installe dans ta loge, exposé à tous les regards. Pendant que toi, t'es avec ta *gumma*[1], tranquille. Ni vu ni connu.

— Et tous les endroits où il est bon de te montrer et où t'as pas envie d'aller ? Serrer la louche à tous ces entrepreneurs sur les chantiers, ou te pavaner dans les quartiers, au volant de ta Toyota, pour décourager les petits malins qui pensent que tu ne vas plus sur le terrain. Pour tout ça, l'autre naze peut se faire passer pour toi.

Il les avait écoutés sans les prendre au sérieux. Jamais Laszlo n'était sorti de son bar pour jouer les doublures. Mais Gianni avait profité de façon

1. Chez les affranchis, la *gumma* est le terme qui désigne la maîtresse.

secrète et inavouable de cette ressemblance. À force d'entendre les élucubrations de ses sbires, et de voir ce pauvre type s'échiner vingt heures par jour dans ce bar, il avait fait de Laszlo son alter ego de cauchemar, son négatif, son moi inversé. Si tout roi avait droit à son fou, Giovanni Manzoni, qui régnait sur Newark, avait son triste clone, rappel vivant qu'il suffisait d'un rien pour retomber dans le caniveau. Avoir un double obscur lui avait rappelé la prudence et la sagesse, et l'avait mis en garde contre la trop grande soif de pouvoir. Quand il lui arrivait de laisser dix dollars de pourboire à Laszlo, c'était à lui-même qu'il faisait l'aumône. Quand il lui arrivait de serrer la main de Laszlo, c'était pour lui témoigner une marque de respect que personne d'autre ne lui accordait. Et bien des années plus tard, quand Fred avait voulu choisir un pseudonyme, il n'avait pas eu à réfléchir longtemps et avait imposé celui de Laszlo Pryor en hommage à son âme damnée, pour des raisons qu'il n'avait pas besoin de justifier devant Quint.

— Alors, Paris ? demanda-t-il à son invité, toujours hypnotisé par le vide qui scintillait autour d'eux.

— ... Paris ?

Laszlo ne savait quoi ajouter, étourdi par l'intensité de ce moment, suspendu à deux cents mètres au-dessus de la plus belle ville du monde. Il avait travaillé trente longues années dans un coin sans âme de Newark, dans l'arrière-salle d'un bar crasseux rempli de types sans manières qui l'avaient pris comme tête de turc, de rares femmes qui ne le voyaient même pas, de rangées de tables recouvertes de nappes en vichy rouge, de fûts de bière à changer tous les jours, de caisses de bouteilles à stocker, de vomi à nettoyer, de bagarres à calmer et de railleries à subir. Voilà à quoi se réduisait son univers, parce qu'il n'y avait rien par-delà le bar de Bee-Bee. Et malgré les mauvais traitements et les humiliations, Laszlo craignait que son patron ou l'un de ses fils ne le jette dehors, sans adresse et sans ressources, pour le remplacer par un jeune.

Jusqu'au jour où Benedetto Manzoni lui avait mis un étrange marché en main. Impossible de savoir s'il s'agissait d'une machination perverse ou d'un conte de fées, mais Laszlo avait dit oui. Et depuis moins de trois heures il était à Paris, avec assez d'argent pour voir venir. Un jour ou l'autre, il irait visiter ses cousins de Hongrie, tout prêts à l'accueillir, mais il pouvait aussi mourir de bonheur, là, tout de suite, ça n'avait plus d'importance.

Il goûta au margaux et l'apprécia bien davantage que les liquides sucrés qu'il servait dans des verres pleins à ras bord.

— Si tu es sensible à un vin comme celui-là dès la première gorgée, dit Fred, c'est que tu vas vite t'acclimater à la France.

Durant le dîner, ils évoquèrent assez peu le bon vieux temps qui, pour Laszlo, ne l'avait jamais été. En revanche, il avait mille questions à poser sur les us et coutumes de ce pays dont il rêvait maintenant depuis des mois. Puis, un verre d'alcool blanc à la main, Laszlo sortit son passeport tout neuf et son billet de retour, prévu pour le lendemain. Fred regarda la photo d'identité, puis Laszlo, puis il chercha son propre reflet dans la vitre et vit, dans la nuit naissante, le fugitif le plus serein du monde.

— Je te le renvoie poste restante, tu le récupères dans dix jours au plus.

— Et toi ?

— J'en ai un qui m'attend là-bas.

Les deux hommes allaient disparaître, chacun sur son continent, et ne se reverraient jamais. Aucun des deux ne savait de quoi le lendemain serait fait et ils l'avaient voulu ainsi. Mais, avant de partir, Fred avait un cadeau pour Mister Dito.

— Au fait, Laszlo, ne sois pas surpris si tu tombes sur des bouquins signés de ton nom.

— ... ?

— Ben ne te l'a pas dit, mais tu es écrivain. Tu as même un titre à paraître d'ici quelques mois.

— ... ?

Fred dut s'y reprendre à plusieurs fois pour lui faire comprendre qu'il était l'auteur de trois ouvrages, très documentés, réputés féroces, et plutôt bien reçus par les lecteurs.

— Mon éditeur rêve de rencontrer Laszlo Pryor...

Écrivain ? À Paris ? Laszlo se demanda si tant d'années de servitude ne valaient pas la peine d'avoir été vécues si elles se terminaient par cet instant d'euphorie.

— T'as envie de quoi, tonton ?

— Un bar de nuit, mais choisis-le bien.

Un repaire à tous les vices. Je vais commencer par les trois premiers. Pour les autres, j'ai tout le temps.

Après un transit à J.F.K., j'atterris à l'aéroport Austin Straubel de Green Bay, Wisconsin. Ben m'y attend. Le soulagement dans son regard quand je passe le portique. Sur l'autoroute à huit voies qui nous ramène en ville, je me sens enfin chez moi. Avant d'entrer dans le bar, je reste adossé à la voiture, la tête me tourne. J'ai envie de dire aux passants que je suis revenu. Avant d'aller picoler, je prends une bonne bouffée d'air américain.

— Comment je m'appelle, Ben ?

Il me tend un passeport tout patiné mais qui sent encore la colle.

— Christian Malone ? Je dirai Chris si une fille me demande mon petit nom.

Une identité que je vais essayer de garder le plus longtemps possible. Et qui sait, peut-être qu'un jour, au milieu de nulle part, on butera sur une pierre tombale : "Ici repose en paix Christian Malone".

— Et la planque ?

Un lieu où me poser pendant quelques mois pour retrouver le rythme du pays. Disparaître, encore et encore. Après douze ans de Witsec, je suis devenu un expert. Le stade suprême c'est quand on arrive à ne ressembler à rien, comme tous ceux qu'on croise dans la rue sans jamais les remarquer. À tel point que les gens ne se rendent compte que vous avez existé que quand vous êtes parti. Alors même si j'ai envie de voir si les immeubles ont poussé pendant mon absence, je vais marcher dans la rue en regardant mes pompes encore un bon bout de temps.

— Je sais pas ce que tu vas foutre dans un port de pêche au lieu d'aller t'en payer une bonne tranche à Vegas.

Il y a des choses que même un neveu ne peut pas comprendre. Ça n'est pas à Las Vegas qu'on commence son grand roman américain, mais à l'opposé. L'opposé, c'est Nantucket.

— En trois heures j'en avais fait le tour, de ton île à la con. J'ai fini par te dégoter une pension complète tout confort, la dame est un peu bavarde mais elle cuisine le mérou comme personne.

La question est de savoir si les feds vont déclencher une opération Manzoni. Est-ce que le Bureau tient encore à moi ? Me mettre en taule, c'est me condamner à mort ; en moins de deux heures on me retrouve sur le bat-flanc avec un fragment de miroir planté dans la jugulaire. Me remettre la main dessus pour que je continue à balancer ? Pourquoi pas. Une chose est sûre : l'option "foutre la paix à Manzoni" n'est pas prévue.

Je pose une coupure de cent sur le comptoir pour que le barman remplisse nos verres de Jack sans avoir à les commander. Pourquoi a-t-il meilleur goût ici qu'en France ?

— Combien il reste de cash, Ben ?

— Après les 25000 que j'ai filés à Laszlo, et les 5000 que je me suis gardés pour les frais, il te reste 20000.

Je ne l'avais jamais oublié, ce petit bas de laine. À l'époque de mon procès, un des rares types qui s'était félicité de me voir disparaître dans le programme Witsec était ce vieil escroc d'Alvy Metcalf, le plus gros bookmaker de l'Illinois, pour qui j'avais truqué des paris hippiques (intimider les propriétaires, faire chanter les entraîneurs, graisser la patte des jockeys, la routine). Entre-temps le FBI m'était tombé dessus et Alvy n'avait jamais pu me régler les 50000 unités qui me revenaient. Alors j'ai mis Ben sur le coup quand il a fallu payer Mister Dito. Alvy n'a pas été difficile à localiser, il avait ouvert un gigantesque magasin de bricolage dans la grande banlieue de Chicago. 50000 c'était rien pour lui, et Ben n'a pas eu besoin de le menacer, il a juste dit sur le ton de la rigolade que tout le matériel dont il avait besoin pour faire sauter son magasin de bricolage, il le trouverait dans le magasin lui-même, y avait tout ce qu'il fallait. Alvy lui a sorti la somme sans faire d'histoires, il était même content de ne pas payer dix ans d'arriérés.

Avec ces 20000, je vais tenir un sacré bout de temps, à Nantucket.

Toutes les affaires réglées, je peux prendre des nouvelles de mon cher neveu. Plus il vieillit, plus il ressemble à un Manzoni.

— Dis-moi, Ben, tu m'as trouvé une nièce ou pas ?

Un vieux code entre nous : "Si un jour tu demandes une femme en mariage, n'oublie jamais que tu m'imposes une nièce du même coup, alors veille à ce qu'elle soit à la hauteur." Mais il a toujours été discret sur ces questions-là.

— J'ai rencontré quelqu'un, Zio.

— C'est du sérieux ?

— Je ne sais pas encore, c'est spécial...

— Quoi, spécial ? Qu'est-ce qui peut être spécial ? Elle est mariée ?

— Non, mais c'est compliqué...

— Quoi, compliqué ? Qu'est-ce qui est compliqué ? Je sens que je vais m'énerver. T'es un homme, c'est une femme, vous êtes libres, c'est quoi la complication ?

— Elle me voit comme un type bien. Je veux dire, quelqu'un dont on peut se faire un ami.

— Un quoi ?

— Un ami...

— C'est quoi cette connerie ?

— On a passé plusieurs nuits chez elle. La première fois elle m'a dit : "Tu es un des rares hommes avec qui l'on peut partager le même lit sans que ça se transforme en un banal truc

345

de cul." Après ça, qu'est-ce que je pouvais faire ?

— La prendre en levrette, imbécile.

— J'avais tellement peur de faire un geste et de lire de la déception dans son regard... C'est à la deuxième nuit qu'elle m'a convaincu. J'ai eu un doute, je me suis dit que peut-être l'amitié homme femme ça existait vraiment et que j'allais sans doute faire une belle connerie en posant ma main sur sa cuisse. Quand je la vois dormir, toute pelotonnée, tout abandonnée, je peux plus rien tenter.

Douze ans que je n'ai pas mis les pieds dans mon pays... De loin, j'ai assisté à la crise que traversent les États-Unis. L'empire a tremblé sur ses fondations, on le remet en question partout dans le monde, on brandit sur tous les continents des pancartes anti-américaines, on brûle la bannière étoilée. J'ai essayé de comprendre pourquoi sans rien trouver de convaincant. Jusqu'à ce soir, à travers cette lamentable conversation avec mon neveu. Si un homme chez qui coule le sang chaud des Manzoni, plutôt bien fait de sa personne et à coup sûr bon mari et bon père, si un homme comme lui en arrive à se faire avoir par des conneries pareilles, il n'y a plus à chercher pourquoi l'Amérique va si mal.

— Zio, je vais te poser la question à laquelle personne n'a jamais répondu : les hommes et les femmes, c'est pareil ou c'est pas pareil ?

Il a raison, personne n'a donné d'explication à ce grand mystère de la création, pas même les esprits les plus brillants, pas même Melville. Et ce n'est ni Gianni Manzoni, ni Fred Wayne, ni l'écrivain Laszlo Pryor, ni même ce tout nouveau Christian Malone, à Green Bay Wisconsin, qui va apporter une réponse.

— Quand j'étais un crétin d'adolescent, je me disais : les hommes et les femmes, c'est vraiment pas pareil. Nous, les mecs, on pense qu'à fourrer notre queue partout. Cette fille-là est d'accord, celle-là il va falloir la travailler un peu, etc. Et elles, à chaque fois qu'elles rencontrent un type, elles se demandent si c'est le bon. On veut de la chatte, elles veulent de la romance. Voilà ce que je pensais.

En disant toutes ces conneries je sens monter le meilleur moment du Jack Daniel's, quand il vous pose sur coussins d'air et qu'il enclenche le pilote automatique.

— Et puis tu deviens un adulte, et tu te dis : les hommes et les femmes, c'est exactement pareil. On cherche les mêmes choses. Un job qui nous donne envie de nous lever le matin et une maison qui nous donne envie de rentrer le soir. Et puis rencontrer quelqu'un, à qui on pense quand il n'est pas là, et qu'on a envie de toucher dès qu'il est là. Enfin tout quoi, on est pareils.

Qu'on soit à Green Bay, à Paris, ou même dans le trou du cul de la civilisation, il arrive toujours un moment, avec le Jack, où l'endroit dans lequel on se trouve n'a plus aucune importance.

— Et alors, il suffit de laisser passer encore quelques années pour comprendre que les hommes et les femmes, ça n'a rien à voir. Elles, elles ont un ventre et tout tourne autour de ça. T'as beau dire ce que tu veux, elles veulent donner la vie, malgré toi s'il le faut. Et toi tu te dis : et si j'avais une autre vie à vivre que celle d'un putain de père de famille ?

Ça me va bien de dire un truc

pareil. J'ai pensé à Maggie et aux gosses.

— Pas longtemps après tu te rends compte que les hommes et les femmes, c'est pareil. Tout le monde veut tout et son contraire. On a tous la trouille d'avoir raté quelque chose, et on se dit que c'est trop con de crever d'avoir fait les mauvais choix.

J'ai de plus en plus de mal à agripper mon verre de gnôle qui rapetisse en même temps qu'une bonne âme le remplit.

— C'est à cette époque de la vie que les hommes et les femmes pourraient se contenter du chemin parcouru. Se retrouver, en paix. Au lieu de ça, elle, elle pense : il va me quitter pour une plus jeune. Et lui, il pense : j'aimerais bien aller voir ailleurs de temps en temps et rentrer à la maison tout de suite après. Et c'est reparti pour un tour.

— Dis tonton, si un jour je rencontre la femme de ma vie, à quoi je le saurai ?

— Crois-en mon expérience : choisis-toi une femme avec laquelle tu es complémentaire sur le poulet.

— ... ?

— Si tu aimes le blanc, vis avec une femme qui aime la cuisse, ou inversement. Si vous aimez tous les deux le blanc, ça collera jamais.

— Il est temps que je te ramène, Zio.

*

En prenant la route de Nantucket, je vais veiller à ce que Christian Malone ne se mette pas dans les embrouilles. Après tout, je ne le connais pas encore, ce gars-là, il peut me surprendre.

— Jouer les beatniks à ton âge, Zio...

J'ai un billet d'avion via Boston, un passeport qui me donne l'air d'un vétéran du Vietnam qui veut qu'on lui foute la paix, et même un paquet de pognon tout frais (pourquoi cette envie d'avoir des billets plein les poches dès qu'on arrive dans ce pays ?).

— Ton vol est à 8 h 50, on peut se mettre en route, histoire de ne pas courir.

Dans la voiture, il me donne des nouvelles des anciens de la confrérie, ceux qui sont morts, ceux qui sont au trou, ceux qui en sont sortis, ceux qui ont tenté une reconversion.

— Je ne vais pas t'étonner si je te

dis que Little Paulie est mort d'une cirrhose. Amadeo Sampiero a fini comme lieutenant d'Ettore Junior qui le traite comme une petite pute. Romana Marini a continué dans le zircon, sa petite affaire marche toujours aussi bien. Les frères Pastrone sont toujours fourrés ensemble, ils en sont chacun à leur troisième divorce et ils se demandent pourquoi. Lucca Cuozzo, il est à Ryker's pour vingt ans. Joe Franchini s'est fait rectifier par les hommes d'Auggie Campania, Joey D'Amato a eu sa libération anticipée. Art Lefty est toujours hitman au service du clan Gilli, et Curtis Brown a...

— Joey D'Amato a eu sa libération anticipée ?

— Comme je te le dis. On se demande où ils recrutent leurs psychologues, ces cons-là.

À en croire les spécialistes de l'administration pénitentiaire, la plupart des wiseguys sont "en proie à de sévères dysfonctionnements psychologiques et nerveux" qui nous rendent capables du pire. Pour chacun d'entre nous, ils ont des diagnostics longs comme le bras. Alors pourquoi ces types sont-ils assez dingues eux-mêmes pour ne pas s'apercevoir que D'Amato est fou comme un lapin, et le relâcher

dans la nature ? "Prisonnier modèle",
bien sûr qu'il était un prisonnier
modèle, pourquoi en douter, il devait
s'occuper de la bibliothèque et régler
les problèmes dans les blocs et même
balayer par terre, tout ça pour sortir
le plus vite possible et recommencer.
D'Amato nous faisait peur à tous, même
à moi, et plus personne ne voulait
être en affaire avec lui.

— C'est pas la première fois que la
justice américaine relâche un dingue,
dit Ben. Qu'est-ce que t'en as à foutre ?

D'Amato a toujours juré que, dès
qu'il sortirait de taule, il se venge-
rait de celui qui l'avait fait tomber : l'agent Thomas Quintiliani. On
l'a tous dit à un moment ou à un autre
de notre carrière, mais à l'entendre
dans la bouche de Joey d'Amato, Tom
peut prendre date pour des représailles.

— Qu'est-ce qui te tracasse, Zio ?

Je ne m'explique pas cette contrariété, ça ressemble à une sorte d'inquiétude, et plus j'essaie de m'ôter
Quint de la tête et plus il s'impose,
et pas triomphant, pas au mieux de sa
forme, au contraire. Hormis pour sa
famille, pour qui s'inquiète-t-on ?

Sinon... un ami.

Quint ? Ce salaud de Quint ? Un ami ? Comment pourrais-je être l'ami d'un type capable d'extraire x décimales de Pi, de désarmer une escouade de malfrats à mains nues, et de nager le quatre cents mètres quatre nages en moins de six minutes ? Non, Quint est bel et bien un ennemi, impossible de confondre, la cause de tout mon malheur, alors autant m'inquiéter pour ma chienne Malavita, m'inquiéter pour des inconnus dans la rue, m'inquiéter pour la santé des plus grands dictateurs de la planète, mais surtout pas pour Tomaso Quintiliani, Rital qui se croit du bon côté de la barrière parce qu'il a une carte avec l'aigle impérial américain imprimé dessus !

À l'aéroport, j'appelle d'une cabine téléphonique le Bureau fédéral de Washington en me faisant passer pour un informateur qui a des tuyaux de première à communiquer à Tom — cette partition, je la connais bien, je demande même du blé et montre que je connais bien la maison. On me répond que le capitaine Quintiliani est bien aux États-Unis mais injoignable pour le moment.

— Ils peuvent tracer l'appel, Zio.
— T'inquiète.

Je suis un des rares à avoir le

numéro direct de Tom, et tant pis s'il me localise, tant pis s'il sait que je suis de retour au pays. Je laisse un message et dis que je rappelle dans dix minutes. Juste le temps de me demander à quoi l'on reconnaît un ami. Il doit bien y avoir des critères.

— C'est quoi pour toi un ami, Ben ?

— T'as de ces questions...

Il faut dire que je ne suis pas non plus un spécialiste. Tout gosse, je me suis entouré d'une bande de voyous et, à l'âge adulte, d'une équipe. J'ai eu des clients, j'ai conclu des pactes avec des partenaires, j'ai eu toute une ribambelle d'associés mais, au milieu de tous ces gens-là, je serais bien en peine de donner à un seul le statut d'ami.

— Tu veux un journal pour le voyage ?

Il faut que je me souvienne d'un VRAI ami, juste un, juste pour comparer.

Jimmy Lombardo ?

Nés à un jet de pierre l'un de l'autre. Compagnons de la première heure. Tant de bons moments, mais aussi tant de mauvais qu'on a surmontés ensemble. C'est peut-être ça qui définit une amitié : on peut boire des verres avec des types pendant trente

ans, le cul sur des banquettes de bar,
et se marrer avec eux et conclure des
alliances, ça ne veut rien dire, ça
n'est pas de l'amitié et ça ne résiste
pas au premier pépin. Je n'y connais
pas grand-chose mais je suis sûr
qu'une vraie amitié a connu l'épreuve
du feu. Avec Jimmy, on s'est associés
pour nos premiers gros coups et jamais
on ne s'est balancés l'un l'autre. Je
me suis relevé la nuit pour l'aider à
enterrer des macchabées, j'ai même
fait des faux témoignages au risque de
plonger avec lui. Après un affrontement avec une bande rivale, on a passé
180 jours dans la même cellule en
laissant un bakchich au directeur et
aux gardiens (avec qui peut-on passer
180 jours et nuits sans se taper dessus, sinon un ami ?). Jimmy m'a rendu
tant de services, et il a été le seul
présent à ma première sortie de taule.
Il a même été témoin à mon mariage. Si
un seul homme au monde peut se vanter
d'avoir eu un ami, c'est bien moi.

Mais quand Jimmy est devenu un capo,
le pouvoir lui est monté à la tête, et
plus d'une fois il a passé les bornes.
Combien de fois je l'ai mis en garde ?
— Arrête d'énerver Don Polsinelli,

il est de la vieille école, il est
persuadé que c'est toi qui as fait
buter Roddy Trigger.

— Mais J'AI fait buter Roddy Trigger !

Tous les affranchis du coin m'appelaient : "Tu veux pas calmer ton
copain Jimmy ?" Être l'ami de Jimmy
était devenu intenable, et même suspect, et quand enfin on m'a appelé à
deux heures du matin pour m'annoncer
qu'on venait de retrouver mon copain
d'enfance avec un fil de fer autour de
la gorge, j'ai poussé un soupir de
soulagement et je me suis rendormi
comme un bébé.

— Tu vas rater ton vol, Zio.

Tom ne rappelle pas, lui qui doit
être sur les dents depuis ma fuite,
lui qui doit avoir envie de m'atomiser
pour ce que j'ai fait.

— Zio ?

— Je vais changer mon billet.

— Tu vas où ?

— À Tallahassee.

— Où ça ?

— C'est la capitale de la Floride
mais tout le monde pense que c'est
Miami.

*

Durant toutes ces années de protection rapprochée, Quint et moi, quand
on n'était pas dans l'affrontement, ou
dans le silence du mépris, les soirs
de grande nostalgie, on se mettait à
parler du pays comme les deux déra-
cinés qu'on était. Il décrivait sa
baraque comme celles qu'on voit sur
les cartes de vœux, et surtout il
s'attardait sur le jardin potager,
avec les laitues de Karen, les pommes
de terre de Karen, et les poivrons de
Karen. Ah çà, il fallait l'entendre
parler des poivrons de sa femme.
D'ailleurs il s'émerveillait de tout
quand il parlait de sa femme. Après
tout, c'est normal quand on ne la voit
jamais, à la longue elle devient une
perfection d'épouse, c'est même ce qui
risque de m'arriver en vivant à dix
mille kilomètres de Maggie.

Tallahassee est une de ces villes
universitaires où toute l'activité est
concentrée autour du campus. Pas de
centre, pas de quartiers, rien qu'une
gigantesque université, une ville dans
la ville, et le reste, c'est des rues
pavillonnaires où vivent les profs et
les fonctionnaires, dans des petites
maisons, avec une grande cave et pas
de premier étage parce que la chaleur

monte en été, mais une véranda immense
qui devient vite la pièce principale.
Elle est là, sa maison blanche, entre
l'église presbytérienne et le cimetière, dans une rue bordée d'immenses
chênes et de pins qui se touchent en
leur sommet et forment comme une voûte
au-dessus du bitume (pour les décrire,
Quint adore prononcer le mot "cano-
pée", j'ai dû ouvrir un dictionnaire
mais la définition était incompréhensible, et pas la moindre photo). C'est
donc là qu'il va un jour prendre sa
retraite, voir les longs étés succéder
aux courts hivers, c'est sûrement un
bon endroit où soigner ses rhumatismes
et guetter les surprises du jardin.
Mais je me demande, en longeant ces
foutues canopées, si Quint est vraiment fait pour ça. Qu'on soit gendarme
ou voleur, quand on a connu l'action
comme on l'a connue, on n'est pas fait
pour écouter l'herbe pousser et les
insectes baiser. Et ce malgré les pro-
messes faites à nos familles. J'en
suis la preuve vivante.

Je me suis annoncé à grands coups de
sonnette et de "Hey Tom", mais il a
fallu un temps fou avant que la porte
s'ouvre, qu'il passe la tête dans
l'entrebâillement, et dise avec la
voix d'un mort-vivant :

— Ah c'est vous, Fred.

Sans rien ajouter, sans me proposer d'entrer, il a fait demi-tour en laissant la porte ouverte. Je le trouve dans le salon, assis dans un fauteuil, pas rasé, le regard mort et la bouteille de rye à la main.

Et dire que j'ai cassé mon Witsec, que j'ai quitté la France sans qu'il puisse rien faire, et lui a juste dit "Ah c'est vous, Fred". Je pensais déclencher sa rage ou son admiration, et rien du tout ! Lui seul est capable de me vexer comme ça.

C'est moi qui suis obligé de le secouer, le grand soldat Quint, le capitaine, la machine de guerre qui ressemble aujourd'hui à une carpette. "Reprenez-vous, Tom", je dis, c'est stupide comme phrase mais ça me rappelle tellement celle qu'il m'a dite des années plus tôt : "Fred, mettez-y du vôtre si vous voulez continuer à voir grandir vos enfants." Ensuite je n'ai qu'à prononcer le nom de D'Amato et il craque, là devant moi. Le reste tient en peu de mots : la première chose que le taré a faite en sortant du trou c'est de débouler dans le potager des Quintiliani et de jeter madame dans un coffre de voiture pour l'emmener Dieu sait où. Et le pauvre

Tom qui se demande comment D'Amato a trouvé son adresse personnelle.

— Ce dingue a commencé à se renseigner dès son premier jour de placard, Tom. Il a dépensé tout ce qu'il fallait pour mettre la main sur le bon informateur, y compris un gars du Bureau qui n'allait pas refuser un paquet de dollars en coupures usagées contre l'adresse d'un collègue, même le célébrissime Quint. Je ne voudrais pas vous faire encore plus de peine, mais il y en a sûrement plus d'un qui vous déteste dans vos propres rangs.

Tel que je connais Quint, s'il surmonte cette épreuve, il aura la peau de tous ceux qui ont permis à Joey de remonter jusqu'à lui. Pour l'heure, on a une autre urgence. Quint ne connaît D'Amato qu'à travers ses filatures ou derrière des barreaux, habillé dans une combinaison orange. Moi, je le connais pour avoir bu des coups avec lui, pour l'avoir vu rosser des types avec une rage de psychopathe, pour l'avoir entendu nous proposer des affaires aux montages compliqués, avec des victimes collatérales parfaitement inutiles, mais on sentait son réel plaisir à en allonger le plus possible. Nous, c'était tout ce qu'on voulait éviter, beaucoup de cash tout de suite avec le moins d'intermédiaires possible, au pire assommer des gardiens, mais pas les carnages que nous proposait Joey. Et puis, ce que je ne dis pas à Tom pour pas le voir définitivement à terre, c'est que Joey l'a peut-être déjà jetée dans un canal, sa Karen, même s'il doit finir sur la chaise pour ça. Joey c'est le type qui peut casser la gueule à un présentateur de la météo parce qu'il pleut, alors on peut imaginer ce qu'il a envie de faire subir à un capitaine du FBI qui l'a mis à l'ombre.

Le métier de Quint, c'est de réagir à des situations comme celles-là, mais c'est toujours pareil, on est maître de soi quand il s'agit des autres, mais quand c'est votre famille qui est touchée on fait moins le malin. Il n'a même pas appelé à la rescousse ses copains du Bureau, et il a bien fait s'il veut garder une chance de revoir sa femme en vie. S'il avait prévenu Washington, sa petite place au soleil serait devenue un quartier général prêt à déployer une logistique de guerre. Je le sais bien, moi, ce dont Tom a besoin, c'est d'un allié sans foi ni loi, connecté à LCN pour l'avoir fréquenté de l'intérieur, capable d'anticiper sur les mouvements de D'Amato, et libre de suite. Mais où trouver un type aussi providentiel ?

Tout ça m'éloigne de mon œuvre. C'est même un peu le contraire de l'idée que je me fais de la littérature, ce détour par Tallahassee et les petits malheurs de Quint. Ai-je le droit de retarder ne serait-ce que de vingt-quatre heures mon grand roman américain pour prêter main-forte à ce gars-là ? Je suis censé décrire les grands espaces, et raconter aux jeunes générations ce vieux rêve qui a attiré tant d'immigrants, dont mes grands-parents. Et voilà que je me retrouve dans un quartier résidentiel de Floride avec un agent du FBI qui tente de se calmer au whisky canadien. Je pourrais le planter là et filer droit vers Nantucket sur les traces de Melville. Seulement voilà, j'ai là une occasion unique de me venger.

Quint m'a cent fois volé ma place de père, il a pris toutes les décisions que j'étais censé prendre, moi, en temps que chef de famille. Il a rassuré ma femme sur son sort et il a accompagné mes enfants vers leur vie d'adulte. Un beau jour, il a vraiment joué mon rôle, entouré des miens. À ce type-là, j'ai envie de dire : "Je vais te rendre ta femme, Ducon. Je vais me venger de toutes ces humiliations en te rendant redevable à vie." Comment rater une occasion pareille ? "C'est le solde de tout compte, tu vas le retrouver grâce à moi ton petit bonheur de futur retraité, parce que moi aussi, je vais faire en sorte que ta femme et toi vous restiez en vie. Tu vas avoir besoin de MA protection, Tom. Tu vas voir, après ça, comme on se sent plein de gratitude et comme on déteste le type à qui on le doit."

Ce sadique de D'Amato a dit qu'il rappellerait ce soir. C'est ce que j'aurais fait aussi, rien demander, pas de rançon, juste laisser supposer les pires horreurs. Mais nous, on ne va pas attendre que l'autre dingue daigne se manifester. Faut réagir dans l'heure et si possible le coincer avant la fin de la nuit. On peut être sûrs que Joey n'a pas parcouru des kilomètres avec Karen dans son coffre et qu'il a une planque dans le coin. Il a opéré seul, parce que personne ne serait assez fou pour le suivre dans une vengeance personnelle contre un agent fédéral. Mais là où il a besoin d'un coup de main, c'est pour s'aménager une porte de sortie quelle que soit l'issue de ce kidnapping, et seul un gars comme Rick Bondek de Miami peut la lui dénicher.

— Qui ? demande Tom comme s'il se réveillait d'un coup.

Évidemment que ça ne lui dit rien, Rick Bondek est inconnu des services de police, c'est même pour ça qu'il est surtout connu des services de LCN, un type pas connecté du tout, non traçable, jamais fiché. Un petit passeur de cocaïne qui travaille pour son propre compte en plus de son job au service des immatriculations fluviales de Miami. À l'époque, avec sa femme, il avait mis au point une combine qu'il gardait pour lui. Jamais plus de deux kilos à la fois. Mais il lui était impossible de revendre sur place et il s'était donc associé avec Joey qui écoulait par ses réseaux à New York. Joey D'Amato me l'avait présenté une fois pour passer un des nôtres en Colombie et lui trouver sur place de nouveaux contacts. Ça nous avait coûté un max, mais ça avait marché.

— C'était une des cartouches que je vous réservais pour l'année prochaine, Tom, il faisait partie des petits veinards que j'allais vous livrer sur un plateau.

Le temps d'appeler le Bureau, Tom est redevenu le capitaine Quintiliani.

Il a demandé une vérification de routine et en moins que rien ils ont
localisé Rick et Martha Bondek sur
South Beach, avec la liste de leurs
trente derniers coups de fil reçus.
L'un d'eux venait d'un petit motel
situé sur la route de Woodville, à
vingt miles de Tallahassee.

— Guidez-moi, je préfère prendre le
volant, j'ai dit à Tom.

En quittant Tallahassee, on a traversé une banlieue plus modeste, avec
moins de 4×4 et de japonaises mais des
vieilles Oldsmobile et des vieilles
Ford des années 70 retapées, et un peu
plus loin, après un cimetière à pick-
up rouges, tous du même modèle, on a
traversé un campement avec des familles
qui cherchaient un peu d'ombre par
34°C. Et puis, tout à coup, la civilisation a quitté le paysage et je n'ai
vu qu'une longue longue bande de
bitume qui brillait au soleil, bordée
de chaque côté par un fossé bourbeux.

Au bout de deux ou trois miles, j'ai
poussé un cri en croisant une forme
oblongue et sombre, immobile la gueule
ouverte, avec des rangées de dents qui
sortent de partout.

— Quint ! Nom de Dieu ! J'ai vu un
crocodile !

Mais Quint ne s'aperçoit de rien, il

s'en fout, aussi immobile que les bestiaux. Pendant tout le trajet, il reste muet, mais ça n'est déjà plus le même silence.

— Je vous jure que c'est vrai, Tom !

Il y en a plein d'autres qui dorment au bord de la route, à deux mètres de mes roues, et la plupart ont une carapace brunâtre qui se confond avec le marronnasse du marigot.

— Ce ne sont pas des crocodiles mais des alligators.

En général, un gars qui dit ça veut à tout prix vous expliquer la différence, mais pas Quint. Avant, je me serais bien fichu de la connaître, mais depuis que j'ai lu *Moby Dick*...

— C'est quoi, la différence ?

— Les crocodiles ont la mâchoire supérieure mobile, chez les alligators c'est la mâchoire inférieure. Plutôt comme nous, donc.

Exactement le genre de détail dont Melville aurait tiré trois pages, ce rapprochement entre l'homme et l'alligator. Et dix décennies plus tard, des universitaires dans des amphis remplis d'étudiants s'émerveilleraient du chapitre et en rajouteraient même. Pour sortir Tom de sa réflexion morbide, j'essaie de le lancer là-dessus mais il s'en fiche bien.

— Entre le cagnard qui tape et les alligators, on a intérêt à avoir une roue de secours par chez vous, j'ai dit, sans que ça suscite de commentaire.

Après quelques miles de silence plombé et d'alligators pétrifiés, je vois se profiler une forêt, et je me dis que c'est ça, la route de Woodville. Tom me demande de tourner en direction d'une bretelle d'autoroute qui file vers le golfe du Mexique, avec, juste avant l'embranchement, le Sunstar Motel. Avant de descendre, je lui fais remarquer qu'il a son arme de service mais moi pas.

— En bon mafieux que vous êtes, vous avez bien un instrument contondant sur vous.

— Vous rigolez ? Dans l'avion, on m'a même pris ma lime à ongles.

— De toute façon, si vous vous retrouvez nez à nez avec D'Amato, il va sentir le coup fourré s'il vous voit armé.

— C'est plutôt si je me présente devant lui sans arme qu'il va sentir le coup fourré.

Le taulier est là, derrière son desk, et Tom lui brandit sa carte du Bureau sous le nez. Au grand soulagement de tous, et surtout de Tom, il me répond "chambre 31" quand je lui donne le signalement de Joey.

Je demande au patron où est son "home gun", l'arme de la maison, parce que dans ces coins-là, que ce soit en Floride ou ailleurs, chaque foyer, même le plus paisible, a son arme maison, comme un moulin à café, une bible ou une boîte en métal pour les cookies. Parfois même le home gun est caché dans la boîte en métal pour les cookies.

— J'en ai pas.

— Pas de home gun ?

— Non...

— Vous tenez un motel et vous n'avez pas d'arme ? Vous vous fichez de nous ?

Mais non, c'est bien vrai, on est devant le seul commerçant des États-Unis ouvert vingt-quatre heures sur vingt-quatre qui n'a rien pour se défendre ! Ce gars-là va nous porter la poisse !

— Vous avez au moins un Saturday night special ?

Je me souviens de la fois où j'ai essayé d'expliquer à un voisin, en Normandie, ce qu'était le Saturday night special, le gars a cru que je plaisantais. L'idée que les Américains gardent traditionnellement chez eux une pétoire à trois sous qu'on sort le samedi soir pour faire la fête lui paraissait difficile à croire. Et moi, ce qui me paraît difficile à croire c'est que cet imbécile de tenancier de motel n'a rien chez lui qui puisse faire éclater une tête ou tout au moins lancer un appel à la bonne volonté. Il a fini par dire :

— J'ai bien une batte de base-ball mais je ne peux pas vous la donner, elle a été dédicacée par Babe Ruth en 1926.

— Vous proposez quoi, Fred ? me demande Tom.

On n'a plus le choix, maintenant, faut y aller, et c'est moi qui dirige la manœuvre. La manœuvre, pour le coup, est la plus simple qu'on puisse imaginer. Si dans ma vie j'ai toujours cherché l'effet de surprise, je pense que, de toute l'histoire des effets de surprise, celui-là restera un classique.

— Vous allez procéder comment ?

— Je vais frapper à la porte, et je vais me présenter.

— ... ?

Et c'est ce que je fais : je toque à la porte de la 31 et j'entends le son de la télé qu'on baisse.

— C'est quoi ? a grogné Joey.

369

— C'est moi. Gianni Manzoni.

S'il y avait un seul nom au monde qu'il ne s'attendait pas à entendre, c'était bien le mien. J'ai été le repenti le plus célèbre des États-Unis, on a mis ma tête à prix à 20 000 000 $, j'ai été le cauchemar de LCN, et puis j'ai disparu pendant dix ans, et voilà qu'à cette seconde précise j'étais derrière cette porte, dans le trou du cul de la Floride, dans un motel sans piscine à deux heures de l'après-midi par une chaleur à faire cuire des œufs sur les ailes de voiture. La porte s'est à peine entrouverte et, de l'autre côté, j'ai vu le blanc de ses yeux dans la pénombre. Depuis que je suis revenu chez moi, j'ai ce don de faire blanchir les visages.

— Nom de Dieu de nom de Dieu...

Il a coincé son arme dans sa ceinture et a avancé d'un pas dans le couloir comme pour me flairer, en ne cessant de répéter "Nom de Dieu de nom de Dieu...".

— Moi aussi ça me fait plaisir de te voir, Joey.

— ... Manzoni ? T'es pas mort... ?

— T'as que ça à me dire ?

— ... Qu'est-ce que tu fous au pays ?

— Et toi, qu'est-ce que tu fous en Floride ?

— Et qu'est-ce que tu fous dans ce motel ?

Avant que j'aie eu le temps de répondre, une détonation m'a déchiré l'oreille gauche et j'ai vu le corps de Joey se plaquer contre le mur avec une béance dans le ventre.

Je n'ai même pas le temps de féliciter Quint pour son tir, il se précipite dans les toilettes où Karen est enrubannée de scotch dans l'état de catalepsie où l'autre trou du cul l'a laissée. Mais vivante.

*

Tom a retrouvé son autorité de capitaine et voilà qu'il se remet à me donner des ordres. Peut-être qu'il réserve sa gratitude pour plus tard. (Ce salaud-là va-t-il réviser mon dossier pour qu'on me foute la paix et qu'on me laisse écrire mon grand roman américain... ?!) Le fait est que le boulot n'est pas terminé. Pas question d'appeler la police ni le Bureau pour venir faire le ménage, c'est à Tom de se démerder pour que ça s'arrête là. C'est son problème, mais ça n'est pas le seul...

— D'Amato respire encore, j'ai dit.

Avec le peu d'angle qu'il avait, Tom l'a touché à l'abdomen, là où ça peut prendre des heures avant le dernier soupir. Vu le sang que perd Joey, on n'aurait qu'à rester là, à boire un café en bavardant gentiment, et il se viderait complètement dans la baignoire. Mais le temps presse, et de toute façon, il faut qu'on se débarrasse du corps. Tom, qui n'a jamais pratiqué cette discipline, me demande comment on va faire. Lui, il ne va rien faire du tout, il nettoie avant de partir, il raccompagne sa femme à la maison et il s'occupe d'elle, et moi je garde la voiture, j'en termine avec cette affaire, et je commence mon grand roman américain.

Sauf que je ne suis pas dans le New Jersey, sur mon territoire, là où je connais les bons coins où enterrer les macchabées. Pourtant, j'ai ma petite idée, on peut même dire que je l'ai eue sur le chemin aller, en voyant ces carapaces immobiles sur le bord de la route. Le plus simple, pour faire disparaître Joey, c'est d'aller nourrir ces bestiaux-là. C'est propre, et on ne risque pas que ces gars de la police scientifique vous retrouvent le corps quinze ans plus tard et parviennent à l'identifier à partir d'une rognure d'ongle ou d'une étiquette de tee-shirt. Et puis, c'est logique de leur laisser Joey en pâture, lui qui raffolait des pompes et des ceintures en croco, c'est un juste retour des choses.

La vision de Joey bouffé n'est pas pour lui déplaire, mais Tom joue les indignés, juste pour la forme. Il dit aussi que c'est risqué d'abandonner Joey sur le bord d'une route, ça peut prendre des jours avant qu'une famille d'alligators en vienne à bout. Il m'indique le chemin de Wakulla Springs, à trente miles de là, une réserve pour la faune et la flore qu'on visite à l'année. À la pointe sud du lac, il y a une sorte d'enclave marécageuse où personne ne va jamais parce que c'est pas navigable, que rien n'y pousse d'intéressant, qu'à part les alligators aucun animal ne s'y aventure, que les marécages puent, et que c'est donc l'endroit idéal pour me débarrasser de Joey.

Lequel pousse un râle terrible quand je le balance dans le coffre. Il me reste trois heures avant la nuit.

En sortant de la forêt de Woodville, Route 363, je retrouve cette nature de buissons et de branches mortes, et toujours ces fossés pleins de mâchoires

373

noires et fermées qui ne demandent
qu'à s'ouvrir. Au milieu de rien je
croise l'enseigne du Seafood Wilma
Mae, un restaurant de poissons, et
j'hésite à m'arrêter pour me tremper
la tête dans un seau de glaçons, boire
une bière et engloutir des crevettes
frites, et pourquoi pas, faire un brin
de causette avec les natifs à la peau
tannée, avec leur drôle d'accent
nasillard et leur débit verbal en boucle. Mais je file droit vers l'ouest
en me réservant tout ça pour plus
tard, quand je me serais débarrassé de
l'autre cinglé qui donne de temps en
temps un coup sous le capot comme un
battement de cœur isolé.

Trente minutes plus tard, le no
man's land jaune et poussiéreux commence à reverdir au loin, et je vois
enfin la pancarte du "State Park" de
Wakulla Springs où des touristes s'ar-
rêtent pour prendre une navette et
faire la visite, l'appareil photo en
bataille, dans l'espoir de surprendre
un oiseau bizarre ou un poisson mulet
qui saute en l'air.

Le lac Wakulla, bien clair et frais
aux abords du parc naturel, s'épaissit
peu à peu en descendant vers le sud,
pour se transformer en bayou. Je longe
la réserve et, guidé par l'odeur et

les moustiques, je finis par apercevoir l'endroit que Quint m'a décrit, où soi-disant ça grouille d'alligators qui attendent que la nourriture leur tombe du ciel. Je laisse la voiture sur une avancée de terre encore ferme et je les cherche du regard, ces bestiaux préhistoriques censés vivre là par familles entières.

Mais est-ce un effet d'optique qui rend leur camouflage encore plus efficace, ils sont invisibles. Impossible de savoir s'il y en a cent, ou ne serait-ce qu'un seul, fondu dans le décor. Quand je pense que, hier encore, je me vantais de savoir disparaître... Je dois prendre mon courage à deux mains et avancer là-dedans au risque d'y laisser une jambe. Parce que ces bestioles me font penser à certains exécuteurs de LCN que j'ai rencontrés dans ma carrière. Des taiseux, complètement impassibles, capables de rester assis dans un fauteuil pendant des heures, le regard fixe. Quand on s'aperçoit qu'ils ont bougé, il y a un mort au sol. Des alligators de LCN, j'en ai croisé quelques-uns. Mais là, dans cette merde que j'ai jusqu'aux genoux, rien. C'est bien la première fois qu'un tuyau de Quint est foireux. Il m'avait assuré que j'en verrais par dizaines et qu'il leur faudrait cinq minutes pour se partager Joey. Eh bien non ! À croire qu'il fait trop chaud et que eux-mêmes ont trouvé un coin plus frais. Il y a des oiseaux suspendus à des branches, des milliers d'insectes voraces, des serpents d'eau, mais pas un seul de ces putains d'alligators. Je continue d'avancer dans la fange, bouffé par les moustiques, avec la peur au ventre, et je me dis que c'est mon Vietnam à moi, cette virée, et que dorénavant je pourrai me considérer comme un vrai vétéran.

Non, franchement, c'est pas cette nature-là que j'ai envie de décrire dans mon grand roman américain.

Et toujours pas de mâchoires prêtes à engloutir un wiseguy. Un moment j'ai la tentation de jeter Joey dans ce cloaque, mais vu que c'est plus de la boue que de l'eau, son corps resterait en surface, peut-être des jours entiers, exposé au regard d'un garde forestier, et je ne peux pas prendre ce risque.

Furieux, je regagne la voiture. Impossible de l'enterrer, de le jeter sur le bord de la route ou dans ce marais infect. Il continue à se manifester, cet enfoiré, j'ai même l'impression qu'il reprend des forces.

J'ai un petit coup de fatigue mais
je me ressaisis vite. J'ai connu des
situations bien pires. Ne pas trouver
d'alligators par 34° à l'ombre avec un
mourant dans son coffre n'est pas ce
que j'ai vécu de plus compliqué. Loin
s'en faut.

Sur la route, à force de tourner
sans trop savoir, j'avise un panneau
qui indique la direction du golfe du
Mexique, à quarante miles.

L'océan. Si proche, et je ne l'avais
pas senti.

*

Après ces terres arides où il est
impossible de faire disparaître un
corps, c'est juste d'eau fraîche que
j'ai besoin. L'océan, mon ami. Pas le
même que le mien mais il ne doit pas y
avoir de grande différence. Au bord
d'un océan, je sais faire.

— Tu vois, Joey, tu vas retourner là
d'où l'on vient tous, de la mer. Sou-
viens-toi qu'il y a bien longtemps tu
n'étais qu'une amibe. Après des millions d'années d'évolution, tu vas
boucler la boucle.

La lumière prend des reflets dorés à
mesure que le soleil décline doucement. Je n'ai pas croisé de voiture

depuis un bout de temps et je me guide
à un phare qui se profile au loin.
Comme si je n'étais plus seul.

En fait, je le suis bel et bien. Je
stationne au pied du phare sans croiser âme qui vive, je klaxonne comme
une corne de brume. Le reste de l'humanité doit se planquer dans des bars
à siroter des cocktails bien frais
avec l'air conditionné poussé à fond.
Pour m'en assurer, je crie des choses
si choquantes qu'elles feraient sortir
de son trou n'importe qui.

J'engage la voiture sur un sentier
de sable et l'arrête quand la lumière
crue de l'océan me saute aux yeux. Je
descends pour le rejoindre, et j'entends craquer sous mes pas des myria-
des de petits crabes rouges qui
cherchent, comme moi, leur chemin vers
l'eau.

Pas même un baigneur égaré, ou un
pêcheur sur une barque, personne, je
suis tout seul face à l'onde argentée
à perte de vue. Le jour commence doucement à décliner et quelque chose
prend fin là. Melville a raison quand
il raconte comment l'homme a toujours
été attiré par l'eau. Je m'assieds sur
le sable, le cœur à nouveau tranquille, après toute cette frénésie et
toute cette violence. La touffeur du

jour s'estompe pour laisser place à une brise marine qui vient me caresser le visage. Je ferme les yeux pour mieux sentir mon corps se vider de ses dernières tensions, mais l'irrésistible spectacle de la mer me les ouvre à nouveau.

Comme si tant de beauté ne suffisait pas, j'aperçois un reflet d'acier au milieu des flots doux et bleus, une forme effilée qui dessine des huit dans l'eau avec une belle symétrie. Je ne quitte plus des yeux ce triangle de lumière qui danse de façon régulière, et bien plus rapide que toute vie alentour. Mon cœur se met à battre quand je vois l'aileron s'élancer dans les airs et entraîner avec lui l'animal entier. Il a sauté comme un dauphin qui joue mais ce n'est pas un dauphin et il ne joue pas.

J'ai devant moi la plus dangereuse créature jamais engendrée par la nature. L'être le plus meurtrier et le plus fascinant des sept mers. À moins de cent pas, j'ai sous les yeux, un grand requin blanc.

J'avais sans doute besoin de pleurer depuis longtemps mais c'est là que c'est venu. Jamais je n'avais vu, et d'aussi près, tant de sauvagerie et de majesté mêlées. Les alligators que

j'ai croisés plus tôt n'étaient que
des killers à sang-froid, mais là,
j'ai le "capo di tutti capi". Comment
ne pas avoir de respect pour une créature capable de susciter une telle
terreur. Je te jure, Herman, si tu
l'avais eu sous les yeux, celui-là,
Moby Dick n'aurait jamais été un
cachalot. Égaré par la faim dans le
golfe du Mexique, et si près du bord,
il perd son temps à courir après des
proies indignes de lui.

Au loin, j'entends un râle venu du
fin fond du coffre. Joey a lui aussi
hâte d'en finir. Il s'agite encore
assez pour attirer à lui le plus grand
prédateur de l'homme que la mer ait
porté. En somme, je rends service à
tout le monde ; je livre l'autre taré
à un exécuteur digne de sa propre
cruauté, je débarrasse l'humanité d'un
Joey D'Amato, et je redonne des forces
à cet animal qui ne dort jamais et
dont la seule obsession ici-bas est de
tuer. Il va reprendre sa vie d'aventure et hanter les pires cauchemars
des insulaires et des peuples de toutes les rives du monde.

Je me dis que mon grand roman américain peut commencer ici et maintenant.
Et les tout premiers mots iront vers
cette étrange réflexion que je me

fais, au bord de cet océan, sur le cours des choses. Parce que c'est un peu ça, la vie : on s'attend à croiser des alligators et on tombe sur un requin.

Je ne sais pas ce que ça veut dire, mais ça me paraît tellement vrai.

Épilogue

Maggie rendit la maison de Mazenc à ses propriétaires et ne garda aucun meuble, aucun souvenir, sinon le matériel de travail de Fred, machine, manuscrits et dictionnaires. La chienne Malavita resterait le seul vrai témoin de toutes ces maisons occupées et de toutes ces vies traversées. Maggie en prenait grand soin. Le manque de Fred les avait rapprochées.

Depuis le départ de son mari, elle se contentait de la seule vérité capable de l'aider à supporter l'absence : Fred avait eu une enfance unique, une vie en marge, un destin exceptionnel, comment aurait-il pu se résigner à vieillir comme un retraité qui redoute l'hiver ? Ou pire, comme un mauvais écrivain qui n'a plus rien à raconter ? Après avoir été privé de douze longues années de liberté, Fred avait repris sa route. Une route dont même sa femme et ses enfants n'avaient été qu'une étape.

Elle eut de ses nouvelles par Tom ; Fred était vivant et en lieu sûr. Bientôt, il appellerait lui-même Maggie, et ils reprendraient l'habitude de se parler.

Et puis, qui sait, dans un, trois ou cinq ans, à Paris, à New York ou ailleurs, ils seraient de nouveau réunis.

Trois mois après son départ, elle reçut par la poste un exemplaire de *Peur bleue*.

Ce livre est dédié à ma Livia, que j'aimerai toujours, où qu'elle soit.

La suite racontait comment une brave commerçante de quartier faisait appel à une poignée de professionnels du crime pour tailler en pièces une multinationale jusque-là invulnérable. Toute la science, toute la technicité jamais mises au point par la séculaire Cosa Nostra y étaient résumées ; racket, chantage, extorsion, menace, représailles, blanchiment, chaque étape de cette entreprise de destruction avait été décrite avec une telle précision que Maggie elle-même sauta des passages pour s'épargner de pénibles détails. Qui d'autre que Fred aurait eu le talent, la matière et l'impunité suffisants pour livrer pareil document à ses contemporains ?

Elle ne put s'empêcher de partager l'ouvrage avec les principaux intéressés. Arnold et Sami se firent une joie de jouer les livreurs, une centaine d'exemplaires distribués à *ceux d'en face*, chefs, directeurs, cadres supérieurs. Même si *toute ressemblance avec la réalité n'était que coïncidence*, la plupart se reconnurent.

Francis Bretet, d'une voix aussi blanche que son teint, se manifesta pour regretter la disparition de La Parmesane. Les fournisseurs retrouvèrent la route de la boutique, les tracasseries administratives cessèrent, le bail fut renouvelé, et Maggie put ouvrir à nouveau ses portes.

Sur le perron, Malavita veillait.

*

— Prends toute la place qu'il te faut, avait dit François.

Mais Belle n'en prenait pas tant que ça. Elle investit une partie de la penderie et des tiroirs, puis elle hésita entre deux pièces vides du second étage pour y installer son bureau. Il demanda pourquoi cette pièce-là, moins éclairée et bizarrement asymétrique. Pour tester sa réaction, elle répondit : *l'autre est plutôt une chambre de bébé*. Un argument frappé au coin du bon sens, selon François Largillière.

Chacun dans son univers, ils communiquaient par courriers électroniques et s'invitaient parfois à partager un café surprise ou une étreinte crapuleuse. Le soir, ils se retrouvaient pour ne plus se quitter jusqu'au lendemain.

Les phrases de François s'étaient raccourcies. Il passait moins de temps à expliquer comment le monde courait à sa perte et cherchait plutôt à s'étonner de ses bonnes surprises. Et quand parfois Belle l'appelait « mon héros », il ironisait sur la question mais se sentait flatté au plus profond de lui-même.

*

L'inné et l'acquis, l'hérédité et l'atavisme, les gènes et la fatalité, désormais le jeune Wayne ne se tourmenterait plus avec des questions bien trop complexes pour lui. Il avait joui de son libre arbitre et l'avait perdu, à quoi bon chercher une autre vérité ? Pourquoi aller vers la tendresse quand on était doué pour la violence ? Pourquoi manier le bois quand on était fait pour le métal ? Pourquoi vouloir tisser son petit cocon de bonheur quand on était d'envergure à mettre le monde à sa botte ? Warren était né Manzoni et le resterait à jamais. À vingt ans, il ne trahirait plus ses grandes espérances.

Avant de quitter sa montagne, il dit à M. Donzelot qu'il ne l'oublierait jamais. Le vieil homme lui demanda :

— Et ton chef-d'œuvre ?

De peur de laisser à son ancien maître le remords d'avoir accueilli en son sein le Diable en personne, Warren ne lui dit rien de ce qui, bientôt, allait devenir son chef-d'œuvre. Mais avant de le commencer, il devait remonter aux origines de son art pour en percer les délicats mystères.

Il prit des trains, plusieurs, en cherchant le sud, jusqu'à ce qu'il en trouve un, à quai, en direction de Palerme.

*

Dans le cockpit de l'hélicoptère, Fred découvrait une interminable mer turquoise qui cernait des îles plus petites que son ongle, et si nombreuses que peu d'entre elles devaient porter un nom.

— Vous allez me dire où on va, bordel ?

Jadis, à l'époque de son témoignage, Fred avait pris tant de fois l'hélico du FBI. Pour perdre le clan Gallone, on l'avait déplacé dans un comté différent toutes les quarante-huit heures.

Comment avait-il pu imaginer que Tom Quint le laisserait circuler librement, avec des papiers en règle ? Solde de tout compte ? Avec la bénédiction du Bureau ? Un doux rêve.

— Tom, je vous l'ai demandé vingt fois, où sommes-nous ?

Mais Tom se taisait et Fred dut attendre qu'ils atterrissent sur une piste à peine défrichée. L'île était si petite que Fred pouvait en voir les contours en pivotant sur lui-même. En son milieu était planté un bungalow surmonté d'un auvent, avec, à son flanc, ce qui ressemblait à une glacière reliée à un groupe électrogène.

— Vous allez enfin m'expliquer ce qu'on fiche ici, nom de Dieu ?

— Je vous installe dans votre nouvelle résidence.

— ... ? Arrêtez de déconner, où sommes-nous ?

— À vrai dire, je ne le sais pas moi-même.

— ... ?

— Comprenez-nous, Fred. Depuis douze ans nous n'avons cessé de vous reloger et depuis douze ans vous n'avez cessé de vous faire repérer, vous avez même réussi à nous fausser compagnie et à rentrer au pays sous notre nez. Vous êtes le repenti le plus encombrant de l'histoire des repentis.

— ...

— Nous en sommes arrivés à cette conclusion que si vous-même ne saviez pas où vous vous trouviez, personne ne viendrait vous y chercher.

— ... ?

— Voyez les bons côtés : fin du dispositif de surveillance, aucune menace en vue, plus de problèmes de voisinage ni de promiscuité.

— Ce que vous faites n'est pas légal, dit Fred, qui comprenait enfin que Tom ne plaisantait pas.

— Légal ? Ce mot dans votre bouche a quelque chose de délicat. Somme toute, vous avez raison. Vous vous êtes longtemps cru au-dessus des lois et vous avez enfin réussi. Ici, tout est permis. Faites ce que bon vous semble. Vous qui taquinez l'adjectif, écrivez votre propre Constitution, personne n'ira la contredire. Édictez vos lois, appliquez-les, et violez-les une par une si c'est votre inclination naturelle. Organisez le crime, proclamez-vous *capo di tutti capi*, ou même monarque absolu de votre territoire. Les limites seront celles de votre imagination.

— Cet endroit dépend-il seulement des États-Unis d'Amérique ?

— Aucune idée.

— ...

— Je vous évite la prison à vie à Ryker's, et là, personne n'aurait rien pu pour vous.

— Tom, je pouvais vous soupçonner de tout sauf d'être un ingrat.

— Combien d'hommes donneraient tout ce qu'ils possèdent pour vivre pareil rêve ? Ermite sur une île déserte ? Tout le monde en parle mais qui l'a jamais vécu à part Robinson Crusoé ?

— ...

— Vous serez ravitaillé toutes les semaines. Vous pouvez même nous contacter par radio, mais n'en abusez pas.

— ...

— N'est-ce pas l'endroit idéal pour écrire ce grand roman américain ?

Fred tourna à nouveau sur lui-même pour estimer la taille de son île. Elle n'était pas plus grande que cinq minutes plus tôt. Quelque chose lui dit qu'il allait vérifier souvent.

— Bon, il est temps pour moi de vous laisser, fit Tom. J'imagine que vous n'allez pas me serrer la main.

— ...

Fred le vit grimper dans son hélico qui lentement disparut dans l'azur. Il n'y eut plus dans l'air qu'un léger vent au relent d'écume, et un grand silence à peine souligné par le ressac.

Il s'assit au bord de l'eau en regrettant de n'avoir pas emporté de lecture.

Fred allait devoir se remettre au travail.

DU MÊME AUTEUR

COLLECTION FOLIO

Dernières parutions

Composition Graphic Hainaut
Impression Novoprint
à Barcelone,
le 18 janvier 2012.
Dépôt légal : janvier 2012.
1er dépôt légal dans la collection: septembre 2009.

ISBN 978-2-07-039700-6 / Imprimé en Espagne

242441